Schattenboot

Schattenboot

Elisabeth T. Biebl

Bibliografische Information der Deutschen Nationalbibliothek: Die Deutsche Nationalbibliothek verzeichnet diese Publikation in der Deutschen Nationalbibliografie; detaillierte bibliografische Daten sind im Internet über dnb.dnb.de abrufbar.

Herstellung und Verlag: BoD – Books on Demand, Norderstedt

ISBN 9783752627848

DAS SCHATTENBOOT

Lange habe ich mich versteckt, mein wahres Ich verborgen und alles über mich ergehen lassen, was die Menschheit so an Schlechtigkeiten zu bieten hat. Ich ließ mich demütigen, ohne auch nur mit der Wimper zu zucken. Ich schluckte jedes böse Wort, das an mich gerichtet war, herunter. Ich ertrug das alles, um meinem Ziel näher zu kommen. Ich verfolgte einen Plan und suchte nach einem Gesellen für mich. Einen, der mich so liebte, wie ich wirklich war.

Zuerst blieb ich verborgen und beobachtete die Menschen, ihre Art sich zu bewegen, ihre Art zu sprechen und den Umgang untereinander. Langsam ahmte ich sie nach, lernte ihre Sprache und ihre Gebärden. Nach vielen Versuchen konnte ich auch menschliche Gestalt annehmen - ohne, dass meine unkontrollierten Bewegungen auffielen, wenn ich mich unter die Leute mischte. Es war anstrengend und kostete viel Kraft, aber es war nötig, um meinen Plan zu vollenden. Ich versuchte mich an der Sprache, niemals hätte ich gedacht, dass es das Schwerste an der ganzen Sache war. Jemand, der immer nur brüllte oder knurrte, sollte plötzlich richtige Wörter verwenden können und dann auch noch eine Stimme nachahmen, die zu dem Körper passte, mit dem er sich

tarnte? Aber einfach kann ja jeder! Hinzu kam noch, dass die

deutsche Sprache nicht zu den leicht erlernbaren Sprachen

zählt. Oft ist sie seltsam und auch ziemlich widersprüchlich.

Es vergingen Jahre, bevor ich mich aus meinem Versteck

traute und anfing, Kontakt zu den Menschen zu finden.

Mein Körper war der einer gut aussehenden Blondine Mitte

zwanzig. Jedenfalls bezeichnen die Menschen ähnlich ausse-

hende Weibchen so. Ich gehöre einer ganz anderen Gattung

an, daher fällt es mir nicht leicht, zu beurteilen, was dem der-

zeitigen Schönheitsideal der Menschen entspricht. Für mich

war es nur wichtig, einen Gesellen zu finden. Vorzugsweise

sollte es einer von den Männchen sein, obwohl sich unter den

Menschen auch Paarungen von gleichgeschlechtlichen Part-

nern finden. Es dauerte nicht allzu lange, da hatte ich jeman-

den gefunden, den ich als würdig einschätzte und den ich mit

allem, was mein menschlicher Körper zu bieten hatte, umgar-

nen konnte.

ES BEGINNT

»Hey … hallo … aufwachen!« Der Busfahrer rüttelte an

dem jungen Mädchen, welches noch immer im Bus saß.

Auch beim dritten Versuch gelang es ihm nicht, eine Reaktion bei dem Mädchen hervorzurufen. Er nahm seine Mütze ab und kratzte sich am Kopf.

»Junge Dame! Hier ist Endstation! Sie müssen aussteigen!«, seine Stimme klang fordernd Er rüttelte noch etwas heftiger. Der Kopf des Mädchens kippte wie bei einer Puppe nach vorn auf die Brust. Der Busfahrer taumelte rückwärts und fiel auf einen der gegenüberliegenden Sitze. Tot! Das Mädchen war tot! Da war er sich ganz sicher. Wie erstarrt sah er minutenlang auf die Leiche. Er würgte und musste sich unmittelbar übergeben. Noch nie hatte er eine Leiche gesehen, geschweige denn angefasst. Ein paar Minuten vergingen, bis er sich wieder im Griff hatte und die Polizei rufen konnte. Da seine weichen Knie erneut drohten nachzugeben, setzte er sich zurück auf seinen Fahrerplatz. Damit wählte er unbewusst die größtmögliche Distanz zu dem toten Mädchen innerhalb des Busses. Weitere endlose Minuten vergingen. Ihm war mulmig zumute. Er hatte schon viele schräge Vögel in seinem Bus gehabt. Hier am Kieler Hauptbahnhof gab es genug Menschen, denen man nachts lieber aus dem Weg gehen sollte. Vielleicht hatte er ja sogar ein Mordopfer im Bus und der Mörder war noch in der Nähe und beobachtete ihn. Verstohlen ließ er seinen Blick nach draußen in die Runde schweifen. Erleichtert fiel ihm jedoch niemand auf, der ihn beobachten könnte.

Auch das Patrouille-Laufen der Polizei auf dem Bahnhof schreckte potenzielle Kriminelle nicht wirklich ab, ein echtes Gefühl von Sicherheit wollte sich dadurch irgendwie nicht einstellen. Tagtäglich freute sich der Busfahrer nach seiner letzten Fahrt von hier wegzukommen. Viele seiner Kollegen hatten schon einen Überfall erlebt, auf diese Erfahrung konnte er gut verzichten. Er saß in seinem Fahrerstand und versuchte seinen Blick nicht nach hinten wandern zu lassen. Er war hin- und hergerissen.

Einerseits wollte er die Leiche nicht unbedingt noch einmal sehen. Andererseits liegt in der menschlichen Natur bekanntlich auch die Neugier.

Aus dem Augenwinkel erspähte er die unverändert reglose Gestalt der Toten, die nun endlich nach einer gefühlten Ewigkeit von näherkommenden regelmäßigen blauen Schlaglichtern gestreift wurde, begleitet vom auf- und abschwellenden Ton des Martinshorns. Er drehte den Kopf in die Richtung des Polizeiwagens und wurde durch die Intensität des blauen Lichtes geblendet. Der Wagen hielt genau vor seinem Bus.

Zwei Beamte stiegen aus, gingen auf die sich in diesem Moment öffnenden Bus-Türen zu und stiegen die Stufen hinauf. Ohne auf den Schockzustand des Busfahrers zu achten, auch auf ein Grußwort verzichtend, nahmen sie umgehend ihre Arbeit auf.

»Und warum genau haben Sie nun uns gerufen?«, der Polizist blaffte schroff. Richtig Freude am Beruf schien er nicht zu haben. Sein verdrießlicher Gesichtsausdruck unterstrich die unschöne Situation. Der Busfahrer starrte einen Moment kurz in sein abweisend wirkendes Gesicht, bevor er antwortete.

»Ich ha…habe dieses junge Mädchen da …«, der Busfahrer deutete mit zitternder Hand in den hinteren Wagenbereich, »… in meinem Bus entdeckt. Sie blieb einfach sitzen, als ich „Endhaltestelle" durchgab. Zuerst habe ich gedacht, sie schläft, a…aber sie scheint …«, er machte unwillkürlich eine Pause, bevor er das endgültige Wort aussprach: »… tot … zu sein …«

»Und dann? Haben Sie einen Notarzt gerufen?«, die Frage klang genervt.

»Nein. Man sagte mir, dass von der Zentrale der Notruf weitergeleitet wird!«, antwortete der Busfahrer eingeschüchtert.

»Also gut, dann wird der Notarzt wohl auch gleich hier eintreffen. Wie komm` Sie eigentlich drauf, dass die Person tot ist?«, ein vorwurfsvoller Unterton schwang in der Frage mit.

»Sie war nicht ansprechbar, ihr Kopf fiel einfach so nach vorne und sie atmete nicht!«, kurz und knapp war vielleicht die beste Art, diesem unfreundlichen Menschen zu antworten.

»So so…, aber zum Beispiel auch Junkies, die sich gerade einen Schuss gesetzt haben, atmen oft ganz flach! Hat sie Papiere dabei?« Sollte das etwa ein Vorwurf sein, dass der Busfahrer keinen Puls gemessen hatte? Wie kam er denn dazu? Er stand noch immer unter Schock.

»Das kann ich Ihnen nicht sagen! Ich habe nicht nachgeschaut!«, er blitzte den Polizisten an. So langsam ging ihm die Amtsperson gehörig auf den Sack.

»Guter Mann, ich tu` auch nur meine Arbeit, würde auch lieber zu Hause bei meiner Frau sein! Hey Jäckels, geh mal nachschauen, ob du Papiere findest!«, wandte er sich seinem Kollegen zu. Der Busfahrer sank etwas erleichtert zurück in seinen Fahrersitz, von dem er aufgestanden war, um dem „netten" Polizisten auf Augenhöhe begegnen zu können.

»Sie bleiben noch hier, falls noch Fragen auftreten! Ihre Aussage muss noch aufgenommen werden!«, der Befehlston klang, als wenn der Polizist seine Ausbildung bei der Bundeswehr absolviert hätte.

»Jawohl, Sir....«, murmelte der Fahrer kaum hörbar und deutete ein Salutieren an, in dem er sich mit drei Fingern seitlich an die Stirn tippte. Der Polizist bedachte ihn mit einem bösen Blick und verschwand nach hinten zu seinem Kollegen.

Routiniert streiften sich beide Polizisten Handschuhe über, tasteten nach dem Puls des Mädchens und schüttelten die Köpfe. In der Handtasche, die auf dem Boden stand, fanden die Beamten ein Portemonnaie und ein Handy. Mit geübten Fingern nahm sich Jäckels die Privatsachen vor und fand einen Ausweis.

»Meike Roland, siebzehn Jahre, aus Mettenhof«, informierte er knapp. Bestimmt war er den Ton seines bärbeißigen Kollegen bereits gewohnt und wusste mit ihm umzugehen. Er warf einen bedauernden Blick auf das Mädchen, was ihm im Gegenzug einen verachtenden Blick seines Kollegen einbrachte.

Ein weiteres Fahrzeug mit Blaulicht traf ein. Diesmal ohne Sirenen-Begleitung. Der Krankenwagen. Offensichtlich um die Schaulustigen, die sich mittlerweile um den Bus versammelt hatten, zu verscheuchen, heulte jetzt doch das Martinshorn kurz auf.

Es ertönte enorm laut, besonders, wenn man genau daneben stand. Einige der Umstehenden traten zur Seite. Auch die Polizisten schauten auf.

Den Busfahrer ignorierend liefen die Sanitäter durch den Bus nach hinten. Trotz seines Schocks ärgerte sich der Busfahrer darüber. Schließlich war es doch „sein" Bus, in dem die Leiche war. Die Polizisten winkten bereits ab, als die Sanitäter auf sie zukamen.

Pflichtgemäß prüfte einer der beiden nochmals den Puls, der andere orderte einen Leichenwagen.

Noch ein Blaulicht, noch ein Martinshorn. Der Notarzt. Auch der untersuchte die Leiche, notierte etwas und fuhr dann wieder ab. Alles in allem dauerte das nur wenige Minuten. Es gab nichts mehr für ihn zu tun.

Langsam erholte sich der Busfahrer von seinem Schock und staunte über die kühle und routiniert wirkende Vorgehensweise von Polizei und Notarzt. Die konnten einfach so tun, als wäre es das normalste auf der Welt, mit einer Leiche umzugehen. Die Übelkeit überkam ihn wieder, diesmal ließ sie sich aber beherrschen. Einer der Sanitäter deutete auf den Hals der Toten. Worauf genau, war vom Fahrersitz aus nicht zu erkennen, es schien aber sehr ungewöhnlich zu sein, denn sie gestikulierten wild. Jäckels kam zu ihm nach vorn.

»Wenn der Leichenwagen gleich kommt, isses hier für Sie erstmal vorbei. Können Sie jemandem Bescheid geben, dass der Bus vorerst hier stehen bleiben muss? Die „Spusi" muss ihn noch unter die Lupe nehmen!«, Jäckels war eindeutig netter als sein Kollege.

»Ja klar, mach ich. Kann ich dann gehen?«, hoffnungsvoll sah der Busfahrer auf.

»Geht es Ihnen denn gut? Oder brauchen Sie noch einen
Arzt, jemanden zum Reden?«, eindeutig war dieser Polizist der Angenehmere von beiden. Der fragte auch mal
nach dem Befinden noch lebender Personen.

»Danke, ich denke, es geht schon!«, ablehnend schüttelte der Busfahrer den Kopf. Nur raus hier wollte er.

Mit einem kurzen Nicken wurde er entlassen. Er wollte
gerade gehen, da traf ein langer schwarzer Wagen ein.
Der Leichenwagen.

Der Busfahrer trat zur Seite, um die Sargträger in den
Bus zu lassen und schnappte dabei auf, wie einer dem
anderen zuflüsterte, dass der Pathologe es nicht hierher
schaffen würde.

»Bitte kommen Sie morgen nochmal zur Wache, damit
wir Ihre Aussage aufnehmen können«, bat Jäckels und
reichte ihm im Gehen eine Visitenkarte. Der Busfahrer
nahm sie und verließ den Bus. Er war erleichtert, dass

seine Aussage nicht noch in dieser Nacht aufgenommen werden musste. Sein Chef würde in ein paar Minuten da sein und er konnte endlich nach Hause, weg von dem grauenvollen Ort. Und da kam er auch schon. Er warf einen kurzen Blick an dem Fahrer vorbei in den Bus. Ungläubig schüttelte er den Kopf.

»Mensch, das ist ja ein echter Mist! Sowas habe ich in meiner ganzen Laufbahn noch nicht erlebt«, brummte er und reichte dem Busfahrer die Hand zur Begrüßung.

Durch diese Geste abgelenkt kam er nicht in Versuchung, den Abtransport des Mädchens zu beobachten. Mitfühlend klopfte der Chef seinem Angestellten auf die Schulter.

»Mensch Heiner, alles okay mit Dir? Bist Du überhaupt in der Lage, morgen zu arbeiten? Soll ich mal abchecken, ob ich Dir vielleicht ein paar Tage freischaufeln kann?«, so viel Verständnis war Heiner von seinem Chef gar nicht gewohnt.

»Danke, ich schau mal, wie`s geht. Der erste Schock ist vorüber, aber man weiß ja nie…und morgen früh dann noch zur Aussage …«, Heiners Stimme zitterte leicht. Er blieb aber hart und bahnte sich, ohne noch mal auf den Bus zu blicken, einen Weg durch die Menschenmenge. Seinen Chef ließ er einfach stehen. Er wollte nur noch nach Hause.

Auf dem Weg zu seinem Auto grübelte er darüber nach, was sie wohl an dem Hals der Toten gefunden hatten. Er fand es auch merkwürdig, dass keiner nach seinem Namen gefragt hatte. Doch dann fiel ihm ein, dass sein Name ja über dem Fahrerstand zu lesen war, gedacht als Service für die Fahrgäste. Auch eine Beschwerde war so einfacher möglich. Aber eigentlich hätte er doch trotzdem den Ausweis zeigen müssen, oder?

In der Nacht wälzte Heiner Dietrichs sich in seinem Bett hin und her. Immer wieder sah er das tote Mädchen vor sich. Seine Frau gab ihm eine Schlaftablette, aber auch die half ihm nicht beim Einschlafen. Der Morgen graute bereits, als er endlich zur Ruhe kam. Sein Schlaf war aber weder tief noch von langer Dauer. Er stand auf und fühlte sich wie gerädert. Mit der Kaffeetasse in der Hand und einer Zigarette im Mund trat er auf die Veranda. Die Morgenluft war kühl. Heiner fröstelte und zog seinen Bademantel fester um sich. Seit er vergangene Nacht nach Hause gekommen war, hatte er nicht mehr geraucht. Der Leichenfund hatte ihm mehr zugesetzt, als ihm lieb war.

Dabei war er sicher, es würde ihm gut gehen, nachdem die erste Schockwelle abgeebbt war. Offensichtlich war das ein Irrtum.

Der Nachbar zu seiner Linken trat auf seine Veranda und wünschte Heiner einen guten Morgen. Ohne eine Antwort abzuwarten, schwafelte er gleich los. Heiner bedachte ihn mit einem ablehnenden Blick.

»Mensch, in den Nachrichten ist ja wieder was los! Da ist am Hauptbahnhof in einem Bus eine weibliche Leiche gefunden worden! Die Todesursache ist wohl

mysteriös, sie soll zwei rote Punkte am Hals gehabt haben. Wenn du mich fragst, dann war das ein Junkie!«

Darüber also hatten die Sanitäter und Polizisten gestern
so angeregt diskutiert, schloss Heiner daraus.

»Nein, nach einem Junkie sah das junge Mädchen eindeutig nicht aus! Sie wirkte eher sehr gepflegt!«, murmelte er leise wie beiläufig und setzte laut hinzu: »Warum müssen es denn immer gleich Junkies sein? Nur
weil ich sie am Bahnhof gefunden habe? Das Mädchen
ist fast die ganze Tour von Kiel-Strande an mitgefahren.
Eingestiegen ist sie jedenfalls noch quicklebendig!«, fest
blickte er seinen Nachbarn an. Dieser hatte erstarrt mitten in der Bewegung innegehalten und hielt seine Kaffeetasse vor seinen offenen Mund. Wäre die Situation
nicht so tragisch gewesen, hätte Heiner lachen müssen.
Am liebsten hätte er ein Bild von seinem Nachbarn gemacht.

Wie konnten Menschen nur so sensationsgeil sein? Da
kam irgendwas in den Nachrichten, was quasi um die

Ecke passiert war - und schon wurden die größten Spekulationen angestellt!

»Ich geh dann mal Nachrichten schauen!«, in Gedanken fügte er noch hinzu: »…Du alter Wichtigtuer!« Seinen verdutzten Nachbarn ließ er einfach an der Hecke stehen. Auf solche Klugscheißer hatte er echt keine Lust. Missmutig schaltete er den Fernseher ein. Tatsächlich kam dort ein Bericht über den Leichenfund. Ihm war gestern dort gar kein Reporter aufgefallen, nicht mal eine Kamera. Auch nicht, nachdem er noch einmal angestrengt nachdachte und sich die Menschentraube um seinen Bus in Erinnerung rief. Im Fernsehen sah er seinen Bus, die beiden Polizisten, den Leichenwagen – aber nicht sich selbst. Das erleichterte ihn.

Musste ja nicht sein, dass jeder auf ihn zeigte oder ihn sogar bemitleidete, vielleicht gar für den Killer hielt. Darauf konnte er getrost verzichten. Noch nie hatte er sich irgendetwas zu Schulden kommen lassen. Beim

Interview mit dem Polizisten Jäckels fiel ihm wieder ein, dass er sich ja noch auf dem Revier melden sollte.

Wo hatte er denn bloß die Visitenkarte gelassen? Da stand doch drauf, welches Revier er aufsuchen musste! Mitten auf dem Küchentisch wurde er fündig. Drittes Polizeirevier, Von-der Tann- Straße. Ihm war nicht wirklich nach Autofahren, aber um von der Britzstraße in die Von-der-Tann-Straße zu kommen, war das unerlässlich. Er könnte seine Frau bitten, ihn zu fahren, scheute sich aber davor, sie zu wecken. Durch sein Hinundherwälzen hatte auch sie die halbe Nacht wach gelegen. Vor allem wollte er ihr auch die Details ersparen, die er vielleicht erfahren würde. Während er den Fernseher ausschaltete, überlegte er sich, was er seiner Frau eigentlich erzählen sollte. Als sie ihn danach fragte, warum er so spät nach Hause gekommen sei, hatte sie es hingenommen, dass er nicht reden wollte, da er so müde war. Wie würde es aber sein, wenn er von der Polizei kam?

Noch eine Zigarette, dann würde er sich anziehen. Nur noch eine, um die Nerven zu beruhigen.

Aus einer Zigarette wurden zwei, drei … Endlich raffte er sich auf und zog sich Jeans und Shirt über. Seine Nervosität ließ ihn noch zwei weitere Zigaretten rauchen, bevor er sich endgültig auf den Weg machte. Sein alter VW Käfer stotterte beim Starten, die ganze Nachbarschaft wusste nun, das er wegfuhr. Hoffentlich stellte keiner Vermutungen an. Aufsehen um seine Person war nicht so sein Ding. Der Weg kam ihm endlos vor, der zunehmende Verkehr kostete nun auch noch Zeit. Immer wieder fluchend, weil es auf der Straße nicht voranging, kam er letztendlich auf dem Polizeirevier an. Zum Glück fand er sofort einen Parkplatz. Mit zitternden Knien stieg Heiner aus seinem Käfer aus und steckte sich gleich noch eine an.

Bevor sein Finger die Klingel berührte, um sich anzumelden und eingelassen zu werden, schwang die Tür auf. Ein Polizist kam ihm hektisch entgegen und nickte ihm kurz zu.

Das war doch einer der Polizisten von letzter Nacht, erinnerte sich Heiner auf einmal an das Gesicht. Hinter einer Glasscheibe am Eingang, saß ein weiterer Beamter. Fragend sah er Heiner an.

»Mein Name ist Heiner Dietrichs! Ich soll mich hier für eine Aussage melden«, er versuchte lässig zu klingen.

»In welcher Angelegenheit denn bitte?«, aufmerksam studierte der Mann den Ankömmling.

»Ich habe gestern Abend die Leiche im Bus gefunden!«, Heiner flüsterte fast. Er wollte diese Worte eigentlich nicht aussprechen. Mit einer Handbewegung forderte der Beamte ihn auf, ihm in den Büroraum zu folgen, welcher unmittelbar hinter der Eingangszone lag. Zögerlich trat er ein.

»Nehmen Sie schon mal Platz. Mein Kollege kommt gleich zu Ihnen. Möchten Sie einen Kaffee?«

»Danke, nein!«, freundlich lehnte er das Angebot ab.

Hoffentlich kommt nicht dieser unfreundliche Polizist, der am gestrigen Abend so schroff mit ihm gesprochen hatte, ging ihm durch den Kopf.

Umso erfreuter war er, als er eine Frauenstimme hinter sich vernahm.

»Guten Tag mein Name ist Julia Lever, ich vertrete meinen Kollegen. Der ist gerade zu einem Einsatz `raus«, sie hielt ihm die Hand hin, Heiner ergriff sie.

»Ich bin Heiner Dietrich! Hoffentlich kann ich Ihnen weiterhelfen!«, stellte er sich erneut vor. Er hatte sich etwas entspannt. Freundlich blickte die Polizistin ihn an und nahm dann hinter einem Computer Platz. Sie fing an, irgendetwas einzutippen.

»Haben Sie Ihren Ausweis dabei? Dann kann ich die Daten abschreiben.«

»Klar, hier bitte!«, Heiner reichte ihr das Dokument über den Tisch.

Wieder das Tippen. Sein Ausweis wurde von ihr wieder über den Tisch zurückgeschoben.

»Dann fangen Sie doch bitte mal an zu erzählen, was genau gestern in ihrem Bus vorgefallen ist, Herr Dietrich.«

»Ja also... das war so... An der Endhaltestelle habe ich bemerkt, dass hinten noch ein junges Mädchen im Bus saß. Sie musste aussteigen, denn der Bus sollte eigentlich ins Depot. Ich ging zu ihr und sprach sie an, bekam aber keine Reaktion. Ich berührte ...«, er stockte, hielt kurz inne und schluckte, bevor er fortfuhr: »... sie mehrmals vorsichtig. Hätte ja sein können, dass sie fest schlief oder einen Zusammenbruch hatte. Beim dritten Mal fiel dann ihr Kopf ungewöhnlich ruckartig nach vorn ...«, Heiner musste abbrechen und hart schlucken.

»Danach haben Sie gleich die Polizei gerufen oder passierte noch etwas dazwischen?«, ruhig und verständnisvoll sprach die Beamtin.

Ich hab vor Schreck meinen Bus vollgekotzt! Er erinnerte sich unangenehm berührt, sprach es aber nicht aus, sondern schüttelte nur energisch den Kopf.

»Gut, dann kamen also meine Kollegen bei Ihnen an. Haben Sie bei dem Mädchen sonst noch irgendjemanden gesehen. Stieg sie in Begleitung in den Bus ein?«, die Polizistin sah ihn auffordernd an.

»Das kann ich nicht sagen! Da steigen so viele Menschen ein und aus, dass ich nicht noch auf sowas achten kann.

Ich meine, mich zu erinnern, dass sie die ganze Strecke über bereits im Bus gesessen hatte«, seine Stimme klang sicher.

Sein unsteter Blick verriet ihn aber doch. Seine Augen konnten die Polizistin nicht lange ruhig anschauen. Sie tippte wieder. Aus den Augenwinkeln behielt sie den Mann ihr gegenüber aber immer im Blick. Es kam gar nicht so selten vor, dass sich Befragte durch ihre Körpersprache verdächtig machten.

»Gekannt haben Sie das Opfer auch nicht?«, die Beamtin sprach es eher wie eine Feststellung aus, anstatt wie eine Frage. Heiner schüttelte den Kopf, ein mulmiges Gefühl machte sich in seinem Bauch breit. Tasten wurden angeschlagen und kurz darauf sprang ein Drucker an.

»Bitte durchlesen und dann unterschreiben! Ich hole schon mal das Tablet für die Fingerabdrücke!«, sachlich teilte ihm das Frau Lever mit, als er gerade das Blatt Papier in die Hand nahm. Verdutzt sah er auf und glaubte, sich verhört zu haben. Etwas klapperte und schon war die Beamtin mit den benötigten Utensilien zurück.

»Wofür brauchen Sie denn *meine* Fingerabdrücke? Meinen Sie etwa, *ich* hätte das Mädchen gebissen?!«, das kam härter über seine Lippen als gewollt. Erschrocken über sich selbst, unterschrieb er lieber schnell seine Aussage, um sich das nicht anmerken zu lassen.

»Wir ermitteln in alle Richtungen! Wie kommen Sie denn darauf, dass das Mädchen gebissen wurde?«, ihr Ton war forschend und achtsam. Die Freundlichkeit der Polizistin ließ merklich nach und ihr Gesicht nahm einen harten Ausdruck an. Das mulmige Gefühl in seinem Bauch breitete sich noch mehr aus. Ihm kam es vor, als hätte Frau Lever bei dem Wort „gebissen" etwas gezuckt. Es könnte aber auch sein, dass er sich getäuscht hatte. Dass er zu den Verdächtigen zählte, dessen war er sich nun aber sicher.

»In den Nachrichten haben sie gesagt, sie hätten zwei rote Male am Hals der Leiche gefunden. Da ging wohl die Phantasie mit mir durch …«, kleinlaut versuchte er seine unüberlegte Formulierung zu vertuschen. Durchdringend musterte ihn die Polizistin. Man konnte förmlich sehen, wie es in ihrem Kopf arbeitete.

Am liebsten wäre er aus dem Büro gestürmt oder im Erdboden versunken. Gesagt war gesagt, da gab es nichts mehr zu ändern.

»Sie haben da aber eine blühende Phantasie! Das könnten auch Einstiche sein«, ihr Tonfall war kalt. Eindeutig wollte sie von den Wundmalen am Hals der Toten ablenken. Resigniert und auch um sich nicht weiter verdächtig zu machen, gab er seine Fingerabdrücke ab. Er brauchte jetzt eine Zigarette, um sein eh schon angeschlagenes Nervenkostüm zu beruhigen. Endlich entlassen, konnte er es nicht erwarten auf die Straße zu kommen. Ein tiefer Zug und seine Hände zitterten nicht mehr. Langsam fuhr er vom Parkplatz. Er würde seiner Frau einfach die Wahrheit erzählen, ohne etwas auszulassen. Dann würde sie auch verstehen, warum er vielleicht schon bald in Handschellen abgeführt werden könnte.

ZWEI TAGE SPÄTER

Sie ging mit ihrem Hund Gassi. Wie jeden Abend, bevor sie ins Bett ging. Ein Ritual, welches seit Jahren nicht fehlen durfte. Beide waren sie nicht mehr die Jüngsten, so hielten sie sich fit. Die Abendluft half ihnen beim Einschlafen, egal wie das Wetter draußen war. An diesem Abend war der Labrador aufgeregt. Er schnüffelte mehr als sonst und zog an der Leine. Frauchen schimpfte und konnte dem Tempo kaum folgen. Ihr Weg ging durch einen kleinen Park.

Schon oft wollte sie die Runde mal abändern, doch ihr Hund weigerte sich, schlug immer wieder die Strecke zum Park ein. Leider war das nicht mehr so ungefährlich wie zu ihren besseren Zeiten. In der Handtasche führte sie immer eine Dose Pfefferspray mit sich, in der Hoffnung es nie benutzen zu müssen. Sie wusste ja, dass es verboten war, aber auf ihren Hund allein wollte sie sich auch nicht verlassen.

Was kam denn da für eine alte Frau sonst anderes in Frage? Früher war der Alte Botanische Garten beliebt bei Joggern und Spaziergängern, in der letzten Zeit tummelten sich da aber immer mehr Dealer jeder Art und andere skurrile Gestalten.

In den dunklen Nischen versteckten sie sich. Als ältere Dame mit Hund war es wirklich kein Spaß mehr hier zu spazieren. Den Hund schien das nicht zu stören, es war einfach seine gewohnte Abendrunde, schon seit er ein Welpe war. An diesem Abend war er nicht er selbst, jaulte, schnüffelte, zog an der Leine.

»Nun ist aber wirklich mal gut Bobby! Aus jetzt!«, außer Atem schimpfte sie mit ihrem Hund. Zur Antwort bekam sie nur ein Schnaufen. Reden konnte er ja nicht. Sie bogen um die nächste dunkle Ecke. Da wurde es ganz schlimm mit Bobby. Er zog so an der Leine, dass sein Frauchen ihn nicht mehr halten konnte. Unsanft fiel die Dame auf den Kieselsteinweg. Ihr linkes Knie blutete und auch am Kinn hatte sie eine Wunde. Die Brille war von der Nase gerutscht und lag ein paar Zentimeter vor ihr im Dreck, dass eine Glas gesprungen. Etwas weiter vorn bellte Bobby wie verrückt. Die Frau fluchte vor sich hin und hatte vor Schmerzen Tränen in den Augen. Das Schimpfen mit ihrem Hund war vermutlich im ganzen Park zu hören. Hinter ihrem Rücken waren Schritte zu vernehmen, sie nahm all ihre Kraft zusammen und rappelte sie sich hoch. So schnell sie konnte, humpelte sie zu ihrem Hund. Hinter ihr beschleunigten sich die Schritte. In ihrer Brust begann ihr Herz wie wild zu schlagen.

»Bobby komm her! Komm zu Frauchen, Bobby. Sei ein braver Kerl! «, die Stimme der Frau überschlug sich fast vor Angst und Schmerzen. Irgendetwas bellte der Hund an. Was genau es war, konnte sie jedoch nicht erkennen. Das kaputte Brillenglas machte ihren Blick unscharf und sie kam erneut ins Straucheln. Die Hecke, welche Bobby noch immer aus Leibeskräften anbellte, bot etwas Halt. So konnte die ältere Dame sich wenigstens vor einem erneuten Sturz retten. Dann sah sie, warum ihr Bobby die ganze Zeit so komisch war: Eine Hand lugte unter dem Strauch hervor. Sie erfasste es nicht sofort, aber dann fasste sie sich vor Schreck an ihr Herz und ließ sich einfach zu Boden fallen. Die Schritte hatten neben ihr angehalten.

»Kann ich Ihnen helfen? Brauchen Sie vielleicht einen Arzt?«, eine sanfte weibliche Stimme sprach sie an.

Kopfschüttelnd, unfähig etwas zu sagen, blickte sie zu der großen Frau auf. Mit der Hand deutete sie zu ihrem Hund, der noch immer unablässig bellte.

»Ich glaube, dort braucht eher jemand einen Arzt!«, ihre Stimme zitterte und brach.

»Der Hund? Dem geht's doch gut! Ist das Ih…«, weiter sprechen konnte die Jüngere nicht.

»Ja, ist es, er scheint jemanden gefunden zu haben. Für mich sieht die Hand aber doch irgendwie leblos aus«, leise kamen die Worte aus dem Mund der Älteren. Ein wenig Sarkasmus war ihr trotz des Schreckens geblieben.

»Bleiben Sie hier, ich geh mal schauen!«, schon war die andere bei dem Hund.

»Bobby …«, krächzte seine Besitzerin.

»Du bist also Bobby. Das hast Du aber ganz brav gemacht. Mach schön Sitz jetzt und lass mich mal schauen!«, streichelte sie den Hund bei den Worten sanft und beruhigend. Knieend schob sie den Labrador langsam zur Seite und griff beherzt nach der Hand. Mit der Hand hob sie ohne Absicht den Arm der hinter der Hecke liegenden und offensichtlich leblosen Person dabei ein wenig an. Die Hand war noch warm, hatte aber keinen Puls! Brechreiz überkam sie, schnell holte sie dreimal tief Luft und schluckte, das half. Einen Schrei konnte sie aber nicht unterdrücken. Entsetzen hatte ihr hübsches, jugendliches Gesicht entstellt. Eine vernünftige Reaktion war ihr nicht möglich. Um das Gesehene in ihrem Kopf erst einmal zu verarbeiten, ließ sie sich von den Knien auf ihren Po fallen und vergrub das Gesicht in ihren Händen. Ekel packte sie, Würgen folgte, doch das Erbrechen blieb aus. Es dauerte, bis sie zu der Älteren zurück gehen konnte. Wie neben sich stehend, stellte sie sich erstmal vor.

»Mein Name ist Elsa Brandt, ich glaube Ihr Hund hat da etwas Grausames entdeckt«, ihre Stimme zitterte.

»Ich bin Helene Meyer, Bobby kennen sie ja schon«, die beiden gaben sich die Hand. Hilflos saßen die beiden Frauen vor dem Gebüsch, aus dem die Hand hervorlugte, keine wusste, was sie sagen oder tun sollte. Nach einer gefühlten Ewigkeit griff Elsa Brandt nach ihrem Handy und wählte den Notruf.

In Helene Meyer stieg wieder Panik auf.

Sie fasste sich an ihr Herz und hatte das Gefühl, ihr würde die Luft wegbleiben. Ungläubig stierte sie auf die Hand. Eine tote Hand. In ihrem ganzen Leben hatte sie noch keine Leiche gesehen. Sie nahm es als Omen. Geistesabwesend streichelte sie ihren Bobby. Das Atmen fiel ihr immer schwerer und sie japste nach Luft, der Hund jaulte. Elsa Brandts Aufmerksamkeit war geweckt.

Sie sah die alte Frau an und vermutete sofort, dass sie einen Herzinfarkt hatte. Erneut wählte sie den Notruf, um einen Krankenwagen zu bestellen, der Frau Meyer ins Krankenhaus bringen sollte. Ihre Blicke trafen sich.

»Keine Sorge Frau Meyer, ich habe gerade einen Krankenwagen für sie gerufen! Er wird gleich da sein, dann wird Ihnen geholfen«, sprach Elsa Brandt beruhigend auf die Frau ein. Sie erreichte damit sogar, dass Helene Meyer sich entspannte und das Atmen wieder etwas leichter ging.

Das alles war einfach nur skurril. Elsa Brandt konnte die Situation kaum aushalten, sie versuchte ihre Anspannung und Hilflosigkeit zu überspielen, in dem sie immer wieder beruhigend auf Frau Meyer einredete. Bobby fiepte auf, als wenn auch er die Spannung am Fundort nicht mehr ertragen konnte.

»Alles ist gut, mein Großer. Frauchen geht es gleich wieder besser und dann gehen wir nach Hause!«, Helene Meyer fielen die Worte schwer, sie kamen nur gepresst über ihre Lippen, es schien ihr aber doch etwas besser zu gehen. Ein wenig erleichtert, atmete Elsa Brandt tief durch.

Noch war aber die Polizei nicht eingetroffen. Sie musste weiter ausharren. Frau Brandt beobachtete die Ältere. Aus den Wunden an Kinn und Knie sickerte noch immer leicht Blut. Und dann auch noch der vermutete Herzinfarkt. Bei diesem Anblick krampfte sich ihr Magen zusammen.

Zu allem Überfluss hatte sie die Frau auch noch so erschreckt, so dass sie fast ein zweites Mal hingefallen wäre. Das hätte sie sich nicht verzeihen können. Um die Lage etwas zu entspannen, setzte sie sich zu Frau Meyer auf den kalten Boden.

»Geht es Ihnen besser?«, Frau Brandts Stimme war nach außen hin ruhig.

»Es geht schon. Um ehrlich zu sein, ist mir ganz schön übel und mein Herz tut weh. Ich habe noch nie eine … Leiche gesehen«, Helene Meyer sprach mit einem Kloß im Hals.

Sie konnte nicht mehr verbergen, was in ihr vorging. Schniefend heulte sie los. Angst, Trauer, Schreck - alles strömte auf sie ein. Auch ihren Hund konnte sie nicht mehr beruhigen. Sie fing an zu schreien, wollte die vielen negativen Gefühle loswerden.

»Wer tut sowas, wie kann man nur einem Menschen das Leben nehmen? Damit kann man doch nicht weitermachen! Diese Welt ist einfach nur schlecht! Niemand hat mehr wirklich Respekt und es wird immer schlimmer!«, laute Schluchzer begleiteten ihre Worte.

Frau Brandt war erschrocken. Am liebsten wäre sie davongelaufen. Sie wollte nicht darüber nachdenken, wer Menschen umbrachte und einfach unter Hecken versteckte. Sie wollte auch nicht daran denken, ob der Mörder Schuldgefühle hatte oder nicht. Ihr eigenes Leben geriet gerade völlig aus den Fugen und auch ihr war nach Heulen und Schreien, das war aber nicht ihre Art. Alles machte sie mit sich selbst aus, so auch den aufsteigenden Schauer beim Gedanken daran, dass sie die

Leiche angefasst hatte. Schon als Kind war sie darauf gedrillt, immer die Fassung zu behalten und Gefühle zu verbergen. Helene Meyer heulte immer noch. In der Ferne war ein Martinshorn zu hören. Es kam schnell näher. Frau Brandt hoffte, dass es der Krankenwagen für Frau Meyer war, damit sie etwas zur Beruhigung bekam. Tatsächlich hielt nur etwa eine Minute später der Krankenwagen auf der Wiese, die ihnen gegenüber lag. Die Sanitäter sprangen schnell aus dem Wagen und stürmten auf die beiden Frauen zu. Bobby kläffte, wurde aber ignoriert. Frau Brandt schilderte kurz und knapp, was vorgefallen war, wie Frau Meyer sich an ihr Herz gefasst hatte und schwer Luft bekam.

Sofort wurden der alten Frau Kabel angeschlossen, um das Herz zu überwachen, bevor die Wunden versorgt wurden. Da Helene Meyer noch immer in Tränen aufgelöst schluchzte und auch nicht mehr fähig war, die an sie gerichteten Fragen zu beantworten, bekam sie eine Spritze, die sie beruhigen sollte. Elsa Brandt beobachtete das alles aus leichter Entfernung, sie hatte den Sanitätern Platz gemacht.

Auch sie kämpfte weiter um Beherrschung, aber es half nicht, sie fing an zu heulen. Endlich kam die Polizei.

»Mein Name ist Victor Hamm. Ich bin Polizist! Was ist passiert?«, er sprach ruhig auf die heulende Frau ein. Helene Meyer war völlig weggetreten, bekam von der Umgebung nichts mehr mit. Die Sanitäter deuteten den Polizisten mit Handzeichen an, sie in Ruhe zu lassen. In der Zwischenzeit hatte seine Kollegin sich bereits Elsa Brandt zugewandt.

»Guten Abend meine Name ist Bernadett Lessing und ich bin hier zuständig. Können Sie mir schildern, was hier vorgefallen ist, warum wir gerufen wurden?«, diese Polizistin war sachlich. Kurz zögerte Frau Brandt, wusste nicht wo sie anfangen sollte. Trocknete dann aber ihre Tränen und erzählte.

»Also, ich habe gesehen, wie die alte Frau stürzte und wollte ihr aufhelfen. Es sah so aus, als hätte ihr Hund

sich losgerissen. Meine Schritte haben sie aber er scheinbar erschreckt und sie ist ihrem Hund hinterher. Ich be-
eilte mich, um sie einzuholen, wollte schauen, ob es ihr
gut ging. Fast wäre sie hier noch mal gestürzt, aber die
Hecke hat sie gebremst. Scheinbar hat ihr Hund eine
Leiche aufgestöbert. Eine Hand ist dort unter dem
Busch zu sehen, da, sehen Sie!«, sie wies mit einem Finger in Richtung Hecke und schilderte dann, was sich
hier seit ihrer Ankunft abgespielt hatte. Unglücklicher-
weise konnte sie den Brechreiz bei dem Gedanken an
die Hand plötzlich nicht mehr zurückhalten und erbrach sich auf die Schuhe der Beamtin. Hamm war
dazu getreten und drehte sich angeekelt weg. Die Polizistin hatte keine Chance auszuweichen. Mit gerümpf-
ter Nase versuchte sie, sich die Schuhe im Gras abzuwi-
schen.

»Victor, geh doch schon mal nach der Hand schauen!«,
deutete sie auf das Gebüsch.

»Entschuldigung…«, Elsa Brandt war es sichtlich peinlich. Die Beamtin Lessing ging einfach darüber weg und machte weiter, als ob nichts gewesen wäre. In ihrem Job musste sie immer mit so etwas rechnen.

»Er hat also die Hand gefunden?«, sie deutet auf den Hund, der ruhig neben seinem Frauchen lag.

»Ja, und sein Frauchen hat es dann auch gesehen. Ich zuerst nicht, denn ich dachte Frau Meyer - also die Frau - wäre zusammengebrochen. Sie hat mich dann auf die Hand aufmerksam gemacht«, schluchzte Elsa.

»Sie kennen die Dame?«, Bernadett Lessing war wieder voll Polizistin und fragte geradlinig nach.

»Nein, wir haben uns nur einander vorgestellt, als wir hier gewartet haben. Ihr Name ist Helene Meyer. Ich heiße Elsa Brandt«, ihre Stimme klang nach wie vor zittrig.

Etwas in einen Notizblock kritzelnd, ließ die Beamtin sie stehen und ging zu dem Kollegen. Elsa Brandt blickte ihr mit verschwommenem Blick nach, wieder traten ihr Tränen in die Augen.

»Ich habe die Namen notiert! Es sieht so aus, als wenn der Hund die Hand gefunden hat. Die Frau Meyer hat Wunden, weil sie gestürzt ist. Den Krankenwagen hat Frau Brandt gerufen, weil es Frau Meyer so schlecht ging. Sie hatte Angst, es könnte ein Herzinfarkt sein. Mehr konnte sie nicht sagen«, Bernadett Lessing steckte den Notizblock wieder ein und besah sich die Hand. Offensichtlich eine weibliche Hand, die Finger waren zart und feingliedrig, ein Ring am Ringfinger. Victor Hamm tippte sich an die Stirn, das tat er immer, wenn er sich in einer Sache unsicher war. Langsam suchend ging er um die Hecke herum.

»Was meinst du, Bernadett, sollen wir die Leiche rausziehen oder auf den Bestatter warten?«, seine Stimme klang zweifelnd. Die Kollegin schüttelte nur den Kopf und deutet auf die ältere Frau. Helene Meyer saß noch immer auf dem Boden vor dem Busch und wiegte sich vor und zurück. Ansprechbar war sie nicht.

»Nein, das machen wir nicht! Wir warten!«, verneinte die Polizistin. Hamm nickte.

Elsa Brandt hatte sich auf eine Bank gegenübergesetzt. Je bewusster ihr wurde, was da wirklich vor ihrer Nase lag, desto zittriger wurde sie. Würde auch sie gleich einen hysterischen Anfall bekommen? Oder einfach umfallen? Sie wollte sich hier im Park nur ein wenig die Beine vertreten und auf andere Gedanken kommen.

Ihr Leben spannte sie so sehr ein, dass sie einfach nicht mehr abschalten konnte. Nun spukten ihr wohlmöglich auch noch Leichen und Mordszenarien im Kopf herum.

»Frau Brandt? Hallo?« Der Beamte Hamm stürzte besorgt auf sie zu, als die junge Frau einfach ohne Vorwarnung vornüber sackte und von der Bank fiel. Ihr Puls raste und sie machte den Eindruck, als wenn sie jeden Moment kollabieren würde. Der Polizist legte sie flach auf den Rücken und ihre Beine leicht erhöht, auf seine Jacke. Er rief einen zweiten Rettungswagen und bat um Eile.

»Bernadett, ich habe gerade auf der anderen Seite des Gebüsches eine Handtasche gesehen. Vielleicht ist es die vom Opfer. Schau doch mal bitte rein!« Er klang angestrengt, aber nicht befehlend.

Die Zeugen waren beide nicht ansprechbar und der zweite Rettungswagen noch nicht da, also konnte sie die Zeit nutzen. Die Polizistin zog sich die obligatorischen Latexhandschuhe über, öffnete die Tasche und sah neben einem Portemonnaie, diverse Kondome, Deospray und ein Pfefferspray. Der Angriff war also schnell erfolgt, sonst würde das Spray bestimmt hier auf dem Boden liegen. konstatierte sie für sich. Das Opfer hatte keine Zeit, um irgendwie reagieren zu können. Mit der Tasche ging sie zurück zu ihrem Kollegen. Der sah hinein und verzog das Gesicht.

»Sieht nach einem Prostituiertenmord aus!«, stöhnte er. Die Arbeit im Rotlichtmilieu mochte er überhaupt nicht.

»Ich hatte auch schon so eine Vermutung, als ich die Tasche öffnete!« bestätigte Lessing,

»Ihr Name ist Larissa Blum. Wohnhaft in Melsdorf. 27 Jahre alt.«

»Dann war das hier wohl ihr Arbeitsplatz!«, vermutete Hamm.

Ein Martinshorn war zu hören. Erleichtert sahen die Polizisten in die Richtung und einen kurzen Augenblick später fuhr der Rettungswagen auf die Rasenfläche. Hektisch kamen die Sanitäter auf die Beamten zu gelaufen. Sofort kümmerten sie sich um Elsa Brandt.

»Wir werden sie mitnehmen! Der Kollaps sollte überwacht werden!«, rief einer der Sanitäter den Polizisten zu.

Der Notarzt traf ein, bestätigte, dass Frau Brandt mitgenommen werden sollte und sah sich noch das EKG von Frau Meyer an. Das Ganze spielte sich innerhalb weniger Minuten ab. Der Notarzt unterschrieb die Papiere für den Transport der beiden Frauen und wandte sich dann den Polizeibeamten zu.

»So, die Zeuginnen können Sie vorerst nicht mehr vernehmen, wir werden sie ins Krankenhaus bringen«, gestresst versuchte er ruhig zu sprechen, es waren scheinbar viele Einsätze in dieser Nacht für den Notarzt.

»Wir haben alles, was wir brauchen von den Damen. Wenn Sie noch einen Blick auf die Leiche werfen wollen, dann können wir hier auch Schluss machen«.

Gemessen mit Kraft, dennoch mit Rücksicht zogen der Notarzt und Victor Hamm die Leiche unter dem Gebüsch hervor. Wenn der Notarzt schon mal da war, konnte dieser auch gleich den Tod bestätigen und der Pathologe wieder abbestellt werden. So dachte jedenfalls Victor. Dass das ein Irrglaube sein sollte, sollte er später erfahren.

Die Kleidung, die am Körper sichtbar wurde, bestätigte den Verdacht auf Prostitution. Victor verdrehte die Augen. Schnell besah sich der Notarzt den toten Körper von Kopf bis Fuß, deutete auf den Hals und machte auf zwei rote Male aufmerksam. Die beiden Beamten besahen sich das eingehend und Bernadett Lessing machte Notizen dazu.

»Äußerlich kann ich im Moment nur diese Male feststellen, den Rest muss dann der Pathologe rausfinden«, leicht genervt kam die die Aussage rüber. Die Beamten nahmen ihm das nicht krumm.

»Ja, danke, dann haben wir alles! Wir lassen die Leiche jetzt abholen«, aus Bernadett Lessing sprach die Erleichterung, sie wollte hier weg.

Auch wenn sie Polizistin war, hatte sie in dunklen, unübersichtlichen Parks immer ein mulmiges Gefühl. Der Leichenwagen fuhr vor und umgehend wieder davon, nachdem die Leiche in den Metallsarg gelegt und in den Wagen geschoben wurde. Fast zeitgleich verließen auch die beiden Notarztwagen mit Frau Meyer und Frau Brandt den Park in Richtung Klinikum.

Die Beamten Lessing und Hamm wollten gerade in ihren Streifenwagen steigen, als ein weiteres Auto im Park eintraf. Hektisch stieg ein Mann aus und kam mit wehendem Mantel schnellen Schrittes auf die beiden zu. Sie sahen sich verwundert an.

»Was ist denn das bitte für eine Schlamperei?«, brüllte der Mann.

»Entschuldigen Sie bitte, aber wer sind Sie und wovon sprechen Sie?« fragte Bernadett Lessing verdutzt.

»Mein Name ist Martin Vogel und ich vertrete den zuständigen Gerichtmediziner. Leider ist der mit einer Grippe ausgefallen. Wo ist die Leiche und warum ist hier nichts abgesperrt?« schimpfte er laut weiter.

»Ähm…die Leiche wurde gerade mitgenommen und in die Pathologie verbracht. Hier ist alles fertig!«, antwortete Victor Hamm leichtfertig.

»Nichts ist hier fertig! Wie meinen Sie, sollen wir irgendetwas feststellen, wenn wir nicht wissen, wie die

Leiche gefunden wurde und wie sie lag?«, Vogel war außer sich vor Wut.

»Nu aber mal halblang, guter Mann ...«, setzte die Beamtin an, wurde aber unterbrochen.

»Haben Sie wenigstens Bilder gemacht? Vor zwei Tagen hatten Kollegen von Ihnen nämlich mitgedacht, als sie erfuhren, dass der Pathologe nicht kommen konnte«, schleuderte Martin Vogel den beiden seine Worte entgegen. Betretenes Kopfschütteln.

»Dann sichern Sie zumindest jetzt hier die Spuren, sofern diese nicht bereits zerstört wurden und machen Fotos!«, kam es wie ein Befehl. Ohne noch etwas zu sagen, setzte sich Martin Vogel in seinen Wagen und fuhr davon. So eine Arbeitsweise war er einfach nicht gewohnt. Er hoffte nur, dass sein Kollege bald wieder gesund war und sich um die Leiche „kümmern" konnte.

Die Beamten sahen ihm nach und machten sich dann betroffen daran, Fotos zu schießen. Mit so einem Anschiss hatte keiner von ihnen gerechnet, obwohl der

Mediziner ja durchaus recht hatte. Kein Wunder, dass sie wie begossene Pudel herumliefen.

Sie waren nur froh, dass der Park leer war und hoffentlich niemand etwas mitbekommen hatte.

AM MORGEN DANACH

Auf dem Polizeirevier in der Von-der-Tann Straße war noch nicht viel los. Die Beamten kamen gerade rein und holten sich ihre Aufgaben ab. Für Danilo Jäckels und Florian Buttler hieß es, den Bericht von dem toten Mädchen im Bus fertigzustellen. Sie kamen nur nicht weiter. Der Bericht aus dem Institut für Rechtsmedizin fehlte noch und sollte gleich mit einfließen. Sie würden sich damit einen zweiten ersparen können. Die beiden konnten ja nicht wissen, dass es eine Vertretung für den zuständigen Gerichtsmediziner gab und somit auch etwas mehr Wartezeit auf die Untersuchungsergebnisse.

»Ich hoffe, dass sich die Gerichtsmedizin heute meldet, wir hatten doch um Dringlichkeit gebeten!«, genervt kramte Buttler in den Akten. Es hätte ja sein können, dass bereits die Kollegen was auf seinen Schreibtisch gelegt hatten.

»Da brauchst du nicht suchen, da ist kein Bericht!«, antwortete Jäckels ihm ruhig.

»Ach, Mensch, wie soll man denn da arbeiten? Wozu gebe ich denn Anweisungen, wenn die keiner befolgt?«, eine dicke Ader trat vor Wut auf Florian Buttlers Stirn hervor.

»Komm, beruhige dich! Wir haben doch alles soweit fertig gemacht! Julia hat die Befragung auch schon miteingefügt. Lass uns in Ruhe noch einen Kaffee genießen und dann fahren wir mal direkt rüber zum Institut!«, aufmunternd sah Danilo Jäckels seinen gereizten Kollegen an.

Er war nun mal der Ruhepunkt im Team und wollte dem auch alle Ehre machen. Es brachte ja auch nichts, außer vielleicht ein Magengeschwür, wenn man sich über alles aufregte.

»Du hast echt die Ruhe weg, oder? Ich möchte den Fall so schnell wie möglich aufklären, hab nicht so gern mit Mord zu tun!«, das klang verständnislos und war wohl direkt genervt gemeint.

»Mord ist nie schön, aber es ist unser Job! Ich könnte mir auch was Besseres vorstellen, dann hätte ich aber nicht Polizist werden dürfen!«, herausfordernd sah Jäckels zu Buttler rüber, die Formulierung hatte er ganz bewusst so gewählt. Bevor der aber etwas erwidern konnte und es in einem Streit endete, klingelte bei Jäckels das Telefon.

Er meldete sich und lauschte, eine kurze Weile später bestätigte er mit einem knappen »Okay!«, und sah seinen Kollegen, auf der Lippe kauend, an.

»Was ist los?«, Buttler, der versucht hatte, irgendwas von dem, was am Telefon gesprochen wurde,

mitzubekommen, wartete gespannt auf die Antwort.
Mit den Fingerspitzen klopfte er auf den Tisch.

»Wir sollen so schnell wie möglich in die Gerichtsmedizin kommen!«, kamen die Worte wie eine Gewehrsalve. Ohne auf Buttler zu warten sprang Jäckels auf und war schon fast aus der Tür, als auch sein Kollege die Worte endlich verarbeitet hatte und ihm folgte.

Die Gerichtsmedizin lag von ihrem Standort aus fast am anderen Ende der Stadt und sie mussten sich durch den morgendlichen Berufsverkehr quälen. Keiner sagte etwas, beide hingen, jeder für sich, ihren Gedanken nach. Unsicher, was sie erwarten würde, fanden sie es besser, nicht zu spekulieren. Nach einigen roten Ampeln kamen sie in der Michaelisstraße an, dort befand sich die Gerichtsmedizin. Zögerlich stiegen sie aus. Noch immer sprach keiner, sie nickten sich gegenseitig zu und stiefelten los. Die sonst so redseligen Polizisten hatten jeder einen eigenen Verdacht oder eher eine Vorahnung, die sie lieber für sich behalten wollten. Lächerlich machen wollte sich keiner von ihnen.

Schon im Eingangsbereich schlug ihnen der typische Geruch von Formaldehyd, Desinfektionsmitteln und einem Hauch von Verwesendem entgegen. Jäckels musste würgen.

»Reiß dich zusammen!«, leise und einschüchternd ranzte Buttler ihn an, dafür erntete er einen zornigen Blick. Jäckels würde sich nie an diesen Geruch gewöhnen, er konnte einfach nicht verstehen, wie sein Kollege das aushielt. Ein Mann kam ihnen entgegen. Es war Dr. Markus Dobrec, der zuständige Pathologe. Als sie auf gleicher Höhe waren, begrüßte er die Beamten mit Handschlag.

»Dort entlang, bitte«, gleichmütig ging er voraus. Auf dem Weg entschuldigte er sich bei den Beamten für die Verzögerung und erklärte, dass er erst seit dem Morgen wieder am Arbeiten sei. Eine Magen-Darm-Grippe hatte ihm in den vergangen Tagen zugesetzt.

»Was haben Sie denn für uns?«, Buttler wollte nicht länger auf Antwort warten, aber er bekam keine. Die Entschuldigung ignorierte er einfach. Der Doktor ging weiter, als wenn er nicht gehört hätte, dass Buttler ihn etwas gefragt hatte. Dobrec führte sie durch ein Treppenhaus in den Keller. Ein langer Gang, nur durch Leuchtstoffröhren beleuchtet, tat sich vor ihnen auf. Eine von ihnen flackerte nervig. Hier war der Geruch noch schlimmer und wieder musste Jäckels würgen. Gerade so schaffte er es, sich zu beherrschen. Vor einer der vielen Türen entlang des Ganges blieb der Gerichtsmediziner stehen.

»Ich öffne jetzt diese Tür, dahinter befinden sich zwei Leichen. Eine ist zugedeckt, die andere, die Tote, die Sie interessiert, liegt offen da. Ich warne Sie nur vor, nach einer Obduktion sieht ein Körper nicht mehr so gut aus«, ausdruckslos schob er die Tür auf.

Es war nun mal sein Arbeitsplatz, er war es gewöhnt, mit aufgeschnittenen menschlichen Körpern herumzuhantieren und hatte den Anblick beinah täglich. Dobrec behielt recht. Der Körper sah wirklich nicht mehr so ansehnlich aus, ein langer Schnitt zog sich über den Oberkörper, pflichtgemäß wieder zusammengenäht. Die Hautfarbe war bläulich weiß, sah aus wie Papier. Die Haare waren das einzige, was noch irgendwie lebendig aussah, es war ordentlich über dem Kopf drapiert. Die Augen waren geschlossen.

Der Anblick war auch für Buttler nicht angenehm, er schluckte, bevor er den Raum betrat. Nur zögerlich folgte Jäckels ihm. Um sicher zu gehen, stellte er sich mit dem Rücken zur Leiche und riskierte nur vorsichtige Blicke. Florian Buttler hingegen besah sich den Körper ganz genau. Egal, um was es ging, er musste immer den harten Kerl raushängen lassen. Danilo Jäckels verfluchte ihn oft dafür. Nur weil er Polizist war, hatte er nicht das Recht andere zu behandeln, als wenn sie wertlos wären. Für Buttler schien es aber so eine Art Spaß zu sein, andere zu unterdrücken.

Er, Jäckels, hatte seinem Kollegen schon oft gesagt, dass er sich wie ein Diktator benähme, hatte aber immer zu Antwort bekommen, dass der Polizeiberuf doch für etwas nützlich sein musste.

Das konnte er irgendwie nicht nachvollziehen, seine Einstellung war eine ganz andere. Als er vor einem Jahr erfuhr, wer sein Partner werden würde, wollte er sich sogar von der Dienststelle versetzen lassen.

Mittlerweile hatte er sich aber an die herrische Art seines Kollegen gewöhnt und versuchte sie, so gut es ging, zu ignorieren.

Florian Buttler hingegen hatte sich gefreut, einen jungen Kollegen zu bekommen. Er hatte wohl die Hoffnung dass er ihn „zurechtstutzen" konnte. Danilo Jäckels konzentrierte sich auf die Stimme des Gerichtsmediziners, als dieser sprach.

»Ich mach es mal kurz! Mir war es wichtig, dass Sie selbst sehen, was ich gefunden habe und das nicht nur im Bericht lesen. Sonst halten Sie mich vielleicht noch für verrückt. Also, … hier sehen Sie zwei kleine rote Male, im ersten Moment habe ich an Insektenstiche gedacht, aber die sind ganz flach und nicht erhaben. Das könnte bei abheilenden Stichen schon möglich sein, aber dafür sind die Punkte zu rot.

Dennoch sind dort Einstiche zu sehen. Könnte sein, dass es eine neue Insektenart ist, glaube ich aber nicht. Davon hätte ich bestimmt bereits gehört. Somit schließe ich das aus.

Dann habe ich mir die Lage genau angeschaut, direkt über der Hauptschlagader. Sehen Sie, hier…«, aufklärend zeigte er am Hals entlang.

Buttler und Jäckels, der sich nun doch zur Leiche umgedreht hatte, nickten nur. Um den Polizisten die Einstiche besser zeigen zu können, hielt der Pathologe eine Lupe darüber.

»Sie sind auch so tief, dass die Ader aufgestochen wurde. Sowas habe ich noch nie gesehen, muss ich gestehen. Wenn man jemanden verbluten lassen will, macht man eigentlich größere Wunden. Dazu passend, habe ich beim Aufschneiden festgestellt, dass sich so gut wie kein Tropfen Blut mehr im Körper befindet.

Wo es geblieben ist, weiß ich nicht. Mein Verdacht also: Jemand hat dem Mädchen hier mit etwas Spitzem in die Halsschlagader gestochen und sie ausbluten lassen. Der Bus muss voller Blutspritzer gewesen sein. Es kann nicht sein, dass andere Fahrgäste nichts davon bemerkt haben«, schloss er herausfordernd seinen kleinen Vortrag. Jäckels und Butler sahen sich an. Man sah ihnen an, dass es ihnen schwerfiel, die Worte des Pathologen zu glauben. Es war einfach zu sonderbar, was er erzählte.

»Da war gar kein Blut im Bus! Nicht der kleinste Fleck!«, nachdenklich schüttelte Jäckels den Kopf.

»Ich habe auch keins gesehen, der Notarzt auch nicht. Insekten können sie wirklich ausschließen?«, ratlos hakte Buttler nach.

»Nicht zu hundert Prozent, aber zu neunzig! Obwohl bei rechtem Überlegen wohl doch zu hundert, wie groß müssten die Insekten denn dann gewesen sein?«, Dobrec wollte nicht nochmal erläutern, was er gesagt hatte. Die Größe der Insekten hatte er tatsächlich übersehen. Er klang ein bisschen drängelnd und ohne ein weiteres Wort ging er zur Tür und bat die Polizisten nach draußen. Mit einem Nicken verabschiedeten diese sich und gingen durch den langen Flur allein zurück.

»Was soll denn das sein? Eine blutleere Leiche mit zwei Einstichen? Sind wir hier im Horrorfilm?«, schnaubend schimpfte Buttler vor sich hin, als habe er vergessen, dass sein Kollege neben ihm ging.

»Ähm…Florian? Du denkst nicht wirklich an einen Vampir? Mir erscheint eine hier noch unbekannte Insektenart plausibler«, verwundert sah Jäckels seinen Nebenmann an. So hatte er ihn nicht eingeschätzt.

»Quatsch, Vampire gibt es nicht! Aber auch, wenn es Insekten waren, so schnell wie das gegangen sein muss, kann doch niemand durch so kleine Einstiche verbluten! Und wo ist dann das Blut dann geblieben? Vielleicht waren es Riesenmücken?«, der herrische Tonfall schüchterte Jäckels wieder ein und er sagte erstmal nichts mehr.

Im Büro würde er sich den Bericht noch mal anschauen, vielleicht kam er dann auf eine Idee, wer oder was das Mädchen getötet haben könnte.

Sie erreichten die Tür nach draußen und atmeten erst einmal kräftig durch. Die frische Luft tat gut, nur der Geruch wollte nicht aus der Nase weichen. Buttler zeigte in die Richtung der Cafeteria, welche sich, wie auch das Institut für Rechtsmedizin, auf dem Grundstück des Universitätsklinikums Kiel befand.

»Bei einer Tasse Kaffee können wir nochmal durchgehen, was wir haben! Vielleicht ergibt das Ganze ja dann doch einen Sinn?«, der aufbrausende Beamte hatte sich wieder beruhigt und wollte logisch an die Sache rangehen. Jäckels folgte ihm einfach. In der Cafeteria war es bis auf zwei Plätze leer, so bekam wenigstens keiner mit, an was für einem bizarren Fall sie arbeiteten. Zwei Kaffee waren schnell bestellt, genussvoll schlürften sie das heiße Gebräu.

»Was haben wir? Ich fasse mal eben zusammen: Eine blutleere Leiche mit zwei kleinen Einstichen direkt über der Hauptschlagader. Am Tatort haben wir nicht ein Tröpfchen Blut gefunden. Dem Pathologen nach hätte es aber überall Spritzer geben müssen. Ich gehe mal davon aus, dass es schnell ging, sonst hätten vielleicht weitere Fahrgäste im Bus etwas mitbekommen und es dem Fahrer gemeldet. Wir wissen nicht, zu welcher Zeit die Tat begangen wurde«, seufzend endete Buttler mit seiner Ausführung.

»Das ist nicht wirklich viel, oder? Der Busfahrer hat bei der Zeugenaussage angegeben, dass sie wohl bereits in Strande eingestiegen war.

Er hat ja einen Fahrplan, an den er sich halten muss. Die Eltern könnten vielleicht auch noch was wissen!«, hoffnungsvoll sah Jäckels sein Gegenüber an.

Buttler nickte und schon waren sie auf dem Weg zu ihrem Streifenwagen. Der Berufsverkehr war vorüber und sie kamen gut durch die Stadt.

»Ich hoffe, es bringt etwas, die Eltern zu befragen …«, Buttler hatte nicht wirklich Hoffnung. Der Fall war nach dem Termin bei der Gerichtsmedizin einfach zu undurchsichtig geworden.

»Aber wir haben zumindest die Chance, von ihnen zu erfahren, ob Meike Roland einen Freund hatte, mit dem sie nachts um diese Uhrzeit unterwegs gewesen sein könnte.

Ich meine, sie war siebzehn Jahre alt, in dem Alter ist man doch nur selten allein unterwegs, oder? Die Eltern werden eventuell auch wissen, was ihre Tochter so spät nach vorhatte«, überzeugt von seinem Plan sah er zu seinem Kollegen hinüber.

Als Antwort kam nur ein Brummen. Buttler war schon wieder in einer negativen Stimmung. Jäckels ignorierte das konsequent. Er verfolgte seine Ziele und was sein Partner dabei dachte, interessierte ihn nicht. Buttler wusste jedoch, dass er sich lieber Jäckels anschloss, als sich quer zu stellen. Auf Stress mit dem Vorgesetzten hatte er überhaupt keine Lust. Am meisten wurmte es ihn aber, dass er sich eher dem jüngeren Kollegen unterwerfen musste. Oft genug gab er zu verstehen, dass er Jäckels nicht als vollständigen Polizisten sah.

Dadurch kam es oft zu einem gestörten Arbeitsklima, wenn sie allein unterwegs waren. Das tat beiden nicht gut. Florian Buttler hatte aber nicht mehr lange bis zur Pensionierung, so dass Danilo Jäckels ein Licht am Ende des Tunnels sah.

In Kiel-Mettenhof angekommen, mussten sie erst einmal das richtige Haus suchen. Es stand etwas zurückgesetzt und war von der Straße aus nicht sofort zu sehen.

»Warum haben eigentlich die Kollegen von hier den Fall nicht übernommen?«, genervt parkte Buttler den Wagen.

»Wahrscheinlich, weil wir zuerst am Tatort waren?«, sarkastisch neckte sein Partner ihn. Das brachte Jäckels mal wieder einen der berühmten „Halt-die-Klappe-Buttler-Blicke" ein. Bevor sie an der Haustür klingelten, nahmen sie respektvoll ihre Mützen ab und hielten sie vor sich. Unerwartet schnell öffnete man ihnen.

»Guten Tag mein Name ist Jäckels, Danilo Jäckels und das ist mein Kollege Buttler.

Wir haben da noch ein paar Fragen Ihre Tochter betreffend!«, mit entschuldigend klingender Stimme erklärte er sein Anliegen, in dem Wissen, dass Kollegen bereits die traurige Nachricht vom Tod der Tochter überbracht hatten. Die Frau ihm gegenüber sah ihn aus rotgeweinten Augen an und ließ die Polizisten ohne ein Wort herein. Im Wohnzimmer bat sie mit einer Geste Platz zu nehmen und putzte sich die Nase, bevor sie leise sprach.

»Wir haben schon auf Sie gewartet. Noch hat uns niemand befragt. Zwei ihrer Kollegen brachten uns nur die schreckliche Nachricht«, obwohl sie offensichtlich allein war, sprach sie in der Mehrzahl.

»Wir möchten Ihnen unser Beileid aussprechen. Bitte haben Sie Verständnis, dass wir Sie zeitnah befragen müssen. Wir haben auch nur wenige Fragen, aber vielleicht können Sie helfen, den Tod Ihrer Tochter aufzuklären«, betreten sah Jäckels auf den Fußboden.

Er hasste solche Situationen. Frau Roland schnäuzte sich und blickte dann die Beamten abwartend an.

»Frau Roland, was hatte Ihre Tochter an Ihrem Todestag vor?«, um einen möglichst gleichgültigen Ton bemüht, übernahm Buttler die Befragung.

»Sie wollte zu ihrem Vater fahren und auch bei ihm übernachten, wir haben uns vor kurzer Zeit getrennt.

Sie war immer ein gutes Mädchen, hat uns nie Ärger gemacht. Ich wusste nicht, dass sie nachts noch nach Hause fahren wollte», ihre Stimme brach. Jäckels machte sich Notizen.

»Warum könnte sie es sich anders überlegt haben?«, bohrte Buttler weiter.

»Das weiß ich nicht, mein Ex sagte, sie hätte einen Anruf bekommen und wollte danach unbedingt sofort nach Hause«, schniefend blickte sie zu Boden.

Die Haustür ging auf und ein Mann betrat das Wohnzimmer, hielt kurz inne, um die Situation zu erfassen und begrüßte dann mit einem kurzen Kopfzucken die Polizisten:

»Mein Name ist Roland, ich bin der Vater von Meike«, er setzte sich zu Frau Roland auf die Couch. Sehr innig wirkten die beiden nicht wirklich miteinander.

Frau Roland nahm die Anwesenheit ihres Mannes einfach hin. Die Polizeibeamten tauschten einen kurzen, schnellen Blick miteinander. Sie wussten, wie sie den

Vater einordnen mussten. Er schien unangemeldet einfach ins Haus geplatzt zu sein. Damit war den Polizisten klar, dass er noch immer das Haus als "sein Revier" betrachtete. Kurz stellten die Fragensteller sich ihm vor. Buttler richtete seine nächste Frage direkt an Herrn Roland.

»Ihre Frau sagte gerade, Ihre Tochter hätte einen Anruf bekommen und wollte dann sofort nach Hause. Haben Sie eine Ahnung, wer sie angerufen haben könnte?«

»Nein, es war nur ein sehr kurzes Gespräch, nur ein paar Sekunden, dann packte sie gleich ihre Sachen zusammen. Ich wollte sie mitten in der Nacht eigentlich gar nicht mehr fahren lassen, aber sie ließ sich nicht aufhalten«, die Worte kamen hilflos und resigniert.

»Das wäre meine nächste Frage gewesen. Am Tatort haben wir ihr Handy gefunden, wir werden das zur Untersuchung geben, vielleicht ist der letzte Anrufer noch gespeichert. Warum haben Sie Ihre Tochter nicht mit dem Auto gebracht?« Buttler blieb sachlich.

»Mein Auto war an dem Abend kaputt, ich konnte es erst einen Tag später reparieren lassen«, antwortete der Vater ungerührt.

»Hatte Ihre Tochter einen Freund?«, fast beiläufig stellte Buttler die Frage, die ihm allerdings unter den Nägeln brannte. Herr Roland verneinte diese Frage laut und vehement.

»Nein. Das kann ich mit Bestimmtheit sagen. Das hätte sie mir gesagt!«, murmelte Frau Roland dagegen leise. Florian Buttler machte Andeutungen aufzustehen.

»Entschuldigen Sie bitte, aber ich muss Sie das fragen…hat Ihre Tochter Drogen oder Medikamente genommen? Hatte sie psychische Probleme?«, mit fester Stimme hakte Jäckels noch mal nach. In der Gerichtsmedizin hatte er vergessen, das zu fragen.

Die Eltern schüttelten den Kopf. Nun erhoben sich die Polizisten endgültig, verabschiedeten sich und fanden den Weg allein nach draußen.

»Das hat uns nicht wirklich weitergeholfen, oder?«,
mürrisch sah Buttler Jäckels an.

»Wie man`s nimmt, Florian. Ich weiß, dass wir im
Handy weitersuchen müssen und sie höchstwahrscheinlich keinen Freund hatte. Hätte ja auch Eifersucht
hinter dem Mord stehen können. Auch Drogen oder
psychische Probleme kann ich – vorbehaltlich der ge-
richtsmedizinischen Laborergebnisse – ausschließen.
Das sagt schon eine ganze Menge aus. Immer noch un-
erklärlich sind die Male und tiefen Stiche am Hals des
Opfers. Und was ich auch nicht ganz glaube, ist das kaputte Auto des Vaters«, Jäckels wusste, dass sein Partner es hasste, wenn er belehrt wurde und feixte sich
eins.

»Hm... okay, dann kümmere Dich darum, dass das
Handy schnellstens unter die Lupe genommen wird.
Wir fahren zurück zur Wache und schreiben den Be-
richt zu Ende!«, da war er wieder, der herrische Ton.

»Warum glaubst du dem Vater das mit dem Auto nicht?«, wollte Buttler noch wissen.

»Na, sieh dir doch das Auto an. Es sieht ganz neu aus!«, Jäckels deutete auf einen Wagen, der nun in der Auffahrt des Hauses stand, welches sie gerade verlassen hatten.

»Aber es könnte möglich sein«, beharrte Buttler.

»Lass es uns einfach bald überprüfen!«, schlug Jäckels vor.

»Du willst mir doch nicht wirklich gerade sagen, dass du den Vater verdächtigst, seine Tochter ermordet zu haben?!?«, empörte sich Florian Buttler.

»Wir ermitteln doch in alle Richtungen, oder?«, antwortete Danilo Jäckels verschwörerisch.

UNTERDESSEN BEI DR. DOBREC

Die Polizisten waren gegangen, der Arbeitsplatz von Markus Dobrec lag wieder in völliger Stille da. Nach einundzwanzig Jahren in der Gerichtsmedizin machte es ihm nichts mehr aus, allein mit den Toten zu sein.

Früher war er froh, dass er noch einen Partner hatte, aber das alleine Arbeiten hatte so seine Vorteile, die Markus sehr zu schätzen wusste. Seine Musik konnte er so laut hören, wie er wollte und auch was er wollte, die Arbeitsgeräte waren immer da, wo er sie hingelegt hatte und er konnte in seinem eigenen Tempo arbeiten. Die Leiche von Meike Roland deckte er zu und schob sie in einen Kälteschrank. Dort blieb sie, bis alle Fragen geklärt waren und sie zur Bestattung freigegeben würde. Aktuell hatte er eine weitere Leiche zur Untersuchung bekommen, ebenfalls weiblich und wohl auch Mord.

Es gab in seinem Beruf halt so Zeiten, in denen viele „Morde `reinkamen" und dann gab es wieder Zeiten, in denen kaum etwas zu tun war. Dann half er den Kollegen bei dem Sezieren von Tumoren. Nun war er auch noch ein paar Tage ausgefallen. Seine Vertretung hatte es ihm überlassen, die Leichen zu obduzieren, daher war er etwas im Rückstand. So gut es ging, wollte er den aber wieder aufholen. So ganz hatte er nicht verstanden, warum sein Kollege die Leichen nur am Tatort sehen wollte. Nun, nachdem er wieder da war, interessierte es ihn auch nicht mehr.

Tief Luft holend nahm er das Laken von der zweiten Leiche und musste stöhnen. Wieder eine Frau, etwas älter wie die andere, der Kleidung nach einem eindeutigem Beruf nachgegangen. Langsam entkleidete er die tote Frau und achtete dabei schon auf blaue Flecke oder Verletzungen. Nichts außer ein paar Blättern und Schmutz auf der Kleidung. Man hatte sie ja unter einer Hecke gefunden, also nichts Unnormales. Auch in den Körperöffnungen wurde er nicht fündig.

Er fand weder irgendwelche Rauschmittelrückstände noch eine Spur von Medikamenten. Äußerlich keine Hinweise auf Verletzungen durch Kampf- oder Schlageinwirkungen. Ein Schnitt lief vom Brustbein bis zum Becken. Die inneren Organe waren alle in Ordnung, es gab keine Hinweise auf innere Verletzungen.

Jetzt schob er die Haare beiseite und untersuchte den Hals nach Würgemalen: Nichts. Dann stockte er. Zwei kleine rote Punkte schimmerten direkt über ihrer Halsschlagader, erst beim Anblick der Male wurde ihm bewusst, dass er auch hier bis auf ein paar Tropfen kein Blut im Körper finden würde.

Mechanisch ließ er sich auf seinen Stuhl fallen und grübelte darüber nach. So etwas war ihm in seiner ganzen Laufbahn noch nicht untergekommen. Er fand keine logische Erklärung dafür und schob das Gespräch mit den Polizisten, die diesen Fall bearbeiteten, auf. Zuerst musste er weitere Untersuchungen machen und auch die erste Leiche noch einmal anschauen. Hatte er vielleicht doch was übersehen?

Vorstellen konnte er es sich nicht, dieser Beruf verlangte Genauigkeit und nie war ihm auch nur das kleinste Detail entgangen.

AUF DEM REVIER IN DER TANNSTRASSE

Buttler und Jäckels diskutierten noch immer über den Vater des toten Mädchens. An dem roten Gesicht von Florian Buttler konnte man sehen, dass er schon wieder auf hundertachtzig war. Wieder einmal hatte Danilo Jäckels es geschafft, seinen Partner so sehr auf die Palme zu bringen, dass sich die anderen Kollegen Sorgen um dessen Blutdruck machten.

»Hol, mal Julia dazu! Die hat doch diesen Busfahrer befragt, oder?«, herrschte Buttler Jäckels gerade an.

»Jop… wird gemacht!«, grinste Jäckels.

Kurze Zeit später kam Jäckels mit Julia Lever im Schlepptau in das Büro, wo Buttler bereits hinter seinem Schreibtisch saß.

»Setzt euch doch mal hin, Mensch!«, dirigierte Buttler ungeduldig.

»Nun mach aber mal halblang, wir sind doch gerade zur Tür rein!«, giftete Lever zurück.

Vor Erstaunen blieb ihm der Mund offenstehen.

»Nun kommt mal beide wieder runter! Wir haben schon genug Stress mit dem Fall!«, startete Jäckels seinen Schlichtversuch.

»Ja, ja genau" stimmte Buttler ihm zu und wandte sich an seine Kollegin: »Also Julia, was ich von dir wissen wollte …wie war die Befragung von diesem Heiner?«

»Naja, was willst du da wissen? Meinen Bericht hast du ja hoffentlich gelesen. Ich wüsste nicht, was da noch offen wäre…«, antwortetet sie in leicht arrogantem Tonfall.

Jäckels verdrehte seine Augen und warf einen vorsichtigen Blick auf seinen Teampartner, damit er schnell reagieren konnte, sollte dessen Blutdruck zu hoch werden.

»Wie wirkte der Mann auf dich? Meinst du, er könnte der Mörder sein?«, war Buttler um einen versöhnlichen Ton bemüht.

»Nein, ich denke nicht. Er war zwar nervös und sprach von den Malen, aber es ging ja auch hoch und runter durch die Medien. Seine Fingerabdrücke sind sauber, hab ich überprüft«, warf sie ihm schnippisch zurück.

Buttler informierte Lever über die Ergebnisse von der Gerichtsmedizin und aus der Befragung der Eltern. Auch den Verdacht von Jäckels ließ er nicht aus. Jäckels und Lever hörten ihm zu, hin und wieder warf Lever Jäckels fragende Blicke zu, die er mit einem Schulterzucken quittierte. Bei manchen Schilderungen schienen die Augen von Lever kurz aufzuleuchten. Es fiel ihr immer schwerer, ein Grinsen zu unterdrücken. Jäckels beobachtete seine Kollegin und fragte sich, warum sie sich so komisch benahm. Wusste sie doch mehr über den Täter? Oder freute sie sich auf etwas, was nach ihrem Dienst stattfinden würde? Er konnte ihre Mimik und Gestik nicht wirklich deuten, wollte sie aber im Hinterkopf behalten. Buttler hatte geendet. Er fragte Lever, was sie davon hielt.

»Zuallererst müssen wir ja nach dem Bericht von Dobrec fragen, ob es wirklich einen Mörder gibt. Vielleicht gibt es auch noch eine andere Möglichkeit, die für den Tod des Mädchens verantwortlich ist.

Dann muss ich aber auch Danilo recht geben, das ja immer in alle Richtungen ermittelt werden muss. Mein Eindruck von diesem Fall? Ich denke, dass noch ein hartes Stück Arbeit vor uns liegt«, sagte sie kühl.

»Danke, Julia«, gab Buttler zurück und deutete mit dem Kopf auf die Bürotür, um ihr auf die nette Art zu sagen, dass er sie nicht mehr brauchte.

Auch bei den abschließenden Worten, die Julia zu diesem Fall sagte, fielen Jäckels ihre sonderbaren Mimiken auf, es wirkte tatsächlich so, als ob sie etwas verbergen wollte. Mit krauser Stirn starrte er vor sich hin.

»Na, das hat uns ja nun wieder nicht wirklich weitergebracht. Ich glaube, wir machen erstmal Feierabend und sehen uns das Ganze morgen nochmal mit ausgeschlafenem Kopf an!«, beschloss Buttler.

Von Levers Verhalten oder der gerunzelten Stirn von Jäckels nahm er keinerlei Notiz. Ohne ein weiteres Wort zu verlieren verließ er das Büro.

ZWEI NÄCHTE DANACH

Die Nacht war ruhig. Nur das Plätschern des Wassers war zu hören. Mit geübtem Blick hatte Manfred Hambauer seine Angeln unter Beobachtung. Sein Lieblingsplatz in Holtenau, genau an der Einfahrt der Schiffe zum Nord-Ostsee-Kanal, lag gut versteckt in einer Kurve. Er liebte die Ruhe und konnte nach einem anstrengenden Arbeitstag hier die Entspannung finden, die ihm zu Hause fehlte. Seine Frau und seine drei Kinder hatten wenig Verständnis, dass er abends auch gern einfach mal nur in Ruhe gelassen werden möchte. Natürlich liebte er seine Familie, aber er liebte eben auch die Ruhe. Das Angeln machte er nur, um seinem Heim zu entfliehen. Es war zwar auch immer ein kleiner Nebenverdienst, denn frisch gefangener Fisch wurde bei Freunden und Verwandten immer gern genommen.

Das war sein Argument, wenn seine Frau mal wieder schimpfte, dass er ja lieber Angeln gehe, statt sich mit der Familie zu beschäftigen. Wenn sie in den teuren Urlaub wollte, musste sie ihn eben entbehren, damit er seinem geldbringenden Hobby nachgehen konnte.

Von seinem Platz aus sah er den Schiffen zu, wie sie auf die Schleuse zufuhren oder heraus. Sehnsucht packte ihn oft, wie gern würde auch er zur See fahren, ferne Länder bereisen. Als wehrpflichtiger Jungspund war er mit der Marine zur See gefahren. Schon da fühlte er sich immer dem Wasser verbunden.

Sein größter Traum wäre es, wieder einen Beruf auf See ausführen zu können, aber mit Frau und Kindern war das einfach für ihn nicht realisierbar. Als einfacher Gleisbauer konnte er sich nicht so viel erlauben und ein richtiger Urlaub, wie seine Frau ihn gernhätte, war auch kaum drin. Wenn er das bei seiner Frau anbrachte, dann gab sie zu, dass sein Angeln doch zu etwas nütze war und ließ ihn gehen. Oft kam es ihm so vor, als wenn sie nur daran dachte, möglichst viel Geld zu haben.

Wenn sie die Chance bekäme, sich finanziell zu verbessern, wäre Manfred sich fast sicher, dass sie ihn mit den Kindern einfach sitzen lassen würde.

Manfred versank in seinen Träumen. Gerade fuhr ein kleines Segelboot vorüber. Leise, ohne Motor schipperte es aus der Schleuse. Es platschte laut.

Verdutzt sah er auf seine Angeln, doch von da kam das Geräusch nicht. Es hatte sich auch eher angehört, als wenn etwas großes Schweres ins Wasser gefallen war. Vielleicht war ein Stückchen weiter ein Hund ins Wasser gesprungen? Manfred saß unweit eines schönen Spazierweges, welcher gern genutzt wurde, um Hunde auszuführen. Kopfschüttelnd setzte er sich wieder in seinen Stuhl, aus dem er zwischenzeitlich aufgestanden war, um besser auf das Wasser sehen zu können. Aus den Augenwinkeln nahm er auf dem Segelschiff eine Bewegung wahr. Vor dem Schiff dümpelte etwas Helles herum, das langsam unterging. Die Bewegung war kaum zu wahrzunehmen, da sich die Person im Schatten des Kajütenaufbaus aufhielt und sich gegen den dunklen Nachthimmel nur vage abzeichnete. Sollte da jemand etwas ins Wasser geschmissen haben? Vielleicht Abfälle? Leider kommt sowas ja ziemlich oft vor. Viele Schiffseigner sind der Meinung, dass sie mit dem Schiff auch gleich den großen „Abfalleimer Meer" mit erworben hätten. Viele Reiche machten sich eben leider wenig aus der Umwelt. Was machte es schon, wenn man den Anglern die Fische vergiftete, wenn man sich selber keine Gedanken machen musste, wo man gesunden Fisch herbekam.

Er war halt nur teurer und Geld war ja kein Problem. Immer wieder stieg der Ärger darüber in Manfred auf, am liebsten würde er die Betreffenden dafür mal so richtige eins auf die Fresse geben. Da er aber ein friedvoller Mensch war, verwarf er den Gedanken schnell wieder und dachte lieber nicht länger darüber nach.

Schließlich angelte er hier und wollte den Fisch noch guten Gewissens verkaufen können, sollte er denn welchen fangen. Bis zu den Knien hatte er sich ins kalte Wasser gewagt, in der Hoffnung, er könne die Kennzeichnung des Schiffes erkennen. Wenn das Schiff denn eine hatte, war sie nicht auszumachen.

Merkwürdig war auch die Farbe des Rumpfes: Schwarz anstatt wie die meisten anderen, die eher in hellen Tönen gehalten waren. Die Farbe der Segel entsprach ebenfalls einem verblichenen Schwarz. Konnte da eine Kennzeichnung bei Nacht überhaupt zu sehen sein? Von früher wusste er noch, dass eine Schiffskennzeichnung ähnlich vorgeschrieben war, wie das Kennzeichen am Auto.

Egal, ob in der Binnenschifffahrt oder zur See, ab einer bestimmten Größe und mit Motor muss jedes Boot registriert werden.

Irgendwie musste es ja möglich sein, bei Verstößen den Halter ausfindig machen zu können. Darüber grübelnd stand er noch eine Weile da.

Das bündelähnliche Etwas war inzwischen komplett untergegangen und nicht mehr zu sehen. Manfred verließ das Wasser und widmete sich wieder seinen Angeln. Obwohl für ihn die Sache erledigt schien - ohne Kennzeichnung war auch eine Anzeige bei der Polizei wegen Umweltverschmutzung aussichtslos - war sein Kopf noch immer mit dem Päckchen beschäftigt. Es hatte eine längliche Form und war mit Stricken umwickelt. So sieht doch kein Müllpaket aus. Sein Blick wanderte zu der Stelle im Wasser, an der das Päckchen untergegangen war. Nichts! Die Nacht war wieder ruhig. So setzte sich der Angler wieder in seinen Stuhl und schloss die Augen. Das leise, eintönige Plätschern des Wassers ans Ufer ließ ihn einschlafen. Nach einiger Zeit wachte er auf. Ihn fröstelte, es hatte sich merklich abgekühlt. Zum Glück hatte er sich warme Kleidung mitgebracht. Bibbernd zog er sich schnell seinen dicken Troyer und seine Jacke über, die Beine versteckte er unter einer warmen Wolldecke. Das war schon besser.

Es ließ ihm keine Ruhe, seine Gedanken schweiften wieder zu dem dunklen Segelschiff und dem verschnürten Paket. Darüber hinaus war es merkwürdig, dass das dunkle Schiff so nah am Ufer entlang glitt, da hier Untiefen lauern könnten.

Immer sicherer wurde Manfred in der Annahme, dass es sich bei dem ominösen Paket nicht um Müllabfall im eigentlichen Sinn handelt.

Der Strömung nach könnte es gut sein, dass es in seiner Nähe an das Ufer getrieben würde.

Sein Blick auf die Uhr verriet ihm, dass es bereits weit nach zwei Uhr nachts war. Eigentlich schon längst seine Zeit, um nach Hause aufzubrechen.

Egal, zwei Stunden würde er noch warten. Mit etwas Glück würde er das Geheimnis um das ominöse Bündel lüften. Insgeheim hoffte er jedenfalls darauf. Warm eingepackt schloss er seine Augen wieder und fiel erneut in einen traumlosen Schlaf.

Immer noch lautlos, diesmal noch dichter am Ufer, trieb das dunkle Schiff erneut - allerdings diesmal in entgegengesetzter Richtung – vorbei. Manfred bekam es nicht mit. Genauso wenig, dass er von besagtem Schiff aus beobachtet wurde. Der Beobachter sah aber nur einen schlafenden Mann am Ufer sitzen, der würde nicht gesehen haben, dass er etwas ins Wasser geschmissen hatte. Beruhigt trat er in seine Kajüte und fuhr ungerührt weiter. Die Schleuse war geöffnet und das Boot glitt hinein. Von einer unsichtbaren Kraft gesteuert segelte es gespenstisch durchs spiegelglatte Wasser. Ein richtiges Geisterschiff, irgendwie unheimlich und bedrohlich. Das Boot trieb im Nord-Ostsee-Kanal wie von Geisterhand lautlos durch die mondlose schwarze Nacht. Wie eine Fata Morgana flirrte das unwirkliche Bild und verblich einem uralten Gemälde gleich im aufsteigenden Nebel, um zunehmend gänzlich zu verschwinden. Seine Segel blähten sich im Wind, den es nicht gab, …

Das Plätschern des Wassers wurde lauter und Manfred wachte auf. Der einschläfernde Rhythmus hatte sich verändert. Ein Phänomen, welches durch die Wasserverdrängung des Schiffes entstand.

Seine volle Blase drückte ihn, er stand auf, sah aufs ruhige Wasser und wollte gerade dem Druck der Blase nachgeben, als er auf einmal ein helles, verschnürtes Paket im seichten Wasser wahrnahm, welches zum Teil aus dem Wasser ragte. Seine Blase war vergessen. Sein Kopf sagte ihm, er solle lieber nicht nachsehen, was sich in dem Paket befand, aber seine Neugier gewann die Oberhand.

Bevor er eine Hand danach ausstreckte, betrachtete er es eingehend. Die Form war schon irgendwie ungewöhnlich für Müll.

Eher länglich und mit unregelmäßigen Proportionen sah es aus wie die Statue von Adam und Eva von Björn

Nörgaad im Hafen... eine menschliche Figur! Gänsehaut bahnte sich ihren Weg über seinen Rücken. Mit einiger Vorstellungskraft konnte er einen Kopf, Schultern, Rumpf und Beine ausmachen. Ihm wurde schlecht. Für einige Sekunden setzte sein Herzschlag aus.

Vorsichtig streckte er die zittrige Hand aus, ganz langsam schob er sie weiter vor, bis er eine der vermeintlichen Schultern berührte. Es war Stoff, es fühlte sich kalt an. Angewidert zog er seine Hand zurück und zögerte, ob er weiter schauen sollte oder lieber sofort die Polizei rufen. Unschlüssig hockte er vor dem Bündel. Den Blick nicht von dem zusammengeschnürten Stoff lassend, griff er zu seinem Handy, tippte die Nummer der Polizei ein und wartete auf ein Freizeichen. Es klingelte, aber er legte wieder auf. Ohne zu wissen, was man sagen sollte, war es doch wohl sinnlos zu telefonieren. Wenn er sagen würde, da hätte jemand seinen Müll über Bord geworfen, käme wohl kaum die Polizei. Würde er aber sagen, er hätte eine Leiche gefunden, wären die Beamten sicher sofort da. Sollte aber nun keine Leiche in dem Stoff eingewickelt sein, sondern tatsächlich nur Müll, hätte er sich ganz schön blamiert.

Niemand war gerade auf dem Weg mit dem Hund oder schon zur Arbeit oder beim Joggen, den er hätte ansprechen können. Wie sollte es auch anders sein, wenn man mal jemanden brauchte ... Beherzt griff Manfred zu seinem Fischmesser und trennte mit bangen Fingern den Strick um den Stoff durch. Eine Bewegung ließ ihn erschrocken nach hinten auf seinen Hintern fallen. Er hatte am vermeintlichen Brustkorb angefangen zu schneiden und die davor gebunden Arme waren zur Seite gefallen. Noch sah er die Leiche nicht, aber der Würgereiz kam zu plötzlich, um aufgehalten zu werden. Er erbrach sich. Eine Hand hatte den Weg aus dem Stoff gefunden und schien mahnend in seine Richtung zu deuten.

So schnell er konnte stürmte auf den Weg und wählte erneut den Notruf, diesmal legt er nicht auf. Stammelnd schilderte Manfred, was er gefunden hatte und wo er war. Das Beschreiben des Anfahrtsweges fiel ihm schwer. So geschockt, wie er war, konnte er keinen klaren Gedanken fassen.

Endlich hatte der Polizist am Telefon ihn verstanden. Das Handy verstaute er wieder in seiner Tasche, während seine Füße ihn wieder zu der Leiche brachten. Erneut überkam ihn der Ekel, in der Ferne hörte er bereits das Martinshorn.

Na, sieh mal einer an! Bei einer Leiche konnten die Schutzmeister plötzlich schnell sein! - dachte Manfred bei sich. Er wartete in seinem Angelstuhl bis zum Eintreffen der Beamten. Stocksteif, wie festgebunden, saß er da.

Seine Angeln im Wasser klingelten um die Wette, ein Zeichen dafür, dass ein Fisch angebissen hatte. Doch er nahm keine Notiz davon. Ihm kam es vor, es dauerte wie eine Ewigkeit, bis das Blaulicht bei seinem Platz angekommen war. Bis jetzt dachte er immer, er wäre ein harter Kerl, den nichts so leicht aus der Bahn wirft, aber er wurde gerade eines Besseren belehrt. Leichen findet man nun mal nicht jeden Tag. Manfred zeigte den Beamten den Fund, hielt sich aber zurück und ließ die Polizisten ihre Arbeit machen. Die Neugierde von vorhin war auf einmal wie weggeblasen, nur der rebellierende Magen war geblieben.

Eine freundlich dreinblickende Polizistin kam auf ihn zu.

»Mein Name ist Nadja Morgenroth, ich hätte da ein paar Fragen an Sie. «

»O...O... Okay ...«, Manfred stammelte immer noch.

»Wie haben Sie die Leiche gefunden?«, der ruhige und einfühlsame Tonfall ließ ein klein wenig Anspannung von ihm abfallen.

»Ich habe hier gesessen und geangelt, und wie ich meine Angeln kontrollieren wollte...da habe ich das Paket da treiben sehen. Ich dachte es wäre Müll und wollte nachsehen«, verlegen sah er zur Seite. Die

Polizistin machte sich eine Notiz und fragte genauso ruhig wie vorher weiter.

»Wie kommen Sie darauf, dass es Müll hätte sein können?«, Manfred dachte kurz nach und sortierte die Ereignisse in seinem Kopf. Er wurde dabei so kreidebleich, dass die Beamtin lieber einen Notarzt rufen wollte.

»Nein, nein…ich brauche keinen Arzt!«, wehrte Manfred schnell ab. »Am späten Abend ist hier ein Segelschiff aus dem Kanal gekommen und es platschte laut. Ich dachte, es wäre ein Hund, der ins Wasser gesprungen war oder so, dann sah ich eine Bewegung auf dem Schiff und etwas Helles dümpelte davor herum. Meine Vermutung war daher, dass höchstwahrscheinlich jemand vom Schiff etwas ins Wasser geworfen hatte.

Mein Gedanke war, da verklappt wieder mal ein Umweltsünder seinen Müll«, erzählte der Mann schnell und atmete hörbar aus.

Nadja Morgenroth hörte ihm aufmerksam zu. Obwohl sie es auf der Polizeischule gelernt hatte, hatte Nadja Probleme den schnellen Worten des Mannes zu folgen und sich gleichzeitig Notizen zu machen.

»Okay, und dann? Irgendwie muss das Päckchen ja dann hier ans Ufer gekommen

sein«, schlussfolgerte sie.

»Das kann ich Ihnen nicht sagen. Ich war eingeschlafen…den Rest habe ich ja bereits erzählt! Schätze, die Strömung hat es angespült. Es wurde ja nicht weit vom Ufer ´reingeschmissen«, sein Stimme zitterte etwas.

»Können Sie noch irgendwelche Angaben zu dem Schiff machen?«, die Frage kam schnell und bestimmt, ungeduldig klopfte die Beamtin mit ihrem Kugelschreiber auf den Notizblock in ihrer Hand. Wieder musste Manfred überlegen. Es entstand eine kleine Pause, in der er einen Blick zu dem anderen Polizisten warf und wieder würgen musste. Die Leiche lag nun fast ausgepackt da und er konnte eine junge Frau erkennen. Das fahle

Gesicht sah aus wie aus Wachs und leuchtete in dem spärlichen Taschenlampenlicht, gespenstisch auf. Wieder ein Würgen, aber diesmal musste er sich nicht übergeben. Nadja Morgenroth hatte die verstohlenen Blicke mitbekommen und stellte sich so vor Manfred auf, dass ihm die Sicht auf ihren Kollegen und die Leiche verwehrt wurde.

»Ähm...ja ...es war ein...schwarzes Schiff«, stotterte er. Auch wenn es unhöflich wirken musste, ließ sich Manfred in seinen Stuhl fallen. Seine Knie waren kurz davor nachzugeben.

»Ein schwarzes Schiff?«, ungläubig fragte die Beamtin nach. Manfred nickte nur.

»Das ist nicht erlaubt, soweit ich weiß. Haben Sie eine Kennzeichnung gesehen?«, setzte sie hinterher.

»Ich konnte keine erkennen«, sagte er ehrlich.

Ohne ein weiteres Wort ließ Morgenroth ihn sitzen und kehrte zu ihrem Kollegen zurück.

Ein kurzes Gespräch, von dem er aber nichts verstehen konnte und nach einem Seitenblick auf ihn kam sie wieder zu ihm zurück.

»Sie können dann jetzt gehen. Ich brauche nur noch Ihre Daten, falls noch Fragen auftreten sollten«, der Ton war ins Geschäftsmäßige umgeschlagen. Manfred hatte verstanden, dass er verschwinden sollte. Betont langsam begann er seine Sachen zusammenzupacken, spähte aber immer wieder zu den beiden Polizisten hin. Er hoffte, doch noch den einen oder anderen Gesprächsfetzen aufzuschnappen. Seine Neugier war wieder geweckt und die Leiche aus der Ferne betrachtet, ließ in ihm zum Glück auch kein Ekelgefühl aufkommen. Eine dritte Person war dazu getreten und untersuchte ebenfalls die Leiche. Leider konnte er die Gesten auf die Entfernung nicht deuten. Irgendwann war sein Anglerzubehör dann doch verstaut und er stapfte davon.

Unbeachtet von dem Mann, der da mit seinen Angeln rumnestelte und scheinbar nicht vorankam, um sie zu verstauen, machten die Beamten und der eingetroffene Pathologe, Dr. Markus Dobrec, ihre Arbeit.

»Nadja, kannst du mal kurz zusammenfassen, was der Zeuge berichtet hat. Vielleicht ist für Markus dann auch schon was Verwertbares dabei ...«, die Aufforderung kam müde von ihrem Kollegen und mit wenig Nachdruck. Die Polizistin begann jedoch wunschgemäß wiederzugeben was sie von dem Zeugen erfahren hatte.

Gespannt hörte Dr. Dobrec, der wieder voll einsatzbereit war, zu. Einem Impuls folgend wusste er, wonach er bei der Leiche suchen musste. Mit einem schnellen Blick hatte er die Male am Hals gefunden. Vermutlich war auch diese junge Frau blutleer. Er atmete laut aus und blickte zu den Polizisten hoch.

»Ich wage zu behaupten, dass wir es mit einem Serienmörder zu tun haben!«, äußerte er vorsichtig.

»Wie kommst Du denn da drauf?« Helge Lassner, der zweite Polizist vor Ort, war überrascht.

»Ich habe noch zwei Leichen im Keller liegen mit den gleichen Malen am Hals und blutleeren Körpern«, erklärte er in Pathologenmanier, »In fünf Tagen sind es Summa Summarum drei Leichen. Hört sich für mich ganz nach einer Serie an!«

Die jungen Beamten sahen sich ungläubig an. Ein Serienmörder hier in Kiel? Das war für die beiden unfassbar, auf der anderen Seite hatten sie aber auch Angst, den Fall nicht lösen zu können. Lassner scharrte mit dem Fuß am Boden. Wieso hatten sie von den anderen zwei Morden noch nichts gehört? In den Nachrichten war von einem totem Mädchen die Rede gewesen, aber auf ihrer Dienststelle war davon nichts angekommen, weder ein Aufruf, die Augen offen zu halten, noch genauere Informationen zu dem Fall. Über einen zweiten Mord wurde auch in den Nachrichten nichts berichtet. Morgenroth nahm sich vor, sich da kundig zu machen. Vielleicht waren die anderen Reviere inzwischen informiert worden.

»Weißt du, wo die anderen gefunden wurden?«, leise, fast piepsig unterbrach sie entstandene Stille.

Dr. Dobrec sah kurz nachdenkend in die Ferne und nickte dann.

»Ja, die erste in einem Bus am Hauptbahnhof und die zweite im Alten Botanischen Garten.«

»Dann werden wir uns wohl mal mit den Kollegen unterhalten müssen. Haben die schon Kenntnis von Ihren Feststellungen?«, bohrte Morgenroth interessiert weiter.

»Den ersten Mord hab ich bereits zu Protokoll gegeben, der zweite wird heute Morgen noch an die betreffenden Beamten geleitet«, geschäftsmäßig erklärte er das und verabschiedetet sich dann nur mit einem Nicken von den beiden.

Der Leichenwagen traf ein, um das dritte Mordopfer in die Gerichtsmedizin zu bringen.

Morgenroth und Lassner blieben zurück. Sie mussten noch nach Spuren suchen und – wenn sie welche fanden – diese sichern. Das war eine Beschäftigung, die Lassner so gar nicht mochte, es bestand immer die Gefahr, etwas zu übersehen oder selbst Spuren zu vernichten. Wie oft hatte er in seiner Ausbildung Anraunzer bekommen, weil er nicht gründlich genug war.

»Kannst Du das glauben? Ich meine das mit dem Serienmörder? Was mich am meisten ärgert, ist, dass wir noch keine Meldung dazu bekommen haben!«, durchbrach Morgenroth engagiert die entstandene Stille.

»Kann ich Dir nicht sagen! Ich hoffe nicht. Weißt Du, was das für Arbeit bedeuten

würde?«, antwortete Lassner ihr wenig enthusiastisch.

»Das wäre doch mal eine richtige Herausforderung!«, spielte Nadja den Ball zurück.

»Ach, da kann ich gut drauf verzichten! Ich habe schon genug Ärger!«, brummte ihr Partner.

»Oha…Ärger im Paradies? « fragte sie schelmisch.

»Ach lass mich doch…«, giftete Lassner.

Damit war das Gespräch beendet. Die Spurensuche auch, befand Lassner. Er steuerte den Weg zum Streifenwagen an und bedeutete seiner Kollegin, ihm zu folgen. Morgenroth zuckte mit den Schultern, folgte ihm aber, wenn auch zögerlich.

EIN PAAR STUNDEN SPÄTER

Dr. Markus Dobrec fuhr gleich in sein Büro. Um nach Hause zu fahren und noch eine Mütze Schlaf zu bekommen, war es eh zu spät.

Dann würde er eben früher Feierabend machen. Die „neue" Leiche kam fast zeitgleich mit ihm an. Beim Anblick des Metallsarges wurde ihm irgendwie komisch.

Es ließ ihn kalt, wenn er Verbrennungsopfer bekam.

Auch verstümmelte oder schrecklich entstellte Leichen mit hervorquellenden Eingeweiden waren ihm bekannt, aber welche mit nur zwei kleinen Malen und blutleer machten ihm nun doch etwas Angst. Das lag wohl daran, dass er keine plausible Erklärung fand. Eine ungewohnte Situation. Vor seinen Augen tauchte ein Bild auf, wie die drei toten Frauen da auf den Metallbahren lagen. Er spann im Kopf weiter, dass sie sich erhoben und ihn als Nahrungsquelle nutzten. Kopfschüttelnd, um das surreale Bild zu verdrängen, ging er in sein Büro. Sein Faxgerät war noch an und er tippte die Nummer des Polizeireviers in der Falkstraße ein. Sein Bericht glich dem, den er auch den Beamten vom Revier Vonder Tann-Straße erzählte, er brauchte nur eine Änderung von Anschrift und Empfänger.

Faxsignale ertönten aus dem Gerät, ein kurzes Piepen bedeutete, das Fax war zugestellt. Eine Aufgabe war schon mal erledigt.

Die in der Zwischenzeit angestellte Kaffeemaschine gab ihr letztes Zischen von sich und stellte sich aus. Erschöpft schenkte Dr. Dobrec sich eine Tasse ein. Er stierte vor sich hin, als würde er die Lösung an der Wand vor ihm finden. Nach guten fünf Minuten, die er so verharrte, schoss ihm ein Gedanke durch den Kopf, den er bei der dritten Toten sofort testen wollte. Die anderen beiden würde er testen, wenn er ein positives Ergebnis erhalten würde. In seiner Studienzeit hatte er irgendwann einmal gehört, dass ein bestimmtes Enzym Blut auflösen konnte. Die Tatortreiniger hatten doch auch sowas, oder? Was war das für eine Chemikalie? Das würde auch die zwei kleinen, fast unscheinbaren Einstiche genau an der Hauptschlagader erklären. Seine Stimmung hatte sich erheblich verbessert bei der Aussicht auf eine logische Erklärung. Mit euphorischen Schritten betrat er den kalten Raum, in dem er arbeitete und versuchte noch ein wenig Blut aus den Organen der Toten zu bekommen. Das Glück war auf seiner Seite, es ließ sich noch genug entnehmen, dass es für einen Test reichte. Dieser Test würde aufwendig werden und bestimmt nicht vor morgen ein Ergebnis liefern. Fast wünschte er sich, er könnte das Fax, welches er heute Morgen abgeschickt hatte, wieder zurückrufen.

Auf der andern Seite mussten sich die Kollegen von der Polizei zusammentun und ihre Fälle vergleichen. Es lag klar auf der Hand, dass hier ein Serienmörder unterwegs war.

Da auch bei der dritten Toten alles so aussah, wie bei den ersten beiden, schickte er den gleichen Bericht also auch noch mal an das Revier in der Fritz-Reuter-Straße. Allerdings mit dem Zusatz, dass er um Geduld bitten würde, weil noch ein Test läuft.

Zufrieden beschriftete er die Blutproben mit den Namen und notierte auf einem Formular, was getestet werden sollte. Er machte sein Kreuzchen bei: „Untersuchung auf Chemikalien", bei „nicht körpereigene Enzyme" und bei „Proben miteinander vergleichen". Einer Eingebung folgend hatte er dann doch gleich bei den anderen Leichen nach Blut gesucht So konnte er zwei Fliegen mit einer Klappe schlagen.

Natürlich war es wichtig zu wissen, ob etwas Ungewöhnliches gefunden wurde, was bei allen drei zutraf.

Alles zusammen tütete er in einen kleinen, durchsichtigen Beutel ein, steckte diesen in eine zylindrische Büchse, welche er verschraubte und per Rohrpost ins Labor schickte. Dobrec gefiel diese etwas altmodisch anmutende, jedoch für diesen Zweck ausgesprochen praktische Form des Transportes, die mittels Druckluft und einem Röhrensystem einen schnellen und personalarmen Transport innerhalb eines Gebäudekomplexes gewährleistete.

Wieder ganz von sich selbst überzeugt, schritt er in seinen Aktenraum und nahm sich Akte für Akte vor, die nur annähernd einen ähnlichen Fall enthalten könnten. Seine Hoffnung, etwas zu finden, war groß. Dann hätte er etwas zum Vergleichen und könnte gezielter suchen. Ihm war, als hätte er in seiner Lehrzeit schon mal von einem ähnlichen Fall gehört. Der Aktenraum war bis unter die Decke gefüllt mit Ordnern und Kartons. In zehn Reihen aufgestellte Regale ließen nur einen engen Durchgang frei. Es roch nach Staub und muffig war der

Raum auch. Die Vermutung lag nahe, dass es in diesem Raum schon mal Feuchtigkeitsschäden gegeben hatte.

Viel Arbeit hatte er sich da vorgenommen, aber mit seiner neuen Motivation würde er es schon schaffen.

Seine Eitelkeit wollte nicht zulassen, dass er jemanden um Rat fragen musste, um die Erklärung für die Male und die Blutleere zu finden. Mit einer frischen Tasse Kaffee machte er sich an sein Werk.

AM GLEICHEN MORGEN

Auf dem Polizeirevier in der Fritz-Reuter-Straße herrschte helle Aufregung. Der Bericht des Leichenbeschauers war eingetroffen. Das Papier gab nicht viel Aufklärendes preis, hatte aber eine wichtige Nachricht für die Beamten. Es gab ähnliche Morde. Heiße Diskussionen brachen unter den Polizisten aus. Man hätte meinen können, im Kindergarten gelandet zu sein, anstatt auf einer Polizeiwache. Alle redeten durcheinander und jeder wollte seinen Senf dazugeben.

Kaum einer hatte von dem ersten Mord gehört, von dem zweiten schon gar keiner mehr. Das ging gut und gerne eine Stunde, bevor endlich wieder Ordnung in den Ablauf kam. Das Schriftstück landete endlich bei Helge Lassner auf dem Schreibtisch. Sofort rief er seine Kollegin zu sich, die vor einigen Stunden auch mit am Tatort war.

Nadja Morgenroth sah ihren Kollegen sprachlos an. Nun war ihr auch klar, warum es so einen Aufruhr gegeben hatte in der Wache. Sie wedelte mit dem Papier.

»Da war unser Doktor Dobrec aber mal einer von der schnellen Sorte!«

»Das stimmt wohl! Hast du auch bis zum Ende gelesen?«, Lassner hörte sich wie gerädert an.

Lustlos hing er in seinem Bürostuhl. Der fragende Blick von Morgenroth sagte ihm, dass sie nicht bis zum Schluss gelesen hatte. Schnell holte sie das nach.

»Na, dann wird es Zeit, dass wir uns mit den anderen Revieren in Verbindung setzen! Aber das hatte ich ja sowieso vor«, erklärte sie.

Schwungvoll setzte sie sich an den Computer und ging die letzten Fälle durch, um herauszufinden, welche Beamten die anderen zwei Morde bearbeiteten. Relativ schnell wurde sie fündig, druckte die Berichte dazu aus und reichte sie an Lassner weiter. Auffällig war, dass die Berichte erst an diesem Morgen in die Datenbank geladen wurden. Entweder wurde schlampig gearbeitet, oder sollten sie sogar vertuscht werden? So recht wusste sie nicht, was sie davon halten sollte, nahm es aber erstmal schweigend hin.

»Warum behält Markus eigentlich immer Recht? Das sieht nicht nur nach Serienmorden aus, sondern es sind auch welche. Trittbrettfahrer würden immer irgendwo etwas anders machen. Aber die Berichte gleichen sich bis ins kleinste Detail, was die Leichen angeht. Wie sieht es an den Tatorten aus?«, ächzend vergrub er sein

Gesicht in seinen Händen und stütze die Ellenbogen auf den Knien auf. Sein Kopf sagte ihm lange, anstrengende Arbeitszeiten voraus. Den Urlaub in der nächsten Woche konnte er sich abschminken, seine Frau würde ihn lynchen. Sie wollten ihre Hochzeitsreise nachholen, die seit fast neun Jahren überfällig war.

Eigentlich war er ein hochmotivierter, junger Polizist, aber in der letzten Zeit war sein Privatleben immer öfter auf der Strecke geblieben, als es gut war. Genau in dem Moment, als er den Bericht des Pathologen auf seinem Schreibtisch sah, sank seine Motivation gen Null. Mit feuchten Augen richtete er seinen Blick wieder auf. Morgenroth versteckte sich schnell hinter dem Computer und tat so, als würde sie das nicht wahrnehmen. Heulende Männer konnte sie nicht ertragen. Laut ausatmend griff Lassner zum Telefon und wählte seine Privatnummer. Kurz und knapp schilderte er seiner Frau die Lage, seinem Gesicht war anzusehen, dass am anderen Ende der Leitung die Stimmung gespannt war.

Geknickt legte er den Hörer auf, räusperte sich und verließ das Büro. Morgenroth hatte in der Zwischenzeit bereits das Revier in der Von-der-Tann-Straße angerufen und um ein Treffen mit den Beamten Jäckels und Buttler gebeten. Hamm und Lessing vom Revier Falckstraße ließ sie eine Nachricht bestellen, die waren gerade zu einem Einsatz unterwegs. Wenn mehr als zwei Reviere zusammenarbeiten mussten, war es schon schwierig, alle an einen Tisch zu bekommen. Allein die Schichten machten schon Probleme, Tag und Nachtschicht überschnitten sich nur kurz. Ein Polizist, der aus der Nachtschicht kam, war meistens auch müde und wollte nur noch in sein Bett, statt noch eine Stunde dranzuhängen, um aus drei Fällen nur einen zu machen.

»Lass uns noch mal unseren Bericht zu heute Morgen durchgehen! Vielleicht finden wir etwas!«, träge rief Helge Lassner den Bericht in seinem Computer auf und begann zu lesen.

»Viel haben wir nicht, Helge! Nur das schwarze Segelschiff und die Aussage des

Anglers!«, sagte Morgenroth und stieg damit taktvoll in
den Fall ein, ohne vorher zu fragen, was wohl seine
Ehefrau gesagt hatte.

»Dann machen wir uns mal auf die Suche nach dem
schwarzen Schiff!«, sagte Helge Lassner. Er suchte sich
alle Segelschulen und Segelvereine in Kiel raus und begann zu telefonieren. Neugierig wartete Morgenroth
nach jedem Gespräch auf den Kommentar von Lassner.
Auch beim letzten Verein kannte niemand ein komplett
schwarzes Segelschiff.

»Zu dumm, dass wir keine Kennzeichnung haben, das
würde es uns um einiges leichter machen«, resignierte
er.

»Laut der Zeugenaussage hatte es wohl keine Kennzeichnung. Schwarz auf Schwarz wäre ja auch kaum zu
erkennen und im Dunkeln schon mal gar nicht. Wer
weiß, vielleicht war das Schiff auch nur eine Erfindung

von diesem … Manfred Hambacher … äh Hambauer«,
belehrte sie den Kollegen.

Der Name des Zeugen stach ihr gerade in dem Bericht
ins Auge, sie wiederholte ihn, um ihn sich einzuprägen.

»Ja, das ist mir schon klar!«, kam die leicht aggressive
Antwort.

Abwehrend hob die Polizistin die Hände. Schließlich
war es nicht ihre Schuld, dass seine Frau ihn angemacht
hatte und ein Serienmörder gerade dann sein Unwesen
trieb, wenn er in den Urlaub wollte. Ohne ein weiteres
Wort verließ sie das Büro und schnappte sich ihre Jacke.
Sollte er doch selbst darauf kommen, dass erstmal
nichts anderes blieb, als den Zeugen ein weiteres Mal
zu befragen. Nadja war sich nicht sicher, was sie ihn
noch zusätzlich fragen sollte. Es war aber alles besser,
als darauf zu warten, dass sich die Kollegen der anderen Reviere meldeten. Einbestellen würde zu lange dau-
ern, also lieber gleich zu seiner Wohnung fahren, in der
Hoffnung ihn auch anzutreffen.

Irritiert schaute Lassner ihr hinterher, schnappte sich ebenfalls seine Jacke und folgte Nadja aus der Wache Fritz-Reuter-Straße.

»Was soll denn das bitte?«, ärgerlich verlangte er eine Antwort von seiner Kollegin.

»Ich dachte, Du würdest selbst draufkommen, dass uns nur eine weitere Befragung des Zeugen eventuell weiterbringen könnte!«, so beleidigt wie es `rauskam hatte sie es nicht gemeint. Helge hatte den Wink aber verstanden.

BEI HAMBAUER IN DER WOHNUNG

Das Erste, was Manfred tat, nachdem er zu Hause ankam, war, einen Whiskey zu trinken. Die Bilder des Pakets und der Leiche darin wollten ihn einfach nicht loslassen.

Völlig erledigt ließ er sich in seinen Sessel fallen. Ohne sich vorher Jacke und Schuhe auszuziehen, war er in sein Wohnzimmer geschlurft. Egal ob seine Frau ihn dafür ausschimpfte, weil sie es hasste, wenn er mit dreckigen Schuhen über den Teppich lief, er brauchte erstmal ein paar Minuten, um wieder zu sich zu kommen. Ein zweiter Whiskey sollte ihm dabei helfen. Kaum hatte er sich den eingeschenkt, hörte er seine Frau aus dem Schlafzimmer kommen. Genervt verdrehte er die Augen. Innerlich wappnete er sich auf eine Schimpftirade, weil er erst jetzt nach Hause gekommen war. Und dann trank er auch noch Whiskey! Von seinen Schuhen im Wohnzimmer ganz zu schweigen. Mit weit aufgerissenen Augen und stockendem Atem, die Hand auf die Brust gelegt, blieb sie in der Tür zum Wohnzimmer stehen.

»Manfred, was soll das denn? Die dreckigen Schuhe auf dem Teppich, das darf doch wohl nicht wahr sein! Und dann säufst du auch noch Whiskey am frühen Morgen? Spinnst du eigentlich? Wozu putze ich denn hier? Stell dein Scheiß-Glas ab und erklär mir mal, warum du so spät vom Angeln kommst! Hast wohl fremdgevögelt, oder was?« erboste Frau Hambauer sich.

Manfred ließ es an sich abprallen, vor sich hin starrend, nippte er an seinem Glas. Die Hände in die Hüften gestemmt, kam seine Frau vor seinem Sessel zum Stehen.

»Ich habe dich was gefragt!«, erinnerte sie ihren Mann.

Noch immer ignorierte er sie, nippte wieder an seinem Glas. Dann endlich sprach er.

»Meine liebe Frau, bitte gib Ruhe und lass mir etwas Freiraum. Du willst gar nicht wissen, was ich gerade erlebt habe«

»Doch das will ich! Was willst du schon erlebt haben? Du warst Angeln! Und zieh sofort die Schuhe aus!«, schimpfte sie mit schriller Stimme.

Wie ihm geheißen, zog er seine Schuhe aus, ließ sie aber achtlos vor dem Sessel liegen. Erwartungsvoll sah seine Frau ihn an. Als ihr Mann noch immer nichts sagte, setzte sie sich auf das Sofa.

»Wer ist die Frau? Sag mir, mit wem du vögelst, wenn du angeblich zum Angeln bist?«, provozierte sie wieder.

Sein erneuter Griff zur Flasche brachte ihm einen dieser Blicke ein, die buchstäblich töten konnten.

»Wenn ich Fremdvögeln würde, dann würde ich es dir bestimmt nicht sagen, warum auch? Du wärst doch froh, wenn du einen triftigen Grund hättest, mich zu verlassen«, sagte er endlich.

Der Whiskey hatte ihn mutig gemacht, er sprach aus, was er schon so lange dachte. Perplex sah seine Frau ihn an. Sie öffnete den Mund, um etwas zu sagen, schloss ihn aber gleich wieder, weil ihr die Worte fehlten. Erneut setzte sie an, aber wieder kam nichts. Die harten Worte ihres Mannes hatten sie sichtlich getroffen. Er hingegen fühlte sich befreit. Mit Genugtuung leerte er sein Glas. Er überlegte kurz, ob er seiner Frau etwas erzählen sollte und hievte er sich aus dem Sessel.

»Eine Leiche hat mich gefickt«, hauchte er fast tonlos.

Ohne ein weiteres Wort und ohne seine geschockte Frau eines weiteren Blickes zu würdigen, schleppte er sich ins Bad und dann weiter in sein Bett. Auf der Stelle schlief er ein, doch Alpträume von Leichen, die von Schiffen fielen, oder Leichen, die wieder zum Leben erwachten, quälten ihn.

DIE BEFRAGUNG HAMBAUERS

»Dann lass uns dem Manfred Hambauer mal auf den Zahn fühlen!«, Helge zwinkerte der Beamtin zu. Sie machten sich auf den Weg zu ihrem Einsatzwagen.

Durch die Verbindung mit einer Schnellstraße war es kein Problem, in kurzer Zeit von Friedrichsort nach Holtenau zu kommen. Die Wohnung von Manfred Hambauer lag in der Lütjohannstraße, mit Parkplätzen sah es dort nicht gut aus und die beiden Kollegen mussten das Fahrzeug etwas entfernt abstellen. Auch mit einem Dienstfahrzeug konnte man sich nicht alles

erlauben und einfach in zweiter Reihe parken. Aber Polizisten sollten ja für den Ernstfall fit sein, da konnten
ein paar Meter Laufen nicht schaden.

An der Tür angekommen, klingelte der Beamte Lassner
fast Sturm, doch erst nach einigen Minuten konnten sie
eine Regung im Haus wahrnehmen.

»Wer klingelt denn da wie so ein Bekloppter?«,
schimpfte Hambauer drinnen. Seine Frau hatte inzwischen mit den Kindern das Haus verlassen.

Sein erschrockenes Gesicht ließ die Polizisten beinahe
Schmunzeln.

»Tschuldigung…«, murmelte er leise.

»Kein Problem, wir hätten da noch ein paar Fragen an
Sie!«, grinste die junge Beamtin. Manfred deutete in den
Flur und trat beiseite, um die Polizisten herein zu las-
sen.

»Uns ist da noch etwas unklar in Ihrer Aussage! Nach
unseren Recherchen gibt es im Umkreis kein schwarzes

Segelschiff. Sind Sie sicher, dass es wirklich komplett schwarz war? Immerhin war es dunkel, da kann ein helles Segel im Mondlicht auch schon mal einen dunklen Schatten werfen?«, provozierte Lassner. Er kam sofort zur Sache, warum auch erst drumherum reden. Auf der Fahrt hierher hatten Lassner und Morgenroth sich die Fragen zurechtgelegt.

»Ja, da bin ich ganz sicher. Ich habe nämlich noch gedacht, wie man da eine Kennzeichnung überhaupt feststellen soll«, antwortet Manfred gelassen.

Morgenroth nickte und schrieb sich die Antwort auf.

»Okay, hatte das Schiff denn irgendeine Flagge? Eine Landesflagge zum Beispiel?«, der Polizist bohrte weiter. Hambauer überlegte kurz, schüttelte aber dann den Kopf.

Die Beamten wechselten einen Blick. Manfred Hambauer wurde unsicher. Es schien, als wenn die Ordnungshüter ihm nicht glauben würden.

»… keine Flagge, keine Kennzeichnung…«, fasste der Polizist zusammen und fragte mit Nachdruck weiter.

»Meinen Sie, da hat jemand bewusst drauf verzichtet?«

»Na, das kann ich Ihnen nun wirklich nicht sagen! Ich war nicht an Bord!«, so langsam wurde es dem Befragten zu dumm.

»Hm… Wie haben Sie die Leiche nochmal gefunden?«, eindringlich hakte Lassner noch einmal nach.

»Ich habe doch schon gesagt, dass ich eigentlich meine Angeln überprüfen wollte, als sie auf einmal in Ufernähe herandümpelte. Vorher hatte ich ein Platschen wahrgenommen. Es schien mir, als wenn etwas ins Wasser fiel«, genervt verdrehte er die Augen.

Nadja stupste ihren Nebenmann an. Der verstand.

»Also sind Sie nicht sicher, ob sich die Leiche nicht vorher schon im Wasser befunden hatte?«

»Nee, bin ich nicht. Aber das Paket trieb vor dem Schiff herum, bis es aus meinem Sichtfeld verschwand«, aufbrausend versuchte der Ausgefragte sachlich zu antworten. Sein Aggressionspegel lag nach der letzten Nacht sehr hoch. Er hatte gerade in den Schlaf gefunden, ohne von den blöden Toten verfolgt zu werden, und konnte die Bilder loslassen, als es Sturm klingelte. Nicht mal mit seiner Frau hatte er erzählt, was wirklich geschehen war, auch wenn es wohl besser gewesen wäre. Ihre Vorwürfe von letzter Nacht fielen ihm wieder ein und schon wusste er wieder, warum er nichts gesagt hatte. So wie er seine Frau kannte, würde die auf seine Story hysterisch reagieren, hier wegziehen wollen oder sich im Bad einschließen.

Darauf wollte Manfred auf jeden Fall verzichten, schließlich war er selbst nicht weit von einem Nervenzusammenbruch entfernt.

Damit hatte er dann schon zwei gute Gründe, die Schnauze zu halten. Den Gesetzeshütern schien es egal zu sein, so unsensibel wie die Fragen gestellt wurden.

»Haben Sie Alkohol getrunken oder Rauschmittel zu sich genommen in der vergangenen Nacht?«, die weibliche Stimme forderte ihn heraus.

»Nein, das pflege ich generell nicht zu tun. Haben sie noch weitere Fragen? Ansonsten würde ich gern wieder in mein Bett gehen und weiterschlafen. Ich hatte ein sehr traumatisches Erlebnis in der vergangen Nacht!«, frech beatwortete er damit die letzte Frage. Nadja sah auf ihre Notizen.

»Nein, das war`s fürs Erste. Halten Sie sich bitte zur Verfügung!«, wies sie ihn an. Ohne ein weiteres Wort verließen die Ordnungshüter die Wohnung. Auf dem Weg zu ihrem Fahrzeug legte Nadja ihren Verdacht offen.

»Irgendwie glaube ich dem Mann nicht. Wir sollten ihn im Auge behalten!«

»Aber er hat genau das wiederholt, was er auch heute Nacht ausgesagt hat«, gab Helge zu bedenken.

»Ja, aber seine Art ist irgendwie komisch, ich hab ein merkwürdiges Gefühl. Und er hat nach Alkohol gerochen!«, beteuerte sie.

Am Wagen angekommen, sagte Lassner noch, bevor sie einstiegen und abfuhren:

»Lass und erstmal schauen, was die Kollegen meinen!«

AM NACHMITTAG

Drei Morde gab es aufzuklären, sechs junge Polizisten saßen auf der Wache in der Falckstrasse und tauschten Informationen aus. Noch nie hatte einer der jungen Beamten konkret mit einem Serienmord zu tun gehabt, keiner wusste wie die richtige Vorgehensweise war.

»Eigentlich ist das doch ein Fall für die Mordkommission der Kriminalpolizei, oder?«, warf Florian Buttler ein.

Da er der Dienstältere war, ließ er noch krasser als üblich den Boss raushängen. Für ihn stand es außer Frage, dass er das Kommando über die kleine Truppe übernehmen würde. Danilo Jäckels stimmte ihm zu, nicht weil er der Meinung war, sein Partner wäre im Recht, sondern weil ihm der Fall unheimlich war.

Soweit er das sagen konnte, war er der Jüngste und mit diesem mysteriösen Fall überfordert, das musste er sich zugestehen. Die beiden Kolleginnen schienen gelassener mit den Morden umzugehen, wenn er sie hätte einschätzen müssen. Vielleicht waren sie auch einfach nur neugierig, wie man solche Fälle bearbeitet. Viele Morde gab es in der Vergangenheit nicht aufzuklären.

Bernadett Lessing griff zum Telefon und ließ sich zu einem Kollegen der Mordkommission durchstellen. In schnellen Worten berichtet sie, um was es ging und dass sie um Unterstützung baten. Ein Beamter der Kripo würde in kurzer Zeit bei ihnen eintreffen, bekam sie zur Antwort. Alle am Tisch nickten einstimmig. Die Zeit des Wartens überbrückten sie mit Kaffee. Nur Nadja wollte mehr wissen.

»Warum war nur der erste Mord in den Nachrichten? Warum wurde keine Rundmeldung geschickt und warum - um alles in der Welt - konnte ich die Berichte zu den Morden erst heute Morgen lesen?«, platzte es fordernd aus ihr heraus.

Alle Augen waren auf sie gerichtet.

»Na hör mal Mädel, willst du vielleicht sagen, dass wir schlampig gearbeitet haben?«, blaffte Buttler sofort bissig zurück.

»Vielleicht?!?«, konterte die junge Polizistin gelassen.

»Nimm es einfach so hin, wie es ist, Kleine…«, stellte Buttler die Rangordnung klar.

Ein Raunen ging durch den Raum. Mit zusammengekniffenen Augen sah Nadja Florian an. Der grinste selbstgefällig zurück. Für einen weiteren Schlagabtausch war leider keine Zeit mehr. Nadja ärgerte sich heftig über die arrogante Art ihres Kollegen.

Zur Überraschung aller mussten sie nicht lange warten, denn gefühlte fünf Minuten später stand der Kripobeamte bei ihnen im Raum.

Killian Bautzer war ein hochgewachsener, schlanker Mann mittleren Alters, machte einen sympathischen Eindruck und ließ die Frauen erstarren.

Sein gutes und gepflegtes Aussehen ließ vermuten, dass er bei den weiblichen Straftätern leichter eine Gesprächsbasis finden konnte.

Es ging ein Flüstern durch den Raum. Killian stellte sich kurz vor und begann sich sofort mit den Fakten vertraut zu machen. Zeit war in einem Mordfall immer ein zentraler Faktor. Denn alles, was man in den ersten vierundzwanzig Stunden nicht ermitteln konnte, war zu 99 Prozent verloren.

Bautzer überflog die Berichte der Beamten, schaute dabei immer mal auf, so, als ob er überlegen würde und fing dann an, die Polizisten auszufragen.

»Wer von ihnen hat den ersten Mord im Bus bearbeitet?«, Neugier auf seine Kollegen schwang in der Stimme mit.

»Wir waren das!«, antwortetet Florian Buttler leicht genervt und deutete dabei auf Danilo Jäckels und sich selbst.

»Okay, das sieht im Bericht ja alles schon mal sehr gut aus. Was ergab denn die Handy-auswertung, ist da schon ein Ergebnis bekannt?«, aufmerksam sah er zu den betreffenden Kollegen herüber.

Bevor Buttler wieder mit seiner mürrischen Art antworten konnte, ergriff Jäckels das Wort.

»Nein, wir haben aus der KTU noch keine Auswertung bekommen. Wir hoffen, heute noch etwas zu erfahren.«

Erstaunt sah Bautzer auf und schüttelte den Kopf.

»Na, im Zeitalter der Vernetzung und der Telefone, wird es doch sicher einen Weg geben, in ihrer Wache nachzufragen, oder? Man könnte auch gleich die Nummer der KTU wählen?«

Das hatte Jäckels nicht erwartet. Geknickt verließ er den Raum, um zu telefonieren. Seine Kollegen lachten ihm gedämpft hinterher.

»Gut, wenn wir da etwas wissen, werden wir uns den ersten Mord noch einmal genauer betrachten! Im zweiten Fall fehlen mir Fingerabdrücke. Ob die Zeugen noch im Krankenhaus sind oder wir sie zu Hause antreffen können, um noch mal eine Befragung durchzuführen?

Desweiteren erschließt es sich mir nicht, ob auch bei Larissa Blum ein Handy gefunden wurde und ob eine Befragung der Eltern erfolgt ist. Wer ist für diesen Fall zuständig?«

Er blickte in die Runde. Zögerlich meldeten sich Victor Hamm und Bernadett Lessing.

Keiner von den beiden traute sich etwas zu sagen, nachdem Killian bereits so viele Fehler aufgeführt hatte.

»Dann bitte ich Sie beide sofort, das Versäumte nachzu-
holen und mir bis morgen Abend einen Bericht dazu
anzufertigen«, locker, aber bestimmt komplimentierte
er die beiden aus dem Raum.

»Der Raum leert sich und ich gehe schwer in der Annahme, dass Sie den dritten Mord bearbeiten?«

Nadja Morgenroth und Helge Lassner nickten dezent.

»Auch hier fehlen mir die Angaben zu Papieren und ob
ein Handy gefunden wurde. Handys geben in der heu-
tigen Zeit so viel Aufschluss über die letzten Stunden,
dass sie ein wichtiges Indiz in jedem Kriminalfall sind.
Es ist unverzeihlich, wenn nicht zumindest gründlich
danach gesucht wird«, belehrend sah er die Beamten an.

»Wir hatten leider keine Gelegenheit, die Leiche selbst
danach zu durchsuchen, da sie in ein Leinentuch gewi-
ckelt war und der Pathologe noch keine Rückmeldung
gegeben hat.

Ich werde sofort mit ihm telefonieren und diesbezüglich einen vollständigen Bericht anfordern! In der Umgebung lag nichts«, entzog Nadja weiteren Fragen die Grundlage. Bautzer nickte beipflichtend.

»Den Bericht kann er hierher schicken, wir werden diesen Raum als Sondereinsatzkommandozentrale nutzen. Herzlichen Glückwunsch, Sie beide gehören ab sofort zur soeben eingerichteten Soko „Vampir". Das betrifft auch die Beamten, die bereits den Raum verlassen haben. Teilen Sie denen das mit.

Ich werde dafür sorgen, dass wir bis morgen früh diesen Raum funktional ausgestattet bekommen, damit wir effektiv arbeiten können«, mit diesen nachdrücklichen Worten entließ er die verblieben Polizisten. Er selbst setzte sich noch einmal an den Tisch, um die Berichte genauer zu studieren.

HELENE MEYER IM KRANKENHAUS

Nachdem der Krankenwagen Helene Meyer in die Not-
fallambulanz gebracht hatte, stammelte sie nur noch etwas von Leichen und Mord. Für die behandelnden
Ärzte lag eindeutig auf der Hand, dass sie unter Schock
stand, wenn sie nicht sogar ein richtiges Trauma hatte.
Die Untersuchungen ließ sie ohne Protest über sich ergehen, egal wie oft eine Schwester ihr in den Arm ste-
chen musste, um an ihr Blut zukommen oder ob das
EKG nervig neben ihr piepte. Auch das Rein und Raus
der verschiedenen Personen störte sie nicht. Hin und
wieder fragte sie nach ihrem Hund Bobby und, dass sie
ihn bei sich haben wollte. Dann erklärte ihr eine
Schwester geduldig, dass es Bobby gut gehe und er im
Augenblick nicht zu ihr kommen dürfe. Frau Meyer
weinte dann ein bisschen, hatte aber nach ein paar Minuten wieder vergessen, warum sie weinte und ihre
Tränen versiegten. Man brauchte kein Arzt sein, um zu
sehen, dass die alte Dame verwirrt war. Ihr Körper

signalisierte damit auf diese Weise, dass er einfach Ruhe zum Verarbeiten der Ereignisse benötigte. Ein Herzinfarkt hatte sich glücklicherweise nicht bestätigt, aber auf Grund ihres Allgemeinzustandes sollte sie zur Sicherheit einige Zeit zur Beobachtung im Krankenhaus bleiben. Als Reaktion auf die Nachricht nickte Helene nur und ließ sich wortlos in ein Krankenzimmer schieben. Sie bekam ein Medikament gespritzt, welches sie beruhigen und beim Einschlafen helfen sollte.

Es dauerte auch nicht lange, da fiel sie in einen traumlosen Schlaf. Die Schwester schaute noch mal nach ihr, stellte Wasser an ihr Bett und ließ sie weiter schlafen.

Nach dem Erwachen am nächsten Morgen wusste Helene Meyer erst nicht, wo sie war und rief panisch nach Hilfe.

Die diensthabende Schwester stürmte in das Krankenzimmer. Mit viel Einfühlungsvermögen sprach sie auf sie ein. Nach und nach beruhigte sich die Dame. Helenes Meyers Erinnerungen kamen Stück für Stück zurück, sie stöhnte bei dem Gedanken an den Fund vom letzten Abend.

»Sagen sie… lag da wirklich eine Leiche unter dem Busch?«, fragte sie flüsternd.

»Soweit ich weiß, ja…«, gab die Schwester zu.

»Ich kann es gar nicht glauben… einfach nur schrecklich!«, schluchzte Frau Meyer.

»Das finde ich auch. Leider ist es in unserer Welt fast an der Tagesordnung, von einem Verbrechen wie diesem zu hören«, erklärte die Schwester.

»Wo ist mein Hund?«, keuchte Helene Meyer.

»Der ist gut aufgehoben«, musste die Krankenschwester lügen. Sie wusste nicht was mit dem Hund war.

»Dann bin ich ja beruhigt«, atmete sie auf.

»Kann ich noch etwas für sie tun, Frau Meyer?«

»Wenn sie mir den Fernseher einschalteten würden, dann wäre ich schon zufrieden«, antworte die Dame erschöpft.

»Na klar! Und hier hängt noch eine Klingel, falls noch etwas sein sollte. Das Frühstück kommt dann auch bald«, lächelnd reichte die Schwester ihr die Fernbedienung und schaltete beim Verlassen des Zimmers das Fernsehgerät ein.

Wieder allein zappte Helene Meyer durch die Programme, bei einer Nachrichtensendung hielt sie inne und stellte den Ton lauter.

»Wie wir soeben aus sicherer Quelle erfahren haben, hat es zwei weitere Morde gegeben. Nach dem Mord im Bus gab es noch einen im Alten Botanischem Garten und einen weiteren in Holtenau an der Schleuse.

Über die Opfer ist uns nichts bekannt, nur dass es sich in allen drei Fällen um weibliche Personen gehandelt hat.

Eine Stellungnahme der Polizei liegt noch nicht vor. Wir werden sie über die neuesten Entwicklungen zu den Morden auf dem laufenden halten.«

Die Meldung, dass es noch mehr Tote gegeben hatte, musste erst einmal sacken. Frau Meyer blickte starr auf den Fernseher, in dem gerade eine Seifenoper begann. Ihr Mund verzog sich zu einer schmalen Linie, diese Nachricht hatte etwas in ihr verändert. Warum das so geschah, schien ein Rätsel zu bleiben.

Vielleicht lag es daran, dass sie sich jetzt schlagartig der Realität bewusst wurde und sie nun Angst vor der Welt da draußen entwickelte. In Sekundenschnelle verfiel ihr sonst so freundliches Gesicht zu einer verbitterten Maske.

Die Krankenschwester bekam einen richtigen Schreck, als sie das Frühstück für die Patientin brachte. Sie hatte schon viel gesehen, aber noch nie, dass sich ein Mensch innerhalb einer halben Stunde so verändert hatte.

NAH DER BESPRECHUNG

»Boah, was denkt sich dieser aufgeblasene Schnösel eigentlich? Meint er, wir sind zu doof zum Arbeiten, oder
was?«, kochte Victor Hamm.

»Bleib ruhig, wir haben ja erst einmal mit ihm gesprochen. Vielleicht entpuppt er sich noch als ganz nett?«,
schlichtete Bernadett Lessing. Sie hätte es nie zugege-
ben, aber Kilian gefiel ihr.

Victor war mit Bernadett auf dem Weg ins Krankenhaus zu Helene Meyer. Die alte Dame hatte sich von
dem Leichenfund noch nicht erholt und ihr Herz
machte einfach auch nicht mehr so mit, wie es sollte.

Das erklärte die Krankenschwester den Beamten, bevor
sie das Zimmer der alten Frau betraten. Aus der bisher
so rüstigen Rentnerin war eine pflegebedürftige alte
Frau geworden. Leider hatte sich damit auch ihr Wesen
verändert. Von ihrer vormals sympathischen Ausstrahlung konnte keine Rede mehr sein. Sie war verbittert

und fast biestig gegenüber den Beamten, die nochmal zur Befragung kamen.

»Können Sie uns noch einmal schildern, wie Sie auf die Leiche aufmerksam wurden?«, Bernadett fragte behutsam. Die Antwort kam rau und genervt.

»Das habe ich doch bereits alles gesagt! Mein Hund Bobby hat sich losgerissen, weil er sie gewittert hatte. Ich fiel hin und zog mir einige Verletzungen zu. Ich bin sozusagen mit der Nase auf die Leiche gestoßen«, die alte Frau verschränkte abwehrend die Arme vor der Brust, wie ein trotziges kleines Kind und starrte zum Fenster hinaus.

Victor notierte alles genauestens, er wollte nicht noch einmal bloßgestellt werden.

»Okay, Frau Meyer, wir bitten um Verständnis, dass wir Sie heute noch einmal detailliert befragen müssen. Sie sind Zeuge in einem Mordfall. Haben Sie noch jemanden in der Nähe der Leiche gesehen? Oder fiel

Ihnen vielleicht eine Person auf, die sich schnell ent-
fernte?«, versuchte es Bernadett noch einmal höflich.

Helene Meyer holte theatralisch Luft, bevor sie antwortete:

»Nein, ich habe weder jemanden weglaufen sehen, noch
war irgendwer am Tatort. Diese andere Frau kam ja
erst nach mir an«, giftete sie.

»Ich glaube, so kommen wir nicht weiter!«, flüsterte
Victor Bernadett zu.

Die nickte und kramte das Fingerabdruck-Set hervor.
Das hatte sie einfach mitgenommen. Kilian wollte Fingerabdrücke, dann sollte er sie auch bekommen.

»Frau Meyer, wir müssten dann noch Ihre Fingerabdrücke nehmen!«, druckste Bernadett rum.

»Waaas wollen Sie? Sind Sie echt der Meinung, eine alte
Frau wie ich hätte jemanden ermordet?« schrie Helene
Meyer die Beamtin ungehalten an.

Bernadett holte tief Luft, bevor sie weiter sprach.

»Das muss sein, damit wir Sie als Täterin ausschließen können!«, patzte sie zurück. Aus zusammengekniffenen Augen blitze Frau Meyer die Polizistin an.

»Nun werden Sie mal nicht frech! Sie wollen ja was von mir und nicht ich von Ihnen!«, schnappte sie zurück.

»Frau Meyer, so kommen wir nicht weiter! Können wir jetzt bitte Ihre Fingerabdrücke nehmen, damit wir wieder gehen können?«, mischte sich Victor bestimmt ein. Widerwillig hielt die Alte ihre Finger hin und ließ die Prozedur wortlos über sich ergehen. Scheinbar hatte die männliche autoritäre Stimme sie daran erinnert, dass Polizisten eigentlich Respektspersonen waren. Sorgfältig verstaute die Polizistin das Fingerabdruck-Set wieder in ihrer Aktentasche und verabschiedetet sich mit einem kleinem Gruß von Frau Meyer.

Victor Hamm folgte seiner Kollegin, ohne noch etwas zu sagen. Er war einfach genervt von dem Verhalten der Frau.

»Wird der Tag noch schlimmer?«, fragte Victor missgelaunt auf dem Weg zu der zweiten Zeugin Elsa Brandt.

»Ich hoffe nicht. Am Tattag kam mir die Meyer auch nicht so biestig vor«, entgegnete Bernadett auf die Frage.

»Wer weiß, was die ihr da im Krankenhaus gegeben haben …«, antwortete er.

»Ob sie schon nach ihrem Bobby gefragt hat?«, rutschte es Lessing mitleidig heraus.

»Und wenn schon. Im Krankenhaus kann sie ihn sowieso nicht haben, da ist er im Tierheim doch gut aufgehoben«, blieb Victor kalt.

Mit einem rügenden Blick auf sie lenkte er den Wagen in Richtung Düsternbrook. Dort wohnte Elsa Brandt bei ihrem Lebensgefährten, unweit vom Fundort der Leiche. Düsternbrook war eher ein Stadtteil der gehoben Gesellschaft, viele Häuser boten einen Blick auf die Kieler Bucht, andere auf den angrenzenden Diederichsen Park.

»Na, was uns wohl da erwartet? Bestimmt so eine ein-
gebildete Pute. Würde zu meinem Tag heute ja passen
…«, stöhnte Victor, noch bevor er der Frau gegenüber-
stand.

» Ach komm schon, wir machen das wie bei Frau
Meyer, du schreibst und ich rede. Dann musst du dich
nicht ärgern!«, griente Bernadett ihn an.

»Du liebst es wohl mit schwierigen Kunden, oder?«,
spottete der Polizist zurück.

Lessing zwinkerte ihm zu und stieg aus. Die Tür, welche in die Villa führte, war nur angelehnt und die Polizisten traten vorsichtig, mit der Hand an der Waffe ein.

Vielleicht war ein Einbrecher vor Ort oder sie fanden
eine weitere Leiche. Nichts konnten sie ausschließen.
Erleichtert erblickten sie kurz darauf eine desolate, aber
lebendige Person. Hastig stecken sie ihre Waffen wieder
weg, damit sich die Frau nicht bedroht fühlte.

»Frau Brandt?«, Victor hatte seine Überraschung zuerst überwunden.

»Ja ... und?«, lallte Elsa Brandt, das Whiskeyglas weit schwenkend. Wissend tauschten die Beamten einen Blick, Victor machte eine Handbewegung, die sagen sollte: Ich hab's doch gesagt! Entschlossen, die Betrunkene trotzdem zu befragen, schritt Bernadett auf sie zu.

»Das war aber leichtsinnig von Ihnen, Frau Brandt!«, belehrte sie die Frau, »wer weiß, wer sonst noch alles beobachtet hat, dass die Tür offen steht...«

»Oach was, is doch egal...ssolange isch mein Skotsch hierabe... isalles gut...«, nuschelte sie.

»Wir hätten da noch ein paar Fragen an Sie bezüglich des Vorfalls im Alten Botanischen Garten. Glauben Sie, dass Sie das hinbekommen?«, zweifelte Bernadett.

Das Lallen und die fast leere Whiskey-Flasche auf dem Tisch deuteten darauf hin, dass es nicht das erste Glas war, welches Elsa Brandt getrunken hatte.

»Ja, nun machen Sssie schon…ich weiß eh nich mehr viel vonner Nacht…mein Freund hier hat mir drüber geholfen«, deutete sie erklärend auf die Whiskey-Flasche. Sie fuhr sich mit der Hand durch das strähnige Haar.

Schildern Sie doch bitte noch einmal, wie Sie zu der Leiche gekommen sind!«, versuchte es Bernadett vorsichtig.

»Hm…isch wolldedoch der alten Frau helfen … die war … hingefallen… isch sah noch ihren Köter weglaufen … sie tat mir sssoleid… wischen Sie … meine Mudder is vor eimpaar Wochn geschtorben und sie hatmischso an sie erinnert … «, stammelte sie.

»Das tut mir sehr leid mit Ihrer Mutter. An was können Sie sich denn noch erinnern?«, versuchte die Polizistin es anders.

»Ja … der Köter kläffte die ganse Sseid das Gebüsch an … das hat vielleischt genervt, sach isch Ihnen … isch bin dann zu dem Hund und da habisch eine Hand gessehen .... dann war isch auf einmal im Krankenhaus

...« erklärte sie zitternd.

»Sie können sich also nicht daran erinnern, wie Sie mit

der alten Dame auf den Rettungswagen gewartet haben

oder wie Sie mit meinem Kollegen sprachen?« entsetzt

sah Bernadett in die trüben Augen ihres Gegenüber.

Elsa Brandt schüttelte nur den Kopf.

»Dassisalles weg ... die Ärzte im Krankenhaus sagen ...

dass es für einfach ssu schlimm war undadursch von

meinem Kopf komplett verdrängt wurde ...«,

schluchzte sie zwischen zwei Schlucken von dem Whis-

key.

»Hatten Sie vorher schon mal Probleme mit Alkohol?«,

bohrte Lessing weiter.

»Nee, hab sswei Jahre nix getrunken ... wollte mit meim

neuen Kerl ein neues Leben anfangen ... «, heulte Elsa

Brandt los.

»Können wir Ihre Fingerabdrücke nehmen?« die Poli-zistin wollte das Gespräch schnell beenden, bevor die immer schlimmer Lallende überhaupt nicht mehr an-sprechbar war.

Frau Brandt nickte nur unkontrolliert.

»Ich habe da noch eine Frage: Wo ist Ihr Lebensgefährte zurzeit?« mischte sich Victor ein. Er konnte es nicht be-schreiben, aber irgendetwas an Elsa Brandt fand er merkwürdig, sein Bauchgefühl sagte ihm, vorsichtig zu sein. Die Frage stellte er, weil er sich beobachtet fühlte, obwohl außer ihm und Bernadett nur Frau Brandt im Raum war. Sie saß vor ihm, aber er hatte irgendwie das Gefühl, als ob stechenden Blicke von irgendwo hinter ihm zu kommen schienen...

»Ach der...den hab ischschon seit sswei Wochen oder so nischmehr gesehen ... isch höre ihn nur ... wenn er morgens nach Hause kommt und abends wieder ver-schwindet ... hat wohl einen neuen Club übernommen oder so...«, ihre Stimme war nur noch ein Flüstern.

Zum Glück hatte die Beamtin schon die Fingerabdrücke während ihrer Antwort zu Victors Frage genommen.

Sie konnte gerade noch aufspringen, bevor Elsa Brandt sich plötzlich laut würgend übergab. Unmittelbar danach ließ sie sich in eine halbliegende Position auf die Couch gleiten und schlief auf der Stelle ein.

»Super, da hätte die mich fast nochmal vollgekotzt!«, schüttelte Beamtin Lessing sich beim Verlassen des Hauses in Erinnerung an die letzte Begegnung mit Frau Brandt.

Victor Hamm hatte Mühe, sein Lachen zu unterdrücken. Den sauren Blick von seiner Kollegin hatte er verdient. Als er sich wieder im Griff hatte, fragte er:

»Das mit ihrem Lebensgefährten kommt mir komisch vor. Meinst du, wir sollten ihn auch aufsuchen?«

»Es wäre jedenfalls nicht verkehrt, wenn wir es tun würden!«, grübelte Bernadett Lessing

»Weißt du, wer er ist? Stand da ein Name von ihm an der Tür?«, Victor musste zugeben, dass er nicht darauf geachtete hatte.

»Stanislav Kovacs!«, kam es wie aus der Pistole geschossen von Bernadett. Sie grinste triumphierend.

»Wow, hätte ich jetzt nicht gedacht! Aber der hat doch keinen Club, oder? Ich bringe den ja mit Prostitution und Drogen in Zusammenhang. Was ja auch zur Leiche passen würde... « überlegte Hamm.

Bernadett Lessing bestätigte seine Überlegung mit einem Nicken.

»Wir werden dem Herrn Bautzer einen Verdächtigen nennen können, auch wenn wir derzeit keine Ahnung von seinem Aufenthaltsort haben. Klassischer Fall von retrograder Amnesie!«

Die Polizisten klatschten sich im Dienstwagen ab und freuten sich, etwas zur Aufklärung beitragen zu können. Sein Bauchgefühl behielt Victor erst einmal für sich.

Das Handy und die Handtasche von Larissa Blum hatten sie bereits zur Auswertung an die Kriminaltechnik gegeben, so hatten sie deswegen keine Sorgen mehr.

Klar war es ihr Fehler gewesen, es nicht gleich weiter geleitet zu haben, aber sie hatten ja auch nicht jeden Tag mit solchen Fällen zu tun.

Das schlechte Gewissen, welches Killian Bautzer ihnen diesbezüglich gemacht hatte, war wie weggeblasen. Darum machten sie, bevor sie weiter nach Melsdorf fuhren, um die Eltern von Larissa zu befragen, erst einmal eine ausgiebige Kaffeepause.

Gute neunzig Minuten später kamen sie am Haus der Familie an. Auf ihr wiederholtes Klingeln reagierte keiner. Es war niemand anzutreffen. Ein Herr trat aus dem Nebenhaus zu ihnen und klärte sie auf, dass die Leute im Urlaub waren und auch erst in drei Wochen wohl wieder zurück sein würden. Das war keine zufriedenstellende Erklärung für die Beamten. Die Eltern wussten dann ja wahrscheinlich noch nicht einmal, dass ihre Tochter tot war. Victor fasste sich ein Herz, um nicht ganz unverrichteter Dinge wieder abzufahren.

»Wissen sie zufällig, wo genau sich die Familie aufhält und wie man sie dort erreichen kann?« fragte Victor freundlich.

»Nein, leider nicht. Ich weiß nur, dass sie in Portugal sind.«

»Okay, können Sie uns vielleicht etwas über die Tochter der Blums erzählen? Ich darf Ihnen nicht sagen, worum es geht, aber es würde uns sehr weiter helfen.«

»Zur Tochter? Die hat sich wohl mit den falschen Leuten eingelassen. Ist dem horizontalen Gewerbe nachgegangen, das Ehepaar Blum hat ganz schön Ärger wegen der. Ständig kommen hier die Freier und Luden vorgefahren. Seit ein paar Tagen habe ich sie aber nicht mehr gesehen. Ich kann das nicht verstehen, sie war immer ein fleißiges Mädchen und sehr freundlich. Ich tippe ja drauf, dass ihr ehemaliger Freund etwas mit der Veränderung zu tun hat. Der hat sich aber irgendwo ins Ausland abgesetzt und hat sie hier mit den ganzen Problemen sitzen gelassen«, schimpfte der Nachbar gleich los.

»Wissen Sie, wer ihr letzter Freund war?«, hakte Bernadett sofort nach.

»Sein Vorname war Holger, den Nachnamen kenne ich nicht.«

Für Hamm und Lessing fügten sich hier Puzzelteile zusammen.

Wenn Larissa wirklich dem horizontalen Gewerbe nachging, führte sie die Spur unter Umständen zu dem ihnen bekannten Stanislav. Und von dort wieder zu Elsa Brandt. Sollten sie den Fall bereits gelöst haben? Eine Befragung von Stanislav Kovacs war unumgänglich. Danach würden sie genau wissen, was es mit Larissa Blum und Elsa Brandt auf sich hatte. Letztere hatte angegeben, dass sie Ihren Freund schon tagelang nicht mehr gesehen hatte.

War vielleicht nicht Frau Brandt schuldig, sondern Stanislav Kovacs? Versteckte er sich irgendwo? Das galt es herauszufinden. Mit diesen Infos im Gepäck machten sie sich auf den Weg zurück zum Revier. Dort angekommen fassten sie noch die Notizen zu den Befragungen zusammen, um den gewünschten Bericht dann zur nächsten Sitzung mit Bautzer parat zu haben. Sie ließen nichts aus und erwähnten sogar die Gemütsveränderung von Helene Meyer. Auch vergaßen sie nicht einzufügen, in welchem Tierheim sich der Hund Bobby befand, damit dieser nach ihrer Entlassung wieder schnell zu seinem Frauchen konnte. Dann machten sie Feierabend.

ZUR GLEICHEN ZEIT

Nadja Morgenroth und Helge Lassner hatten sich kurz nach ihren Kollegen auf den Weg gemacht, um bei Markus Dobrec nach Papieren und einem Handy zu fragen.

»Da hat unser Soko-Leiter ja mal einen zackigen Ton am Leib! Hoffentlich lösen wir den Fall schnell, lange werde ich mir das nicht mehr bieten lassen«, beschwerte sich Morgenroth bei Lassner.

»Mir geht das nicht anders! Hoffen wir das Beste!«, bestätigte er.

Der Polizeiwagen bog auf das Klinikgelände ein, durch ihre Sonderrechte konnten sie direkt vor dem Eingang zur Gerichtsmedizin parken. Das machte hier besonders Sinn, was sollten denn sonst die Patienten denken, wenn ständig Polizisten über das Gelände liefen?

Sie sollten hier schließlich gesund werden und sich keine Sorgen um ihre Sicherheit machen müssen.

Die Tür zur Pathologie stand offen und der typische Geruch stieg den Beamten schon beim Öffnen der Autotüren in die Nase. Angewidert verzog Nadja das Gesicht, es war nicht ihr erster Besuch hier, sie wusste was sie erwartete, aber daran gewöhnen würde sie sich nie können.

Tief Luft holend machten sie sich auf in das Innere des unheimlich wirkenden Gebäudes. In der Hoffnung, nicht lange nach Dobrec suchen zu müssen, gingen sie direkt in den Keller. Alle Türen waren abgeschlossen und niemand war zu sehen.

Helge fühlte sich hier unten nicht wohl und wollte schon wieder zurück ins Treppenhaus gehen, als eine Frau in einem weißen Kittel auf die beiden zukam.

»Kann ich Ihnen behilflich sein?«, fragte sie freundlich.

»Ja, wir würden gern mit dem Herrn Dobrec sprechen!«, antwortete ihr Nadja.

»Da muss ich Sie enttäuschen, der Doktor ist leider heute nicht im Haus«, säuselte die Frau.

»Das ist überhaupt nicht gut. Hat er eine Vertretung, die uns Auskunft geben könnte?«, bohrte der Polizist.

Unverrichteter Dinge wollten sie nicht gehen und einen richtigen Anschiss von ihrem Vorgesetzten riskieren. Helge setzte nach:

»Es wäre wirklich sehr wichtig!«

»Eine Vertretung hat er nicht, aber wenn Sie mir sagen, um was es geht, kann ich Ihnen versuchen weiterzuhelfen!«, lächelte die Angestellte süffisant.

»Es geht um eine in Stoff eingewickelte Leiche, die hier kürzlich angekommen sein muss. Wir müssten wissen, ob sie Papiere und ein Handy dabei hatte«, übernahm Morgenroth wieder das Reden. Ihr gefiel die Art, wie die Angestellte eindeutig ihren Kollegen anmachte, so gar nicht.

Die Frau überlegte kurz und bat sie dann mit einer einladenden Handbewegung ihr   folgen. Es ging tiefer in den Keller hinein.

»Zeigt sie uns jetzt die Leiche, oder was?«, höhnte Lassner.

»Ich hoffe doch nicht, würde gerne noch zu Abend essen können«, zuckte Nadja mit den Schultern.

Vor einer Tür blieb die Vorausgehende stehen und schloss auf. Das Schild an der Tür trug die Aufschrift „MARKUS DOBREC – Büro". Erleichtert folgten die Polizisten ihr in den Raum.

»Warten Sie bitte kurz hier, dann schaue ich mal, ob ich was finden kann«, flötete sie und war in einem Nebenraum verschwunden.

»Ist die auf Drogen oder warum redet die so komisch?«, prustete Lassner.

»Vielleicht zu viel Formaldehyd inhaliert… oder sie steht auf dich?«, antwortete sie ihm flachsig. Beide lachten albern laut los.

Irritiert sah die Angestellte die beiden an. Beide hatten nicht bemerkt, dass sie den Raum inzwischen lautlos wieder betreten hatte. Die Beamten räusperten sich und unterdrückten einen erneuten Lachanfall.

»Hier ist ein Karton mit den Sachen, die die Frau bei sich hatte!«, bissig schmiss sie den Karton auf den Schreibtisch.

»Notieren Sie sich, was sie brauchen und dann würde ich hier gern wieder abschließen!«, fügte sie säuerlich hinzu.

Nadja griff sich den Ausweis aus dem Karton und schrieb sich Namen, Alter und Wohnort auf: Ina Rukosky, 21 Jahre, Friedrichsort. Sie steckte den Zettel in ihre Brusttasche in der Jacke und legte die Papiere wieder zurück in den Karton.

»Das Handy hier müssen wir mitnehmen! Wissen Sie zufällig, ob schon Ergebnisse von einem Bluttest da sind? In seinem Bericht hatte Dobrec erwähnt, dass er noch einen Test angeordnet hatte«, sachlich fragte Helge nach und griff nach dem Handy.

Die Angestellte schüttelte den Kopf.

»Von einem Bluttest weiß ich nichts!«, pappte sie ihn an.

Helge verzog das Gesicht, kam aber ihrer Aufforderung, das Büro zu verlassen nach. Es blieb ihm ja auch nicht wirklich etwas anders übrig. Nadja warf noch einen kurzen Blick auf die Unterlagen auf dem Tisch und folgte Lassner dann. Ohne ein Wort des Abschieds schloss die Frau in Weiß die Bürotür ab, drehte sich auf dem Absatz um und ließ die Polizisten einfach stehen. Es war ziemlich eindeutig, dass sie sich auf den Schlips getreten fühlte. Die Beamten konnten sich nun ein Lachen nicht mehr verkneifen. Sie waren halt auch nur Menschen. Zum Glück hatte das keiner mitbekommen, das hätte unter Umständen Ärger gegeben. Schnellen Schrittes gingen zu zurück ins Treppenhaus und nach draußen.

»Was war denn das?« lachte Nadja.

»Ich weiß es nicht«, schüttelte ihr Kollege den Kopf.

»Lass uns das Handy in die KTU bringen und was essen, ich habe Hunger!«, sagte Morgenroth.

Helge nickte, ließ sich ins Auto fallen und startete den Motor.

»Gut, viel weiter sind wir ja nicht gekommen, aber das könnten wir wieder wettmachen, wenn wir uns nochmal ein paar Infos über diese Ina Rukosky einholen«, versuchte Nadja ihren Kollegen zu animieren, sich nach dem Essen wieder aufzurappeln und an die Arbeit zu gehen.

»Boah…muss das sein? «, maulte Helge.

»So können wir jedenfalls glänzen und dem Bautzer zeigen, dass wir was drauf

haben!«

Auch das konnte Victor Hamm nicht überzeugen, sich wieder an die Arbeit zu machen.

»Komm schon, wenn es funktioniert, gebe ich dir eine Pizza aus!«, versuchte sie ihn zu bestechen.

»Aber Frau Kollegin, Sie sollten doch wissen, dass Bestechung strafbar ist«, empörte sich Helge gespielt und lachte.

Es war eigentlich keine Frage der Lust, ob sie sich im Umfeld von Ina umschauten. So oder so blieb ihnen nichts anders übrig. Nadja hatte nur den einfacheren Weg gewählt. So ging sie auch einer Diskussion aus dem Weg, warum noch kein Bericht dazu vorlag und wieso sich die Polizisten noch nicht darum gekümmert hatten. Ein Stunde länger arbeiten, nahm sie da gern in Kauf. Wieder im Streifenwagen gab Helge die Personalien von der dritten Toten durch und bat um Informationen. Außer ihrer Meldeadresse erfuhr er noch, dass es keinerlei Verwandten hier gab. Geboren war sie in Spanien, wo auch ihre Verwandtschaft wohnte.

»Hast du das gehört? Eigentlich können wir uns den Weg auch sparen«, ächzte Helge entmutigt.

»Aber vielleicht wissen Nachbarn von Freunden und Bekannten, die sie hatte?«, stachelte Nadja ihn wieder an.

»Ich hoffe, dass wir was finden«, gab er sich geschlagen.

Langsam fuhr er an und lenkte den Wagen in Richtung Schnellstraße.

Sie mussten in die Falckensteiner Straße in Friedrichsort, also erstmal durch die Wik und dann auf die Schnellstraße. Obwohl die Fahrt nur gute zehn Minuten dauerte, kam es Nadja so vor, als wenn sie eine Ewigkeit unterwegs waren. Ihre Anspannung machte sie ganz hibbelig und sie konnte kaum erwarten, an den Türen der Nachbarn zu klingeln. Der Polizeiberuf war nicht ihre erste Wahl, aber er machte ihr immer mehr Spaß. Sie wollte sich der Herausforderung der Mordaufklärung stellen.

»Was ist denn mit dir los? Wirst du jetzt zur Streberin?«, zog Helge sie auf.

»Ach was, aber so langsam gefällt mir der Fall. Endlich mal was Interessantes und nicht immer nur kleine Diebstähle«, schwärmte Nadja.

Der verwirrte Seitenblick von ihrem Kollegen sagte ihr, dass er das nicht nachempfinden konnte. Helge liebte eher das Einfache, Unkomplizierte.

»Hey, ich will bei unserem Boss punkten! Wenn du nicht mitwillst, dann gehe ich auch allein«, motzte Nadja Morgenroth.

»Is ja gut!«, lenkte Helge Lassner ein.

AUF DER SUCHE NACH AUSKÜNFTEN

In Friedrichsort angekommen ließen sie keine Zeit verstreichen und klingelten sofort an der ersten Haustür. In der Falckensteiner Straße gab es nicht viele Häuser. Als Helge das feststellte, besserte sich seine Laune schlagartig. Im ersten Haus öffnete ihnen niemand, auf den zweiten Blick sah es auch unbewohnt aus. Sie zogen weiter zum nächsten Haus, dort wurde ihnen zwar ge-öffnet, aber die Dame konnte ihnen nichts zu Ina Ru-kosky sagen. Sie kannte das Mädchen nur vom Sehen, ergänzte aber noch, dass sie immer gefunden hatte, dass es ein sehr hübsches und gepflegtes Mädchen war. Da-mit sich der Notizzettel etwas füllte, schrieb die Polizis-tin das auf.

Wer weiß, vielleicht war es ja doch noch wichtig. Das letzte Haus in der Falckensteiner Straße wirkte eher wie ein Schrottplatz. An einem der zwei Klingelschilder stand der Name Rukosky.

»Hier hat sie gewohnt? Also wenn sie wirklich so ge-pflegt war, dann passt der Hof hier ja so gar nicht zu ihr ...«, machte Helge Nadja aufmerksam.

»Das hab ich auch gerade gedacht, aber vielleicht konnte sie sich nichts anderes leisten?«, vermutete Nadja.

»Das könnte natürlich auch sein«, gab Helge zu.

Als sie sich der Tür näherten, bemerkten sie, dass sich eine Gardine bewegte. Sie tauschten einen vielsagenden Blick. Noch bevor sie klingeln konnten, wurde die Tür bereits aufgerissen und sie sahen sich einem älteren Mann gegenüber. Mit seinen abgewetzten Klamotten, seine langen ungepflegten Haaren und dem struppigen Vollbart machte er keinen sauberen Eindruck. Er sah eher aus, wie jemand, der auf der Straße lebte. Leicht erschrocken sahen die Polizisten den Mann an.

»Was wollt Ihr Blauköppe hier? Ich hab nichts getan und die andere ist schon seit ein paar Tagen nicht mehr hier«, schrie der Mann ihnen entgegen.

»Bitte beruhigen Sie sich! Wir haben doch nur einige Fragen zu Ina Rukosky«, versuchte Helge ihn zu beruhigen.

»Ich weiß nichts«, blaffte der Alte weiter. Er wollte schon die Tür wieder zuschlagen, doch geistesgegenwärtig stellte der Polizist blitzschnell seinen Fuß in die Tür.

»Bitte, wir wollen nur wissen, ob Frau Rukosky oft Besuch hatte oder wo sie arbeitete?«, versuchte er es weiter.

»Ich weiß nur, dass sie immer allein war. Hier kam nie jemand und wenn sie wegging, weiß ich nicht wohin. «

Helge konnte gerade noch seinen Fuß zurückziehen, bevor die Tür mit einem Rums ins Schloss geworfen wurde.

»Die war zu!«, bemerkte Nadja ironisch.

»Menschen gibt es, die gibt es gar nicht«, schüttelte Helge den Kopf.

»Viel haben wir ja nicht erfahren! Ich dachte, wenn man unter einem Dach wohnt, dann weiß man ein bisschen was vom anderen. Gerade, wenn nur zwei Parteien im Haus wohnen! Vielleicht macht es Sinn, einen Durchsuchungsbefehl für Ihre Wohnung zu beantragen?«, wollte Nadja noch nicht aufgeben. »Komm, lass uns nochmal in der Poststraße, Möhrkestraße und Hauptstraße klingeln. Nicht überall, aber bei einigen. Irgendwer muss doch was über diese Ina wissen!«, bekräftigte sie ihr Vorhaben.

»Na gut, aber dann ist auch echt Schluss! Ich glaube nicht, dass wir erfolgreich sein werden«, forderte Helge.

Damit sollte er auch recht behalten. Mehr als ihnen zu der Toten bereits bekannt war, konnten sie nicht in Erfahrung bringen.

Es schien beinahe so, als wenn diese Frau nie existiert hätte. Nach einer weiteren Stunde „Türenklingeln" gaben sie auf. Es blieb nichts anderes als zur Person Ina Rukosky im Internet zu recherchieren.

Zurück im Streifenwagen veranlasste Helge, dass noch ein Zeugenaufruf gestartet wurde, vielleicht meldete sich ja noch jemand, wenn er über ein kleines Plakat von der Polizei im Treppenhaus stolperte. Viel Hoffnung hatte er aber nicht.

Na, das funktioniert doch gut. Keinem ist mein „Hobby" bisher aufgefallen, dabei tanze ich denen quasi auf der Nase herum. Aber was will man von den Menschen verlangen, bis die was begreifen, ist schon alles vorbei. Täglich lache ich sie innerlich aus und frage mich, warum diese Rasse so ignorant und schwer von Verstand ist. Sie hätten schon lange bemerken können, dass ich anders bin als sie. Schließlich ist es nicht leicht, sich in einem menschlichen Körper zu bewegen. Wenn ich unachtsam bin, passiert es schon mal, dass meine echten Augen zu sehen sind oder ich eine zu schnelle Bewegung mache, aber zum Glück niemand nimmt Notiz davon. Ich frage mich, ob es denen auffallen würde, wenn ich mich in wahrer Gestalt zeige… Hahahaha…, ich glaube nicht! Sie machen es mir verdammt einfach, meinen Plan durchzuführen…schon wieder mal. Jedes Lebewesen lernt und passt sich an, nur der Mensch bleibt oft in seiner Überheblichkeit ignorant.

Fast tut mir diese Rasse leid…aber wirklich nur fast. Die können wirklich froh sein dass ich so genügsam bin, sonst hätte ich sie schon längst unterworfen und mir zu eigen ge-

macht. Hahahaha....

DER FOLGENDE MORGEN

Mürrisch saßen die sechs Polizeibeamten der Soko „Vampir" wieder in ihrem Arbeitszimmer und warteten auf Killian Bautzer. Die Stimmung war angespannt in Anbetracht des gestrigen Zusammentreffens mit ihm.

Jeder hatte seine Kaffeetasse in der Hand und nuschelte über sie hinweg, wenn es etwas zu sagen gab. Man könnte fast meinen, sie würden Angst vor ihrem Vorgesetzten haben. Das tat dem Arbeitsklima offensichtlich nicht gut.

Voller Elan schwang Kilian kraftvoll die Tür auf und schritt federnd auf die Tische zu, welche in U-Form aufgebaut waren. Gegenüber standen zwei Computer, ein Whiteboard und eine Pinnwand.

Bautzer blickte fordernd in die Runde. Keiner seiner Teammitglieder wagte etwas zu sagen. Nicht mal ein „Guten Morgen" kam über die Lippen der Beamten. Mit flinken Fingern blätterte Bautzer in den mitgebrachten Unterlagen.

»Guten Morgen, wenn Sie nicht anfangen wollen, dann tu ich das eben!« grinste er überheblich in die Runde. »Es gibt einige Neuigkeiten, die wir durchgehen müssen und dann brauche ich noch Ihre Infos aus den gestrigen Befragungen«, wieder blickte er in die Runde. Die Gesichter der Beteiligten hatten sich kaum verändert, es hätten auch genauso gut verängstigte Rehe da sitzen können. Nicht ein Wort schien bei den Anwesenden angekommen zu sein. Killian holte tief Luft und schüttelte den Kopf. Den Blick wieder auf seine Unterlagen gesenkt, begann er seine Neuigkeiten vorzutragen.

»Das überprüfte Handy der Meike Roland zeigt nur einen auffälligen und zur Uhrzeit passenden Anruf. Das deckt sich mit dem, was der Vater angegeben hat. Noch gibt es leider keine Angaben zu wem die Telefonnummer gehört, aber es wird daran gearbeitet. Ich denke, die Überprüfung des Handys von Larissa Blum sollte im Tagesverlauf abgeschlossen sein. Ob auch die Auswertung des dritten Handys bis heute Abend kommt, ist fraglich.«

Er hob die Augen, sein Blick war offen und sollte sein Team zum Erzählen bewegen. Nichts tat sich, die Polizisten rutschten nur unruhig auf den Stühlen hin und her. Kopfschüttelnd ging der Sprachführer zur Tür.

Bevor er den Raum verließ, warf er über seine Schulter noch belustigt hinweg:

»Wir machen dann mal eine kleine Pinkelpause, kann ja keiner mit ansehen, wie sie auf den Stühlen herumrutschen. Danach hätte ich gern den Bericht von Hamm und Lessing!«

Victor Hamm und Bernadett Lessing sahen sich an, als wollten sie sich gegenseitig den schwarzen Peter zuschieben, dabei hatten sie durchaus etwas zu berichten und konnten ihre Fehler vom letzten Mal wieder gut machen.

Resigniert sah Lessing an die Decke und nahm sich ihre Notizen vor. Erleichtert atmete Hamm hörbar aus und zuckte grienend mit den Schultern. Wenn nicht die anderen Kollegen um sie herum gesessen hätten, würde er sich wahrscheinlich eine richtig heftige Standpauke abholen können, in der er nicht so gut weggekommen wäre. Ihr Blick sprach jedenfalls ganze Bände. Bernadett mochte es so gar nicht, vor Leuten zu sprechen. Das war so ihre ganz spezielle Phobie, die sie seit der Schulzeit irgendwie nicht überwunden hatte. Eigentlich wusste sie doch, dass sie nichts zu befürchten hatte, aber die Worte blieben ihr dennoch oft im Hals stecken. Ihr Gesicht lief dann rot an und ihr Puls fing so sehr an zu rasen, dass sie heftig atmen musste.

Sie schloss die Augen, um sich auf ihre Aufgabe vorzubereiten.

»Soll ich dir einen Kaffee mitbringen?«, fragte sie Victor versöhnlich. Ohne etwas zu sagen, hielt sie ihm ihren Kaffeebecher hin.

Sie konnte förmlich schon spüren, wie die andern sie ansahen. Die Panik kam, aber Bernadett kämpfte sie tapfer wieder zurück. Wenige Minuten später nippte sie an ihrem heißen, frisch duftenden Kaffee.

Die Tür zu dem provisorischen Büro schwang auf und Bautzer stand grinsend, ebenfalls mit einer dampfenden Tasse Kaffee in der Hand, im Raum – vollumfänglich seinem Motto entsprechend: Ein Polizist ohne Kaffee ist kein richtiger Polizist! Gespannt sah er in die Runde, setzte sich dabei - wie ein Chef - an die Stirnseite des Tisches und wartete. Er hasste es, wenn er mit solchen Beamten zu tun hatte. Lieber mochte er ein Team, in dem es lustig zuging und offen gesprochen wurde.

Seine Ansage von gestern war wohl nicht so gut angekommen, nun musste er mit den Konsequenzen leben und alle wieder zum Reden animieren.

Die Blicke waren auf ihn gerichtet, bis Bernadett sich räusperte.

»Zu unserer erneuten Befragung der Zeugin Helene Meyer. Sie befindet sich noch im Krankenhaus und sagt in ihrer Aussage nichts anderes als am Tatort. Es war etwas mühselig mit ihr. Am Anfang wollte sie eigentlich gar nicht mit uns reden.

Dank unserer ausdauernden und gezielten Befragung haben wir sie schlussendlich doch zum Berichten bekommen. Scheinbar hat der Vorfall sie sehr mitgenommen und aus ihr eine mürrische alte Dame gemacht, ich hatte sie beim ersten Treffen anders eingeschätzt. Zurzeit ist auch fraglich, wann sie das Krankenhaus wieder verlassen kann. Die Fingerabdrücke sind bereits in der KTU. Wir haben aber noch keine Ergebnisse«, trug sie hastig vor.

Erleichtert schloss sie ihren Teilbericht und nippte an ihrem Kaffee, um sich zu sammeln. Zufrieden nickte

Kilian ihr zu und munterte sie damit auf, im Bericht fortzufahren.

»Bei Frau Brandt war es aufschlussreicher! Ihre Aussage vom Tatabend deckt sich ebenfalls mit den Fakten, welche sie zu Protokoll gegeben hat, aber wir haben noch mehr erfahren. Ihr Freund, Stanislav Kovacs, ein einschlägig Bekannter aus der Rotlicht-Szene, will wohl einen neuen Club übernehmen. Er ist daher ständig außer Haus und sie hat dafür ihren besten Freund, den Alkohol, zu Besuch. Völlig betrunken erzählte sie uns davon, wir hatten wirklich alle Mühe mit ihr. Fingerabdrücke sind hoffentlich zu verwenden, sie wollte ihre Hand immer wegziehen.

Mein Vorschlag wäre, nach Stanislav Kovacs zu suchen und ihn zu befragen«, zufrieden und auch erleichtert sah sie wieder zu Bautzer auf.

Ihre Augen glänzten über die Freude des Erfolges und den anerkennenden Blick ihres Vorgesetzten. Dieser ließ sich den Bericht kurz durch den Kopf gehen und antwortete dann lächelnd:

»Gut gemacht! Warum sollten wir diesen Kovacs befragen? Was wissen Sie den über ihn? Sie sagten, er ist im Rotlichtmilieu zu finden. Wie oft war er auffällig und können sie sich vorstellen, wo er sich gerade aufhalten könnte?«

Noch bevor Bernadett etwas sagen konnte, ergriff Victor das Wort.

»Ich hatte schon persönlich mit ihm zu tun! Er ist ein gutaussehender und gepflegter Mann. Hochgewachsen, dunkelhaarig, eher unscheinbar, ist aber mit Vorsicht zu genießen.

Auf sein Konto gehen Erpressung, Vergewaltigungen, Körperverletzungen… das komplette Programm. Mord bisher aber nicht. Soweit ich weiß, trägt er auch immer eine Schusswaffe bei sich.«

Überrascht sah seine Partnerin ihn an. Ihre Verstimmung darüber, dass er ihr einfach die Antwort aus dem

174

Mund nahm, war verraucht, sie hätte keine so ausführlichen Informationen gehabt. Auch Kilian Bautzer sah befriedigt auf.

»Sehr gut Victor, hättest du noch eine Idee, wo wir ihn ausfindig machen könnten? «

»Nein, er ist seit gut drei Jahren nicht mehr auffällig geworden. Vielleicht hat er sich eine Auszeit genommen und will nun mit einem großen Auftritt wieder zurück an die Spitze der Szene. Jedenfalls passt die Larissa Blum da ja genau rein«, Killian gab eine brummende Bestätigung.

»Genau! Deshalb denke ich, sollten wir uns den Stanislav Kovacs mal vornehmen. Die Blum scheint aus dem Rotlicht-Milieu zu kommen und Frau Brandt erwähnte ihn auch. Vielleicht war es kein Zufall, dass sie bei der Leiche war«, kombinierte Bernadett laut.

Kilian stützte die Ellbogen auf den Tisch, legte die Hände wie ein Dreieck aneinander und stütze den Kopf dahinein. Unruhe kam wieder auf. Die sechs

Polizeibeamten waren sich immer noch unsicher in seiner Nähe, er war schwer einzuschätzen. Auf der einen Seite war er der nette Kumpel, der auch gern mal einen Scherz macht. Auf der anderen Seite ließ er einen auch merken, wer der Boss war. Als leitender Kriminalbeamter war das eben nun mal seine ganz eigene Art, mit seinem Team umzugehen.

Ein selbstsicheres Auftreten war in den meisten Fällen sicher von Vorteil. Eine Art und Weise, die man nicht so schnell wieder ablegen konnte. Seine Mitarbeiter mussten also lernen, damit umzugehen.

»Okay, das ist eine gute Schlussfolgerung, Bernadett! - Wobei man sich aber nicht zu schnell von Offensichtlichkeiten täuschen lassen sollte«, Bautzer ließ die Unruhe nach einer kurzen Denkpause verstummen und notierte sich etwas.

»Hat noch jemand ergänzende Informationen zu diesem Kovacs? Wenn nein, dann hätte ich gern ein Team, welches in der Rotlichtszene mal auf Spurensuche geht!«

Betretenes Schweigen machte sich breit. Die beiden Frauen in der Runde fingen an, auf ihren Stühlen hin und her zu rutschen. Niemand schaute auf.

»Ich möchte nicht, dass die Frauen mitgehen. Nicht das ich Ihnen beiden das nicht zutraue, aber ich finde, im Milieu sollten Männer die Ermittlungen führen. Diese Anweisung dient lediglich zu Ihrem Schutz«, fügte er in die Stille ein. Ein schnelles erleichtertes Lächeln huschte über die Frauengesichter. Sie fühlten sich nicht im Mindesten diskriminiert oder abgewertet. Im Gegenteil, sie waren beide erleichtert.

»Gut, die Herren der Runde wählen untereinander bitte aus, wer im Milieu ermittelt, das werden sie bis morgen früh wohl hinbekommen?«, richtete er seine abschließende Frage an die Männer, »Sind hierzu noch Fragen oder Anregungen? Ansonsten gehe ich dann weiter in der Thematik und teile Euch mit, was die KTU für uns hat und auch die Blutuntersuchungen von Markus

Dobrec liegen mir hier vor. Na gespannt?«, verschmitzt betrachtete er die Polizisten ihm gegenüber.

In diesem Moment hätte er sich doch ein wenig mehr Euphorie gewünscht, stattdessen sah er wieder nur verschlossene Gesichter. Keiner hatte dazu noch etwas zu sagen. So begann Bautzer die ihm vorliegenden Ergebnisse dem Team vorzutragen.

»Ich beginne mal mit den Handys! Alle drei wurden gecheckt, ich habe die Auswertung des dritten Handys soeben draußen bekommen und dabei gab es eine Übereinstimmung!

Wie wir ja schon aus dem Handy von Meike Roland wissen, ist dort ein Anruf eingegangen, kurz bevor sie sich auf den Weg von ihrem Vater zurück nach Hause machte. Eine Nummer ohne Namen dazu. Diese Nummer war also nicht in Meikes Handy abgespeichert.

Es gibt, wie so oft, mehrere Möglichkeiten: Entweder hat ihr da jemand eine neue Telefonnummer mitgeteilt oder es war die Nummer eines neuen Freundes und sie

kam nicht mehr dazu, einen Namen dazu abzuspei-
chern.

Oder aber ihr Mörder hatte eine Nachricht für sie. Ich
tippe auf Letzteres und denke, dass Sie mir da zustim-
men. Ganz besonders, wenn man die nächste Info
kennt: In den Handys von Larissa und Ina war die gleiche Nummer zu finden! Jeweils einmal. Die Anrufe er-
folgten vermutlich alle unmittelbar vor ihrem Tod. Die
Frage stellt sich, ob es der Mörder selbst war, der die
Anrufe tätigte… Bekamen sie dabei Anweisungen zu einem Treffpunkt? Leider war eine Zurückverfolgung
bisher ohne Erfolg. Noch wissen wir also nicht, wer der
Anrufer war, bzw. wo er sich jeweils befand. Ich hoffe,
wir bekommen das schnellstmöglich zu erfahren. Das
würde uns in diesem Fall um einiges nach vorn bringen«, er machte eine kleine Pause, um seinen Mitstrei-
tern die Möglichkeit zu geben, sich ebenfalls dazu zu
äußern. Er sah aber leider wieder nur in gelangweilte
Gesichter. Die einzigen, die seinen Ausführungen mit

Interesse folgten, waren Danilo, Victor und Bernadett. Nadja kaute sogar gelangweilt auf ihrem Kaugummi herum. Das fand Kilian absolut respektlos, so dass er sich fest vornahm, etwas zu ändern. Seine Notiz dazu lautete: „Dezimiere die Anzahl der Kollegen!" Mit zusammengekniffenen Augen fuhr er fort.

»Ähm … ja, also weiter im Text. Nachdem ich heute schon mit unserem Gerichtsmediziner telefoniert habe und auch ein Fax von ihm erhielt, kann ich Ihnen nun mitteilen, dass wir es höchstwahrscheinlich mit einem Serienmörder zu tun haben.

Seine Beweggründe – sprich Motive – liegen noch völlig im Dunkeln. Vielleicht handelt es sich um einen psychisch Gestörten – will sagen - einen „kranken" Rächer? Ein Merkmal eint alle Opfer: Im Blut aller ermordeten Frauen ist die gleiche Auffälligkeit zu finden. Markus geht von einer Art Virus aus, kann ihn aber nicht näher bestimmen. So eine Anomalie hat er noch nie gesehen.

Es könnte sein, dass der Täter die Opfer aufgrund dieser Blutanomalien ausgewählt hat und es somit keine zufälligen Opfer sind oder die Anomalien werden erst während oder nach dem Mord übertragen... Frage: Woher weiß der Täter, welcher Mensch so eine Veränderung aufweist? Sie ist nur im Blut zu finden. Dann ist da ja noch die Blutarmut!

Warum sollte ein Täter jemanden umbringen und mit irgendetwas infizieren, wenn so gut wie kein Blut mehr im Körper seines Opfers ist? Es könnte sein, dass der Mörder nicht weiß, dass er selbst eine eventuelle Krankheit hat. Nächste Frage: Wie überträgt er diese uns noch unbekannte Krankheit auf seine Opfer? Es steht fest, dass alle drei Frauen vor dem Mord völlig unauffällige Blutwerte hatten. Ist es also möglich, dass er durch die zwei kleinen Einstiche am Hals etwas gespritzt hat?

Es könnte aber auch etwas sein, was das Blut auflöst, denn auch an den Tatorten war kein Tropfen Blut. Wo ist es also geblieben? Daraus ergibt sich wieder, dass der Mörder nicht unbedingt an dieser Anomalie leiden muss. Leider ist es aufgrund der blutleeren Körper auch nicht möglich, weitere Tests mit dem Blut der Opfer durchzuführen. Es gibt nichts Sicheres, was wir in der Hand haben. Im Gegenteil, es werden immer mehr Fragen aufgeworfen als geklärt. Wir brauchen hier scheinbar viel Geduld oder das berühmt Quäntchen Glück, um das Rätsel zu lösen. Das Einzige, was ich mit an Sicherheit grenzender Wahrscheinlichkeit behaupten kann, ist, dass wir es mit nur einem Mörder zu tun haben. Das zeigt die Telefonnummer in den Handys. Ich gehe nicht davon aus, dass der Mörder sein Handy herumreicht. Alles Weitere wird eine Menge Ermittlungsarbeit machen. Drücken wir die Daumen, dass es nicht noch mehr Opfer werden… «, er schloss seine Notizen und holte tief Luft, setzte sich lässig im Stuhl zurück und ließ seinen Bericht auf die anderen wirken. Ratlose Gesichter machten ihm wenig Hoffnung auf einen regen Austausch zu den Informationen. So eine Arbeitsweise war er nicht gewohnt.

Einen Fall lösen, hieß auch immer Diskussionen und gemeinsame Überlegungen anzustellen. Victor Hamm räusperte sich, setzte sich auf seinem Stuhl auf und sah Kilian direkt an.

»Wenn ich noch mal etwas anmerken darf... bei der Befragung von der Frau Brandt hatte ich ein ganz komisches Bauchgefühl. Sie kam mir - obwohl sie betrunken war - klar und überlegt vor. Ich kann ihr die Geschichte einfach nicht abkaufen, dass Kovacs sie einerseits ignoriert, andererseits jedoch in seinem Haus wohnen ließ.

Er hatte einen Deal angeboten bekommen, einen neuen Club zu eröffnen, aber sie wusste nicht von wem. Fast möchte ich behaupten, dass sie lügt!«

Dass er sich beobachtet vorkam, obwohl er sich sicher war, dass sie nur zu dritt in dem Haus waren, ließ er lieber weg. Killian nickte.

»Behalten wir das mal im Hinterkopf, oft ist das Bauchgefühl das Richtige! Neu ist mir gerade, dass er ein Angebot für eine Cluberöffnung bekommen hat. In ihrem

Bericht war das nicht formuliert. Ich bin davon ausge-

gangen, er würde den Club allein eröffnen.

Egal - zu beiden Varianten könnte passen, dass er mit

einem großen Knall wieder in die Öffentlichkeit zurück

will. Wichtig wird das, wenn wir Kovacs befragen kön-

nen. Er wird ja wissen, mit wem er zusammen arbeitet.

Könnte es sogar die Elsa Brandt selbst sein? Ist er viel-

leicht untergetaucht, weil sie ihm drohte? Das werden

wir mal notieren und an unser schönes Whiteboard dort

hängen«, er deutete auf das Board in der Ecke.

»Ich möchte, dass Sie jeder für sich alle diese neuen In-

formationen durchgehen und beim nächsten Treffen

dann etwas mehr dazu beitragen können. Machen Sie

Ihre Hausaufgaben - dann werden wir schneller ans

Ziel kommen! Bis morgen!«, forderte Bautzer und ließ

die Rechtswahrer einfach sitzen.

»Feierabend!«, rief Buttler und alle standen auf. Zurück

blieben Victor, Danilo und Bernadett, die nun näher zu-

sammenrückten, um nicht durch den ganzen Raum

schreien zu müssen, um sich auszutauschen. Keiner von ihnen ahnte, dass Bautzer sie beobachtete und sein Entschluss, dass Soko-Team zu verkleinern, damit feststand.

IN DER NÄCHSTEN NACHT

Die Bremsen quietschten laut und es gab einen heftigen Ruck im Zug, bevor er endgültig zum Stehen kam. Erschrocken und verwundert rätselten die Fahrgäste, warum der Zug wohl mitten auf freier Strecke angehalten hatte. Anspannung entstand und wildes Getuschel kam auf. Der Zugschaffner kam durch die hinteren Waggons und lief schnellen Schrittes nach vorn in Richtung Lok.

Die Fragen, die er im vorbeihuschen auffing, beantwortete er nicht. Wie auch? Er wusste ja selbst nicht, warum der Zug stehen geblieben war. Das Schlimmste malte er sich in seinem Kopf aus. Hatte es einen Angriff auf den Zug oder im Zug gegeben? Würde er gleich ein Massaker zu sehen bekommen? Die Waggons hinten waren in

Ordnung, nichts Auffälliges. Er fing an zu schwitzen und schnaufte vor Anstrengung. Das Hetzen des Schaffners versetzte den Fahrgästen einen weiteren Impuls und ließ sie in Aufregung verfallen. Das Getuschel schwoll zu einem wilden Gerede an. Panik machte sich breit. Der Schaffner wusste, dass so eine Mischung aus fehlender Information und Angst innerhalb einer Menschenansammlung wie aus heiterem Himmel eskalieren kann.

Gerüchte bauschen sich immer weiter auf, ein Wort gibt das andere und jeder gibt seinen Senf dazu. Es braucht nur ein Stichwort und schon herrscht Chaos.

So bahnte es sich auch hier gerade an. Ein Rascheln im Lautsprecher ließ die Passagiere aufhorchen. Die Durchsage des Zugführers war knapp, aber beruhigte die Fahrgäste.

»Wir haben eine Person auf den Schienen und diese Strecke wird vorerst gesperrt. Bitte verlassen sie den Zug durch die hinteren drei Waggons und begeben sie sich hinter den Zug. Dort werden sie abgeholt und zu ihren Ersatzbussen gebracht«, wieder hetzte der Schaffner durch den Zug, diesmal in die andere Richtung, um in den letzten Waggons die Türen zu öffnen. In der Ferne war bereits das Martinshorn zu hören. Die Reisenden tuschelten noch immer, diesmal vernahm er Worte wie „Selbstmörder" oder „der arme Lokführer", er scherte sich nicht drum. Er wusste, dass es dem Fahrer gut ging. Er hatte die Anweisung erhalten: „Geben sie nichts bekannt!" Daran hielt er sich.

Vor dem Zug leuchtete der zweite Schaffner auf die Stelle, wo eine gekrümmte Gestalt lag. Ohne auf den Körper zu schauen, hielt er die Lampe hoch, während der Zugführer sich ein Bild der Szene machte. Das musste er leider, um später begründen zu können, warum er auf offener Strecke angehalten hatte. Er schaute sich in der Umgebung um, könnte ja sein, dass hier noch jemand anderes war. Tatsächlich vermeinte er, eine Person im Dunkel des angrenzenden Waldes stehen zu sehen. Er meinte, er könne einen scharfen Umriss erkennen mit leicht wehenden Haaren.

Sofort tippte er auf eine Frau, genau sagen konnte er es aber nicht. Es gab ja auch viele Männer, die das Haar länger trugen. Wäre die Statur nicht von etwas Weitem umgeben gewesen, hätte er dazu vielleicht was sagen können. Seine Augen waren gut, aber ganz sicher war er sich nicht, es hätte auch ein alter Baum sein können. Bei Nacht konnten einen auch die besten Augen trügen. Aus diesem Grund machte er seinen Kollegen darauf aufmerksam. Dieser drehte sich um und konnte noch eine Bewegung wahrnehmen, bevor an dem Platz nichts mehr zu sehen war. Er bestätigte jedoch dem Zugführer, dass dort etwas gewesen sein musste. Glücklicherweise traf kurze Zeit später die Polizei ein.

Es wurde gleich die Soko „Vampir" benachrichtigt, es sollten nicht noch mehr Beamte involviert werden. Das wäre zur Klärung der Morde sicher nicht hilfreich gewesen.

Die Beschreibung des Zugführers war sehr verworren.
Das weckte Kilians Instinkt, so dass er spontan ent-
schied, sich persönlich vor Ort ein Bild zu machen.

Neben ihm war auch Bernadett Lessing vor Ort. Die
beiden machten sich ein erstes Bild von der Leiche und
fanden fast sofort die beiden Einstiche am Hals. Bernadett nickte ihrem Chef zu und schritt das Gelände um
den Zug grob ab. Nachdem sie alles soweit gesichert
hatten und davon ausgehen konnten, dass niemand den
Tatort mehr betreten konnte, fingen sie an, den Lokführer zu befragen.

»Haben Sie einen Ausweis für mich?«, begann Lessing.

»Ja bitte!«, er reichte ihn ihr. Lessing blickte kurz drauf
und notierte sich die Daten.

»Herr Kaiser, können Sie uns bitte schildern, was Sie
zum Bremsen des Zuges veranlasst hat?«, ihre ruhige
Stimme sollte Vertrauen ausstrahlen, damit der Befragte
keine Scheu hatte, frei zu reden.

»Also, ich kam hier mit meinem Zug an und habe schon von dort hinten gesehen ...«, er deutet in die Ferne hinter den Zug, »... das hier etwas auf den Gleisen liegt und habe die Bremsung eingeleitet. Es dauert ja auch, bis so ein Koloss zum Stehen kommt. Die Fahrgäste wurden gebeten, auszusteigen und auf den Ersatzbus zu warten. Ein Mitarbeiter hatte die Menschen dann zu den Bussen oben an der Straße gebracht.

Ich bin mit meinem zweiten Schaffner ausgestiegen und habe das hier vorgefunden!«, er schauderte, als er den Blick auf die gekrümmte Gestalt richtete.

»Sind die Fahrgäste schon alle weg?«, Bautzer wirkte ärgerlich.

»Ich denke schon!«, zuckte Jan Kaiser mit den Schultern.

»Das ist übel!«, grummelte Kilian.

Auch vom anwesenden zweiten Schaffner verlangte Bernadett Lessing den Ausweis und notierte sich die

Daten. Kreidebleich sackte der plötzlich ohnmächtig in sich zusammen.

»Den können wir wohl nicht mehr um Aufklärung bitten«, seufzte Bernadett.

Über Funk alarmierte Bautzer sofort einen Rettungswagen. Auch Herrn Kaiser schien es nicht gut zu gehen. Mit einem Kopfnicken deutet Kilian seiner Kollegin an, sich um ihn zu kümmern. Sie setzte den Fahrer auf die Stiege des Zuges und sprach ihm gut zu. Es half ein bisschen, seine Gesichtsfarbe sah schon nicht mehr ganz so fahl aus. Vom Ende des Zuges kam auf einmal ein Mann sehr schnell direkt auf die Polizistin zugelaufen. Sie hielt die Luft an und atmete erst wieder aus, als sie erkannte, dass es Dobrec, der Pathologe, war. Hier wäre sie für einen potenziellen Angreifer leichte Beute. Als Polizistin musste sie doppelt auf der Hut sein. Dennoch war sie nicht frei von Angst, gerade wenn jemand blitzschnell aus dem Dunkel kommt. Sie kam sich aber schon ziemlich blöde vor, mit der Hand an der Waffe.

Erleichtert widmete sie sich wieder ihrem Zeugen.

»Geht es wieder, Herr Kaiser?«, fragte Bernadett besorgt.

»Ja…ich denke schon…«, erwiderte er mit brechender Stimme.

»Wenn Sie möchten, rufe ich Ihnen auch einen Arzt«, bot sie ihm an.

Aber Herr Kaiser verneinte das und sah zu seinem Kollegen, der in stabiler Seitenlage im Gleisbett lag.

»Der sieht auch fast aus wie tot …«, kommentierte Herr Kaiser sarkastisch.

»Manchmal wirkt so ein Bewusstloser schlimmer als ein Toter auf mich. Ich bin immer erst beruhigt, wenn der Krankenwagen eintrifft. Meine Befürchtung ist oft, dass derjenige stirbt, während ich danebenstehe. Das könnte ich nur schwer verkraften…«, seufzte die Polizistin.

Eigentlich hatte sie das eher zu sich selbst gesagt. Sie wurde leicht rot, als Jan Kaiser sie dabei ansah.

Markus Dobrec ging zu Bautzer. Gemeinsam sahen sie sich die Leiche erneut an. Wieder eine Frau, allerdings diesmal im mittleren Alter. Gepflegtes Äußeres und saubere Kleidung, eine Obdachlose war somit ausgeschlossen. Zielsicher betrachtete Markus den Hals und nickte.

»Ja, hier sind sie wieder, die kleinen Einstiche«, deutete er auf die Halsschlagader,

»Damit sieht es so aus, als wenn der Mörder von seinem üblichen Schema abgewichen ist!«

»Das Alter ist aber auch schon alles, was nicht passt. Die Einstiche sind da, kein Blut um die Leiche herum und weiblich«, stimmte Kilian entnervt zu.

Markus telefonierte, kam zurück zu Bautzer und teilte ihm mit, dass der Leichenwagen gleich den Abtransport übernehmen würde. Er verabschiedete sich kurz angebunden und war auch schon wieder weg. In der Zwischenzeit war auch der Krankenwagen eingetroffen und die Sanitäter kümmerten sich um den noch immer bewusstlosen Schaffner.

»Das war ja ein kurzer Besuch«, lachte Lessing.

»Hm …, der hatte wohl jetzt noch ein Date!«, grinste Kilian zur Antwort.

»Der Krankenwagen hat den „Umgekippten" abgeholt und bringt ihn in die Universität. Hab ich extra notiert, falls wir noch Fragen an ihn haben. Von Jan Kaiser habe ich noch erfahren, dass dort oben am Waldrand eine Person gestanden haben soll. Hat den Zug wohl noch beobachtet. Nachdem er seinen Kollegen darauf aufmerksam gemacht hatte, war die Person auf einmal verschwunden.

Einen Arzt wollte er nicht, obwohl ich ein ungutes Gefühl hatte, ihn so gehen zu lassen. Er wird abgeholt«, informierte Bernadett, was noch passiert war, als er mit Dobrec und der Leiche beschäftigt war.

Ein lobender Blick von ihrem Chef ruhte auf ihr, das ging ihr runter wie Öl und sie errötete leicht.

»Sehr gut gemacht, Frau Lessing!«, schmeichelte er weiter, sah dann grübelnd zu den Sternen auf.

»Wir sollten uns die Umgebung noch mal anschauen, vielleicht finden wir hier noch eine Tasche vom Opfer, leider hatte sie nichts am Körper«, merkte er an und setzte hinzu,

»Ich werde noch den Suchtrupp herbeordern, der kann sich dann um eventuelle Spuren von der Person, die da oben stand, kümmern«.

»Okay Chef, ich werde hinter dem Zug anfangen!«, machte sich Bernadett immer noch berauscht von dem Lob, auf den Weg. Bautzer ging entgegengesetzt los, es wusste ja keiner, aus welcher Richtung das Opfer gekommen war. Nach einiger Zeit brach er - unzufrieden, dass er nichts gefunden hatte - seine Suche ab. Lessing eilt zu ihm, sie hielt etwas in der Hand. Wild damit umherwedelnd beschleunigte sie ihren Schritt, als sie sah, dass der Chef ihr entgegenkam.

»Ich habe hier etwas gefunden! Dem Inhalt nach könnte es zum Opfer passen«, sie schwenkte das kleine Köfferchen in ihrer behandschuhten linken Hand hin und her.

»Als Handtasche reichlich sperrig«, überlegte Bautzer.

»Vielleicht wollte sie jemanden besuchen und länger von zu Hause wegbleiben. Also, wenn ich woanders übernachte, dann nehme ich auch eher ein kleines Köfferchen mit, statt meiner Handtasche«, verdeutlichte Bernadett ihm.

»Weiber halt«, sinnierte er, »Was ist denn alles drin?«

»Papiere habe ich noch keine gefunden, aber Make-Up und ein Handy. Könnte sein, dass in dem Köfferchen noch ein extra Fach versteckt ist«, überlegte sie.

»Vielleicht wollte sie auch in den Zug einsteigen... Die Haltestelle ist ja nicht weit weg! Ihr großes Gepäck könnte sie dann vorausgeschickt haben«, erwog Kilian laut.

»Das könnte natürlich sein«, gab Bernadett zu.

Er nahm das Köfferchen an sich und begleitete seine Kollegin vom Tatort weg zum Auto. In der Ferne war bereits zu hören, wie die Suchmannschaft das Gelände und den Wald nach Hinweisen durchforstete.

Alles hätte ich für ihn getan. Bis ans Ende der Welt wäre ich ihm gefolgt, alles hätte ich mit ihm gemacht. Mich ihm völlig hingegeben, seine Liebe genossen und erwidert, aber er hat mich einfach im Stich gelassen, allein. Ohne ein Wort war er einfach so durch die Tür gegangen, nachdem ich ihm offenbart hatte, wer ich wirklich war und was wir gemeinsam erreichen könnten. Er musste mir nur vertrauen.

Unsere letzte Liebesnacht war ohne Tabus und dabei ist es dann passiert. Ich ließ mich gehen … Mein Körper blieb zwar von der Veränderung verschont, aber mein Gesicht …

In seinem Wahn nahm er meine Veränderung nicht zur Kenntnis, machte einfach immer weiter, ich schrie vor Glück und Freude. ... dann sah er mir ins Gesicht. Mit weit aufgerissenen Augen sah er mich an, ich konnte Entsetzen darin lesen, Ekel... Hatte ich mich wirklich so in ihm getäuscht? Meine eigene Schuld war es gewesen, warum hatte ich mich auch so gehen lassen? Ich ahnte, dass er noch nicht so weit für die Wahrheit war, aber mich nackt noch im Liebesrausch einfach so zu verlassen, das hat er nicht umsonst gemacht. Ich würde ihn dafür bestrafen, dann könnte er nicht anders, als zu mir zurückzukehren. Nur noch zwei Blutopfer und es wäre alles bereit, er würde sein Handeln bereuen. Niemand durfte mit mir so umgehen.

Sie ärgerte sich so sehr über ihren angeblichen Freund. Sie hatte sich ihm offenbart und gedacht, er würde sie verstehen. Sie hatte getan was nötig und war, sogar die menschlichen Gelüste erlernt und in menschlicher Gestalt mehr als genossen. Rastlos hatte sie einen Plan geschmiedet. Fünf Blutopfer brauchte sie, um ihren Willen geschehen zu lassen.

Viele Männer waren an ihrer Seite gewesen, wollten mit ihr zusammen sein, alle hatte sie verschmäht. Sie wartete auf den einen, den sie wirklich wollte, der ihrer würdig war. Niemals wäre sie auf den Gedanken gekommen, sich in ihrer Menschenkenntnis so getäuscht zu haben.

Wild vor Zorn suchte sie nach ihm, wollte es ihm noch einmal erklären, aber er kam nicht mehr, blieb einfach weg, versteckte sich vor ihr. Aber nun hatte sie ihn aufgestöbert und er würde grausam leiden müssen. Gerade hatte sie ihr viertes Opfer gefunden und schwelgte im Glück. Nicht mehr lange und sie würde an ihrem Ziel angekommen sein. Plötzlich fiel ihr ein, dass der Typ aus dem Zug sie gesehen hatte. Beinahe hätte sie sich verraten. Wenn sie auch nicht glaubte, dass er sie erkannt hatte, könnte es doch sein, dass man nach ihr suchen würde. Angestrengt dachte sie nach. Könnten da verräterische Spuren sein? Hatte sie irgendetwas verloren auf ihrem Weg nach Hause?

Unsicher besah sie sich ihre Schuhe, die über und über mit der Erde aus dem Wald bedeckt waren, sie versuchte, sie sauber zu machen, aber die Erde blieb an einigen Stellen hart-

näckig kleben. Würde es in der Waschmaschine abgehen? Sie

versuchte es und steckte ihre Turnschuhe mit ihrer im Wald

getragenen Kleidung in die Maschine. Sicher ist sicher. Ihr

Herzschlag wurde wieder etwas ruhiger. Dennoch blieb eine

gewisse Unsicherheit zurück. Es wäre besser für alle, wenn

niemand nach ihr suchen würde, sie konnte noch viel grausa-

mer werden und das würde sie tun, wenn ihr jemand in die

Quere kam. So kurz vor dem Ziel würde sie sich nicht mehr

aufhalten lassen! Von niemandem! Mit dem beruhigenden

Gedanken, dass die Polizei bisher im Dunkeln tappte, legte sie

sich ins Bett.

DER SUCHTRUPP

Der Suchtrupp fand keine verwertbaren Spuren, spürte

aber eine seltsame Stimmung im Wald. Die Luft schien

irgendwie aufgeladen zu sein. Sie flirrte vor ihren

Augen, wie bei einer Fata Morgana, so als ob sie an einigen Stellen sehr heiß war.

Keiner traute sich in die Nähe der flimmernden Luft.
Statt sich weiter auf ihre Suche zu konzentrieren, beobachteten sie die Luft. An immer mehr Stellen irisierte
sie. Selbst die Hunde wollten nicht weiter. Wie auf
Kommando heulten alle sieben Hunde gleichzeitig auf,
es hörte sich mehr als grauenvoll an. Vielen Kollegen
brach kalter Schweiß aus. Ein Dröhnen erklang und erfüllte den Wald mit einem Druck, der in den Ohren weh
tat. Die Hundeführer blieben wie angewurzelt stehen,
sie konnten sich plötzlich nicht mehr bewegen. Eine un-
sichtbare Kraft schien sie festzuhalten. Was sie auch
versuchten, es ging nicht. Die Hunde zogen unruhig an
ihren Leinen.

Alle anderen Kollegen, welche keine Hunde führten,
fielen unvermittelt zu Boden, als wenn eine Druckwelle
sie erwischt hätte. Sie konnten plötzlich nichts mehr sehen, panisch riefen sie um Hilfe. Die Polizisten tasteten

um sich herum, versuchten sich zu orientieren und wieder auf die Beine zu kommen.

Doch immer, wenn sie es gerade bis auf die Knie geschafft hatten, folgte eine erneute Druckwelle und warf sie wieder zu Boden. Das Flimmern der Luft wurde stärker.

An einer Stelle schien es, als würde sie sich teilen und sich etwas wie ein Tunnel dazwischen auftun. Ungläubig starrten die Hundeführer auf diese Stelle. Sie sahen schemenhaft eine Frau auf sich zukommen. Sie zeigte mit dem Finger auf sie und lächelte kalt. Drohend zogen die Hunde die Lefzen hoch und knurrten. Dann geschah alles ganz schnell. Die Frau sprach in einer seltsamen fremden Sprache zu den Hunden. Worte, welche die Hundeführer nicht verstanden.

Mit weit aufgerissenen Augen sahen sie ihre Hunde an. Diese hatten sich nun ihnen zugewandt und knurrten noch lauter. Noch immer konnte sich niemand bewegen, um zu fliehen. Plötzlich schoss ein Blitz durch die

Luft, unmittelbar gefolgt von lautem Donnern. Die Polizisten am Boden schrien vor Schmerzen, die Hunde rissen sich los und griffen ihre Führer an. Die am Boden Liegenden hörten die geifernden Bestien, wie sie sich in ihre Befehlshaber verbissen und sie letztendlich zu Boden rissen. Blut spritzte über den Waldboden. Verzweifelte Schreie gellten durch die Luft. Die Blindheit und die Bewegungsunfähigkeit verschwanden so schnell, wie sie über sie kamen.

Es herrschte einige Sekunden lang gespenstische Stille über der unwirklichen Szenerie. Schmerzhaftes Stöhnen brachte die Polizisten in die Realität zurück. Sie fanden sich auf einem Schlachtfeld wieder. Einige mussten sich bei dem Anblick übergeben. Einige Hunde standen über ihren Hundeführern und waren in einen Blutrausch verfallen. Zwei der angefallenen Polizisten waren bereits tot, die Hunde hatten sich durch die Bauchdecken gefressen, die Eingeweide quollen hervor. Panisch schossen einige der Polizisten auf ihre Hunde. Einer nach dem anderen ging jaulend zu Boden. Auch ein paar der Polizisten bekamen verirrte Kugeln ab. Nach nur wenigen Minuten war der ganze Spuk vorbei. Viele weinten vor Entsetzen und Hilflosigkeit. Die aus der flirrenden Luft aufgetauchte Frau war zusammen mit dem Flirren verschwunden. Ein schwacher brandiger Geruch seltsam vermischt mit einem herben Blütenduft lag in der Luft.

Die Schwerverletzten wurden, so gut es ging, versorgt, bis die Krankenwagen eintrafen. Niemand konnte schildern, was geschehen war, alle standen unter Schock.

Es war wie verhext, je mehr die Polizisten versuchten, den Vorfall darzulegen, desto weniger konnten sie sich an ihn erinnern.

Niemand konnte die toten Hunde und Polizisten erklären oder warum es so viele Verletzte gab. Alle Beteiligten litten an einer unerklärlichen Amnesie.

Sie aber saß in ihrem Bett und lachte laut. Das würde ihnen

eine Lehre sein!

FÜNF STUNDEN SPÄTER

Gerädert und unausgeschlafen saßen Lessing und Bautzer am Tisch und hingen über ihrem Frühstück mit extra starkem Kaffee. Sie beide hatten nur ein paar Stunden Schlaf bekommen und mühten sich, ihre Augen offen zu halten. Nach und nach trudelten auch ihre Amtsbrüder ein. Die Begrüßung fiel karg aus. Die mürrischen Gesichter der anderen sagten mehr als tausend Worte. Danilo Jäckels war der Einzige, der an diesem Morgen gut gelaunt und motiviert war. Außer dem großen Chef Kilian Bautzer natürlich.

Mit sich zufrieden grinste er in sich hinein und sah sich mit seiner Wahl der verbliebenen Beamten in der „Vampir"-Soko mehr als befriedigt. Nach außen ließ er sich aber nichts anmerken. Kilian rappelte seine müden Knochen auf und begann zu sprechen.

»Einen guten Morgen Euch allen! Ich komme auch gleich mit der Sprache raus! Ihr wisst alle, dass ich meine Arbeit beharrlich und zielführend angehe und von meinem Team erwarte, dass es eine gute Zusammenarbeit gibt. Leider habe ich hier bei Ihnen fast nur lustlose Gesichter gesehen, daher werde ich einige von Ihnen nun aus dieser Soko ausschließen und einen entsprechenden Vermerk in Ihren Personalakten veranlassen. Die Polizeiarbeit beinhaltet mehr, als nur im Streifenwagen herum zu fahren und hier und da einen Diebstahl aufzuklären. Sie hätten hier alle die Chance gehabt, sich weiterzubilden und damit der nächsten Beförderung einen Schritt näher zu kommen.

Diese Chance weiterhin nutzen dürfen Victor Hamm, Bernadett Lessing und Danilo Jäckels. Die anderen bitte ich den Raum zu verlassen und wieder an ihren normalen Arbeitsplatz zurückzukehren.«

Er deutete auf die Tür, bewusst, sich den Unmut einiger Kollegen zugezogen zu haben.

Er zwinkerte Bernadett zu, die sich errötend abwendete.

»Das wird ein Nachspiel für Sie haben, Herr Kommissar!«, entrüstete sich Buttler und funkelte Kilian böse an.

»Der vögelt doch die Lessing!«, warf Nadja Morgenrot brüskiert hinterher.

Helge Lassner ließ den Kopf hängen und verließ die Gruppe, ohne noch einmal etwas zu sagen. Fast tat er Kilian Bautzer leid, aber nun war es zu spät, er hatte sein Team gefunden.

»Meine verehrten Kollegen, ich habe Sie immer mit Respekt behandelt, aber Sie ließen nur Desinteresse durchblicken, was meinen Sie, wann und wie Sie den Fall ohne Initiative hätten lösen wollen? Herr Buttler, Sie können gern eine Dienstaufsichtsbeschwerde gegen mich einreichen, bedenken Sie aber vorher, dass das einen weiteren Eintrag in Ihrer Akte geben könnte!

Und Sie, Frau Morgenroth, mit wem ich vögel, geht Sie am wenigsten was an«, genervt hielt er den beiden die Tür auf und schloss sie hinter ihnen. Dahinter konnte man die verbliebenen Soko-Mitglieder Buttler und Morgenroth noch immer toben hören. Keiner konnte sich ein Grinsen verkneifen.

Kilian Bautzer ließ den Blick über sein Team schweifen, dabei trafen sich seine und Jäckels Augen. Leicht irritiert schaute Danilo daraufhin abrupt aus dem Fenster. Die Müdigkeit von Bautzer und Lessing war nach dieser überraschenden Eröffnung in den Hintergrund getreten.

»So, dann wollen wir mal in den Tag starten«, flötete der Kommissar, »Ich bin der Kilian und würde unter uns gerne das „Du" verwenden!«

Ein heiteres Nicken der drei andern freute ihn. Sein Elan, den Fall zu lösen, war schlagartig wieder da.

»Bernadett und ich wurden in der letzten Nacht zu einem erneuten Mord gerufen. Es gibt nun also vier

Opfer. Eine Frau um die vierzig. Wir haben noch keinen Namen oder sonstige Hinweise auf die Person. Die KTU läuft auf Hochtouren.

Es gab auch eine Zeugenaussage bezüglich einer Person, die die Szene beobachtete haben soll. Ein Suchtrupp hat daraufhin in der vergangen Nacht noch den angrenzenden Wald und die weitere Umgebung nach Hinweisen abgesucht. Leider gab es noch keine Rückmeldung, ob Spuren gefunden wurden.«

Eine Meldung von Danilo ließ ihn innehalten.

»Wo war denn der Mord?«, fragte dieser interessiert.

»Ach so, ja entschuldige bitte. Es war auf der Bahnstrecke Kiel-Hauptbahnhof und Kiel-Oppendorf kurz vor dem Bahnhof Oppendorf. Der Zugführer hat eine Gestalt auf den Schienen liegen sehen und daraufhin die Bremse betätigt«, beantwortete Kilian Danilos Frage. Dann fuhr er fort.

»Für dich, Victor, habe ich noch eine Überraschung. Ich habe von deiner geplanten Reise gehört und wie sauer deine Frau war.

Nach einer langen anstrengenden Diskussion mit dem Revierleiter konnte ich dir einen bezahlten Sonderurlaub nach Abschluss dieses Falls rausschlagen und die neue Reise geht auf Kosten des Staates. Eine kleine Anerkennung für Deinen Einsatz.«

Victor strahlte ihn an und brachte vor Rührung nur ein „Danke" heraus. Zufrieden lehnten sich die beiden Männer in ihren Stühlen zurück.

»Die Opfer sind also höchstwahrscheinlich doch zufällig von dem Mörder ausgewählt und passen nicht in ein Muster, auch wenn es bei den ersten dreien so schien. Da wir noch immer keine Anhaltspunkte auf den Täter haben, sollten wir uns vielleicht vorerst auf Stanislav Kovacs konzentrieren«, warf Danilo ein.

»Das denke ich auch. Auch wenn in den Berichten hier der Busfahrer Heiner Dietrich und der Angler Manfred

Hambauer in Betracht gezogen werden, gehe ich nicht davon aus, dass einer der beiden etwas damit zu tun hat«, behauptete Kilian.

»Mein Bauchgefühl geht auch in eine andere Richtung«, äußerte Victor sich.

»Wir sollen ja auch auf unseren Bauch hören, hast du gesagt, Kilian«, neckte Bernadett.

»Eine bessere Wahl hätte ich nicht treffen können, als ein Team mit Euch zu bilden«, lachte Bautzer.

»Danilo, hattest du nicht gesagt, du hättest schon mal mit diesem Kovacs zu tun gehabt? Wie wäre es, wenn wir zwei uns auf die Suche nach ihm begeben?«, Victor war voller Tatendrang. Danilo nickte zustimmend.

»Damit wäre das ja geklärt. Wir treffen uns gegen neunzehn Uhr hier wieder! Wer bringt Pizza mit? Ich zahle!«, bot Kilian überschwänglich an. Im gleiche Moment schwang die Tür schwang auf und eine junge Polizistin trat ein. Ohne Umschweife erklärte sie, wer sie sei und was sie wollte.

»Ah…okay, und eine Julia Lever hat nicht gelernt, dass man anklopft, bevor man

eintritt?«, höhnte Kilian Bautzer.

»Ähm…sorry! Ich soll hier nur was abgeben!«, gab sie zurück.

»Okay und was?«

»Einen Bericht über irgendeine Zeugensuche, die aber erfolglos war. Und etwas von einem Suchtrupp, der fast ausgelöscht wurde«, Julia Lever grinste überlegen in die Runde.

»Sind Sie berechtigt, die Berichte zu lesen?«, wollte Kilian wissen.

»Nö, aber es wird ja bei uns im ganzen Revier erzählt. Ich brauchte mal `ne Luftveränderung und hab mich freiwillig gemeldet, die bei uns falsch hinterlegten

Berichte herzubringen«, antwortete die Beamtin Lever keck.

»Warum nicht per Fax oder Kurier?« wartete Kilian auf eine Antwort.

»Ach, das ist doch langweilig. Wie schon gesagt, ich brauchte `ne Luftveränderung.«

Ohne noch etwas zu sagen, nahm Kilian die Berichte entgegen und erwartete, dass Julia wieder ging.

Das tat sie jedoch nicht, sondern sah von einem Polizisten zum andern, als wenn sie sich die Gesichter genau einprägen wollte.

»Ähm…«, räusperte Kilian Bautzer sich.

»Oh… t'schuldigung, ich geh dann mal. Aber wir sehen uns bestimmt wieder. Und ich glaube, ich kenne hier auch jemanden«, erwähnte sie noch bevor sie durch die Tür verschwunden war.

Victor sah ihr mit zusammengekniffen Augen nach. Irgendetwas störte ihn an ihr.

Er sagte aber nichts. Es war nicht das überhebliche Auftreten der Frau, sondern wie sie sich bewegte und der herausfordernde Blick. Irgendetwas lag darin, was ihn verunsicherte. Er ermahnte sich selbst, sich nicht so anzustellen und sich von einer solch einer Person irritieren zu lassen.

Sie klärten die Frage mit der Pizza und wurden dann entlassen. Danilo und Victor gingen ihren Aufgaben nach und Bernadett fuhr nach Hause, um ein wenig zu schlafen. Kilian selber hockte sich über seine Akten. Der Bericht über den Suchtrupp interessierte ihn sehr, doch das, was er da las, konnte er nicht glauben.

Er nahm sich fest vor, sich dafür stark zu machen, dass auch zur Untersuchung dieses mysteriösen Vorkommens, welches einigen Polizisten das Leben gekostet hatte und weiteren einen langen Krankenhausaufenthalt bescheren würde, eine Soko eingerichtet werden muss. Personalmangel hin oder her, dann mussten eben Beamte aus anderen Bundesländern aushelfen. So ein unter Umständen sogar terroristischer Anschlag bedurfte zügiger Aufklärung! Kurzerhand schickte er eine SMS an jedes seiner Teammitglieder, um sie in Kenntnis zu setzen. Ganz besonders stutzig machte ihn, dass sich keiner der Überlebenden aus dem Suchtrupp an irgendetwas erinnern konnte. Er nahm an, dass irgendetwas vertuscht werden sollte. Anders konnte er sich das nicht erklären.

EIN HINWEIS?

Eine ältere, gebrechlich wirkende Frau betrat die Falckwache. Mit rot geränderten Augen sah sie den diensthabenden Polizisten an und wartete nach ihrer Anmeldung geduldig, bis sie aufgerufen wurde. Immer wieder schnäuzte sie sich in ein Taschentuch, alles in allem machte sie einen mitleiderregenden Eindruck. Das faltige und gefurchte Gesicht wirkte dennoch freundlich und offen.

Eine Polizistin bat die Wartende in ihr Büro. Leider schloss sie die Tür hinter sich, sonst hätte Kilian Bautzer ganz sicher aufgehorcht.

Die verstört wirkende Frau gab eine Vermissten-Meldung auf. Ihr Sohn war seit Tagen schon nicht mehr bei ihr gewesen und am Telefon konnte sie ihn auch nicht erreichen. Da nahm immer nur eine Frau ab, die sie nicht kannte.

Tränen liefen der Alten über die Wangen. Sie hatte Angst, dass der zurzeit die Medien dominierende Mörder auch ihren Sohn umgebracht haben könnte.

Sie hatte davon aus dem Fernsehen erfahren. Er war eigentlich nicht jemand, der wehrlos war. Er war groß und trainiert, gab sie zu Protokoll. Unaufgefordert beschrieb sie ihren Sohn. Groß, dunkelhaarig, blaue Augen, 39 Jahre alt.

Von einer Freundin wusste sie nichts, darum war sie auch so verwundert, dass immer eine Frau das Telefon abnahm. Weiter gab sie an, dass sie sehr wohl wusste, dass ihr Sohn nicht immer nur Gutes getan hatte und sie mit seinen Machenschaften auch nicht einverstanden war, wenn sie davon erfuhr. Im Herzen war er aber ein guter Junge, dass wusste sie. Geduldig ließ die Polizistin die Frau erzählen. Als diese noch sagte, dass dieses Verhalten, nämlich sich tagelang nicht zu melden, so gar nicht zu ihrem Sohn passen würde und damit endete, fragte die Beamtin nach ihrem Namen. Sie sei Mathilde Kovacs, ihr Sohn hieß Stanislav. Beruhigend sprach die Polizistin auf Frau Kovacs ein und versprach ihr, dass alles getan würde, um ihren Sohn zu finden. Nachdem die Suchende die Vermissten-Meldung unterschrieben hatte, verabschiedete sie sich und der Vorfall landete auf dem Stapel der zu bearbeitenden Fälle. Hätte die Polizistin auch nur geahnt, dass das Verschwinden von Stanislav Kovacs mit den Morden in Verbindung stehen könnte, würde sie sicher anders gehandelt haben. Ohne dieses Wissen siegte jedoch die Routine und es sah nach einem normalen Vermissten-Fall aus. Die Aussage, dass er in krumme Geschichten verwickelt war, deutete für die Polizistin eher auf ein Untertauchen hin.

Unterdessen blätterte Kilian schon zum dritten Mal seine Fallakte „Vampir" durch, um zum wiederholten Mal festzustellen, dass sie nichts in der Hand hatten, nicht die geringste Spur auf den Täter. Der einzige Ansatz war Stanislav Kovacs.

Wie sehr wünschte er sich, dass sein Team am Abend Ergebnisse bringen würde. Erschöpft ließ er die Akte vor sich liegen und griff zum Telefon.

Gar nicht so weit entfernt von der Falckwache, wo die Soko „Vampir" ihr „Lagezentrum" aufgeschlagen hatte, kam ein Mann in völliger Dunkelheit zu sich.

Er hatte keinerlei Orientierung, wo er sich befinden könnte, sein Gedächtnis endete damit, dass er sein Haus verlassen hatte. So oft und angestrengt er auch versuchte, sich zu erinnern, es gelang ihm nicht. Kompletter Filmriss wie nach einer durchzechten Partynacht! Langsam bewegte er seinen Kopf und versuchte auszumachen, wo er war. Das benommene Gefühl wich allmählich und er versuchte, vorsichtig aufzustehen. Gefesselt war er nicht. Sein Körper schmerzte, als wenn er schon tagelang hier gelegen hätte, sein Zeitempfinden war ebenfalls wie ausgelöscht. Mit Bedacht tastete er sich an der Wand entlang, sie war glatt und kalt. Im Raum lag ein leicht modriger Geruch, der an Keller erinnerte. War er etwa irgendwo in einem Keller? Und wenn ja, warum? In einer der Ecken fand er eine Decke und ein Kissen, aber keine Matratze, auf der er sich hätte, etwas weicher setzen können. An der Wand gegenüber konnte er eine Tür ertasten, diese ließ sich aber nicht öffnen. Sie schien schwer und aus Stahl zu sein. In einem Anflug von Panik warf er sich einige Male mit seinem vollen Körpergewicht dagegen. Außer, dass ihm die Schulter noch mehr schmerzte, tat sich jedoch nichts. Er lauschte an der Tür, konnte aber keinen Laut vernehmen. Zitternd ließ er sich mit dem Rücken an der Tür hinabgleiten. So schnell warf ihn eigentlich nichts aus der Bahn, aber in kompletter Dunkelheit ohne jedes

Geräusch…das kratzte doch ziemlich an seinem Nervenkostüm. Er probierte aus, was passierte, wenn er aus voller Kehle schrie. Nichts! So gab auch das wieder auf. Er hatte die Befürchtung, dass dieser Raum schalldicht war. Zu seiner ausweglosen Lage kamen noch Hunger und Durst hinzu. Hoffentlich würde bald jemand kommen und ihm helfen, bevor er ganz verrückt wurde.

Er umklammerte mit den Armen seine Knie und fing an, sich hin und her zu wiegen. Lange. Ohnmächtig sank er auf den Boden zurück.

Die Kollegen Jäckels und Hamm waren im Kieler Rotlichtbezirk unterwegs. Zum Glück war dieser überschaubar und nicht so riesig wie in Hamburg die Reeperbahn.

Zu dieser Zeit lag die Flämische Straße verlassen vor den beiden, sie wollten ihr Glück trotzdem versuchen und betraten die einschlägigen Bars und Etablissements. Niemand wollte sich zu Stanislav Kovacs äußern, egal wo und wen sie fragten.

Lediglich, dass er seit längerer Zeit schon nicht mehr in der „Flämischen" gesehen wurde, hatten sie bisher erfahren. In der letzten Bar war bereits Betrieb und die Mädels tanzten an ihren Stangen, um die wenigen Gäste in Stimmung zu bringen. Danilo verdrehte die Augen. Er konnte noch nie verstehen, warum sich die Männer sowas ansahen und auch noch viel Geld dafür ausgaben.

Noch viel weniger konnte er verstehen, warum sich Frauen für so etwas hergaben. Victor deutet auf die Bar. Zusammen setzten sie sich und bestellten sich eine Cola, um den Mann hinter der Theke auf sie aufmerksam zu machen.

»Die Polypen höchstpersönlich in meinem Laden! Ihr seid doch bestimmt nicht nur für eine Cola hier, oder?«, fragte der Barkeeper argwöhnisch.

»Nein, nicht ganz! Wir sind auf der Suche nach Stanislav Kovacs, es scheint, als sei er wie vom Erdboden verschluckt.«

»Der Stanislav … ja, seit der diese neue Schnalle am Start hat, lässt er sich nicht mehr blicken. Hat mir seinen Laden einfach so überschrieben und ist seitdem nicht mehr aufgetaucht. Soweit ich mitbekommen habe, wollte er einen neuen Laden eröffnen«, redselig gab er die Informationen Preis.

Ihm wollten die beiden also nichts, das hatte ihn beruhigt. Im Rotlichtbezirk musste man immer vorsichtig sein, irgendetwas Kriminelles fanden die Gesetzeshüter ja immer. Der Barkeeper schien zwar keine weiße Weste zu haben, aber darum ging es jetzt gerade nicht. Gespannt hörten die Polizisten zu.

»Sie sagen also, dass Kovacs sich verändern wollte?«

»Ja, diese „Dame" hat ihn ordentlich unter der Fuchtel.

Konnte es nicht ertragen, dass andere Weiber um ihn herum waren«, er schüttelte den Kopf, »Kam mir schon irgendwie komisch vor, diese Alte... Naja, ich hab nichts mehr mit ihm zu tun und das ist auch gut so. Meine Herren, ich habe noch zu tun, die Cola geht aufs Haus«, mit diesen Worten war er auch schon in die hinteren Räumlichkeiten verschwunden.

»Genau genommen wissen wir nun auch nicht viel mehr als vorher«, überlegte Victor.

»Nur, dass er sich von seiner Freundin bevormunden ließ, oder lässt«, spann Danilo weiter. Nachdenklich spielte er mit seinem Glas.

»Ich werde das Gefühl nicht los, dass wir näher an Kovacs dran sind, als wir glauben!« Victors siebenter Sinn meldete sich erneut, wie schon bei der Befragung von Elsa Brandt. Sie leerten ihre Gläser und gingen zu ihrem Fahrzeug.

UM NEUNZEHN UHR

Die kleine Mannschaft traf pünktlich in ihrem provisorischen Büro ein. Kilian saß am Computer und schrak zusammen, als er begrüßt wurde. Es schien, als sei er in irgendwas vertieft gewesen. Die mitgebrachte Pizza erfüllte den Raum mit leckerem Duft und alle machten sich über sie her. Das erste Gesprächsthema war natürlich das Ende der unheimlichen Suchaktion nach dem letzten Mord. Für diese ungewöhnlichen Vorgänge gab es immer noch keine plausible Erklärung. Da es sie aber auch nicht weiter brachte, lenkte Kilian die Unterhaltung zurück auf ihren eigentlichen Fall.

»Dann lasst mal hören, Victor und Danilo, was ihr so `rausgefunden habt«, Kilian wirkte aufgeregt wie ein kleines Kind, »Ich habe nämlich habe Neuigkeiten, die uns weiterbringen könnten«, nickte er vielsagend.

Alle hielten gespannt in der Bewegung inne und sahen zu ihm hin.

»Den Kovacs könnt Ihr übrigens nicht gefunden haben, es gab eine Vermisstenanzeige, wie ich mehr durch Zufall erfahren habe«.

»Stimmt Chef, so wirklich was rausgekriegt haben wir auch nicht. Nur, dass er seit geraumer Zeit nicht mehr im Milieu gesehen wurde und er etwas Neues beginnen wollte. Seiner Ische war es nicht recht, dass er mit leicht bekleideten Mädchen arbeitet« fasste er das heutige Ergebnis zusammen.

»Eigentlich wussten wir das schon... «, klang Victor entmutigt.

»Wäre schön gewesen! Was nicht ist, ist leider nicht. Meine Recherche könnte uns vielleicht Aufschluss bringen, wir warten aber noch, bis Markus eintrifft. Zum einen wird er uns über die Ergebnisse vom letzten Mord aufklären und zum anderen hat auch seine, recht staubige Nachforschung so einiges ergeben«.

»Dann sollten wir unsere Pizza schnell verdrücken. Ich habe gehört, dass Markus sich gern über fremde Pizzen hermacht«, lachte Bernadett, die andern fielen in ihr Lachen ein.

»Nutzen wir die Zeit aber nebenbei, um zu überlegen, wo wir weiter ansetzen könnten«, bat Kilian.

»Es wäre vermutlich sinnvoll, noch einmal die Freundin von dem Kovacs unter die Lupe zu nehmen. Von wem kam denn die Vermissten-Meldung?« überlegte Victor laut.

»Ähm... die Mutter hat ihn seit einer Woche weder gesehen noch von ihm gehört. Das sei wohl sonst nicht seine Art und er würde sich mindestens zweimal die Woche bei ihr per Telefon melden«, zitierte der Chef aus seinen Notizen.

»Na, dann liegt ein weiterer Besuch bei ihm zu Hause doch quasi auf der Hand«, fühlte er sich bestätigt. Kilian nickte mit Nachdruck.

»Zur Sicherheit werden wir noch einen Durchsuchungsbefehl beantragen. Wenn die Brand nichts erzählt, müssen wir uns da mal umschauen, es könnten ja Hinweise auf sein Verschwinden zu finden sein«, beauftragte der Soko-Chef.

Mit einem Satz saß Bernadett schon am PC und schickte eine Anfrage an das Gericht, um die Genehmigung für die Durchsuchung zu bekommen.

»So das wäre erledigt!«, warf sie stolz ein.

»Danke Bernadett! Wir warten die Genehmigung ab und dann gehst du mit Victor noch mal hin! Euch kennt die Brand. Wenn es dann zu keinem Ergebnis kommt, braucht ihr ja nur das Durchsuchungsteam anfordern«, zufrieden sah er die beiden an.

Victor hatte sich einige Notizen gemacht und schon mal ein paar Fragen überlegt, die wichtig sein könnten, auch wenn sie noch so banal klangen. Zur Antwort auf Kilians Anweisung nickte er eifrig. Danilo wirkte hingegen enttäuscht und blickte zu Boden, er fühlte sich irgendwie übergangen.

Als wenn Kilian Danilo locken wollte, blätterte er auffällig in seinen Aufzeichnungen vor ihm herum, grinste vor sich hin und sprach dann geheimnisvoll zu ihm.

»Danilo, was würdest du sagen, wenn ich dich auf eine Reise in die Vergangenheit mitnähme?«

»Wie meinst du das denn?«, kam zurück.

»Da kommen wir später noch zu!«, zwinkerte dieser ihm zu. Schlagartig hellte sich das Gesicht von Danilo wieder auf. Kilians Handy klingelte. Eilig meldete er sich, sein Gesicht zeigte ein Schmunzeln.

»Das war Markus, ich soll euch auf eine weitere Neuigkeit vorbereiten«, machte er neugierig.

Kurz darauf ging auch schon die Tür zum Versammlungsraum auf und ein abgehetzter Dr. Dobrec stolperte herein. In seinem Arm trug er eine mit einer dicken Staubschicht überzogene Akte. Er hatte offensichtlich nur drin gelesen, der Staub obendrauf störte ihn dabei nicht. Es interessierte ja nur der Inhalt.

»Nabend, ähm…eigentlich fall ich nicht gleich mit der Tür ins Haus, aber ich glaube, da draußen ist irgendwas komisch…«, keuchte er.

Jedes Augenpaar war auf ihn gerichtet.

Bernadett, die gerade ihr letztes Stück Pizza zum Mund führen wollte, hielt mitten in der Bewegung inne. Keiner sprach, bis Markus selbst die Stille durchbrach.

»Kein Plan, als ich aus meinem Auto stieg wurde ich das Gefühl nicht los, beobachtet zu werden. Im Schatten der Bäume sah es auch danach aus, als würde dort jemand lauern«, schilderte er kleinlaut und legt seine Akte auf den Tisch.

»Bist du dir sicher?«, wollte sich Kilian Bautzer rückversichern.

Markus Dobrec schüttelte den Kopf.

»Hm…, dann lasst uns erstmal zu unserem Hauptpunkt heute Abend kommen. Wie schon gesagt, haben wir etwas gefunden! Ich habe den ganzen Tag am PC verbracht, um vielleicht ähnliche Fälle oder Verbindungen zu unserem Fall zu finden. Und ich bin fündig geworden!«, freute Kilian sich.

»Es gibt noch mehr Morde wie unsere?«, wollte Victor zappelig wissen.

»Ja bzw. nein, es hat vor etwa zwanzig Jahren schon mal solche Morde gegeben. Aber lassen wir Markus erstmal von der letzten Leiche berichten!«, gab er das Wort an den Pathologen ab.

Markus sah ertappt auf, er wollte sich gerade ein Stück von der Pizza nehmen.

»Unser viertes Opfer hieß Antonella Gaßner und war vierzig Jahre alt. Blutleer mit den beiden Einstichen am Hals wie schon die Drei vorher. Das gleiche, nicht zuzuordnende Virus. Meine Recherche hat in dieser Richtung absolut nichts ergeben. Noch immer kann ich mir nicht erklären, was das für ein Virus sein soll oder wo es herkommen könnte, wenn es nicht völlig abwegig wäre, hätte ich auf Außerirdische getippt…«, er fuhr sich nervös durch die Haare.

Der unsichere Blick von ihm schien auf Widerspruch zu warten.

»Um mal wieder auf die Erde zu kommen, ich habe hier den Bericht von der KTU. In der gefundenen Tasche befand sich ebenfalls ein Handy, auf dem die gleiche Telefonnummer als letzte Nummer angezeigt wurde, wie bei den anderen.

Und sie haben ein Tierabwehrspray gefunden. Das ist für mich ein Anhaltspunkt, zu behaupten, dass sich die Morde blitzartig und ohne Vorwarnung abgespielt haben müssen.

Fraglich, ob die Opfer den Täter überhaupt zu sehen bekommen haben. Antonella Gaßner hätte sonst sicher das Spray gegen ihren Angreifer eingesetzt«, sprach Kilian seine Meinung aus.

»Aber Chef, dass der Täter schnell sein muss, war doch eigentlich schon bei dem ersten Mord klar, sonst wären dem Busfahrer doch Schreie aufgefallen, oder? Die Tasche von der Frau Gaßner lag ja auch nicht direkt bei ihr, könnte doch auch sein, dass der Täter sie gejagt hat, bevor er über sie herfiel…«, überlegte Danilo.

»Guter Einwand, Jäckels! Leider können die Toten uns das nicht mehr beantworten. Oft kann man in den Augen der Mordopfer noch etwas lesen, unsere aber haben die Augen geschlossen. Das könnte auch eine Art Macke unseres Gesuchten sein«, nickte Killian.

»Hat die KTU schon einen Namen zu dieser Nummer, die immer wieder auf dem Handy zu finden ist? Das wäre auch ein wichtiger Aspekt, der uns voranbringen könnte«, spann Victor die Gedanken weiter.

»Da sitzen die noch dran. Was wir wissen, ist, dass es merkwürdigerweise kein Pre-Paid -Handy ist. Also irgendwo muss die Nummer registriert sein. Nur wo und zu wem sie gehört, scheint schwierig herauszufinden zu sein«, erklärte der Chef.

»Wenn ich die Aufmerksamkeit dann wieder auf mich ziehen dürfte... also, ich habe seit einigen Tagen im Archiv der Gerichtsmedizin gesessen, in der Hoffnung, irgendwo etwas zu finden, mit dem ich die letzten Leichen vergleichen könnte. Und was soll ich sagen: Hier ist etwas! Da wird der gleiche Virus beschrieben und die Male erwähnt, nur das sie damals am Handgelenk waren und nicht am Hals. Es gab fünf blutleere Leichen, ebenfalls mit geschlossenen Augen. Leider kann ich den damaligen Kollegen nicht mehr fragen. Ich habe versucht, ihn zu erreichen. Man teilte mir mit, dass er plötzlich und unerwartet verschwunden ist. Das wirft Fragen auf, die wir nun auch noch zu klären haben.

Die Parallelen zu den aktuellen Morden sind so gravierend, dass ein Zusammenhang zumindest nahe liegt«, endete Markus mit seinem Bericht und schnappte sich nun ein übriggebliebenes Stück Pizza.

»Ich meinerseits habe dazu den Fall der Soko „Blutrausch" gefunden, darum habe ich Markus auch dazu gebeten. Interessanterweise lagen diese Dokumente, die eigentlich zusammmen im Archiv aufbewahrt werden sollten, an verschiedenen Stellen. Wie Markus schon sagte, gab es fünf Tote, die über die Stadt verteilt aufgefunden wurden.

Als vordergründiger Unterschied ist nur der Zeitfaktor zu nennen, denn im Gegensatz zu unserem Fall wurden hier die Opfer alle in einer Nacht gefunden. Es kommt einem so vor, als ob der Täter in einem Wahn gehandelt hat.

Nach dem Auffinden der Opfer eine Nacht später, wurden merkwürdige Vorkommnisse in einem alten Bunkergebäude gemeldet. Die beiden Beamten, die für den Fall zuständig waren, fanden beim Nachgehen der Hinweise in einem abgelegenen Raum, in dem eine Art Zwielicht durch die kleinen hoch gelegenen Fensterschlitze herrschte, ein auf den Boden gemaltes Pentagramm vor, an dessen Spitzen jeweils ein Schälchen mit geronnenen Blutresten stand. In der Mitte lag eine gefesselte Frau, das sechste Opfer. Obwohl die Polizisten in Tatortnähe nach einem kalten Luftzug eine verzerrte Stimme gehört haben wollen, welche „Ihr werdet für die Störung büßen!" wisperte und danach in ein hämisches Lachen verfiel, konnte der Verursacher jedoch nicht gefunden werden. Vom Täter fehlte jede Spur.

Der Fall blieb ungelöst und kam nach zehn Jahren ins Archiv«, beendete Killian seinen Bericht. Gespannt sah er in die Runde.

»Inwieweit hilft uns das weiter? Der Vorfall liegt doch schon Jahre zurück. Das Einzige, was man daraus schließen könnte, wäre, dass es sich um Ritualmorde handeln könnte. Kann man die Polizisten von damals nicht um Hilfe bitten?«, enttäuscht versuchte Bernadett noch etwas Brauchbares zu erfragen.

Killian schüttelte den Kopf.

»Leider nein, sie befinden sich nicht mehr im Polizeidienst. Die zwei mussten sich dauerhaft in psychiatrische Behandlung begeben.

Sie waren - gemeinsam oder einzeln - einem sowohl unheimlichen wie auch traumatischen Erlebnis ausgesetzt... mit der Folge, dass beide seither kein Wort mehr gesprochen haben. Man hat wohl alles Schulmedizinische versucht, ihnen zu helfen. Bedauerlicherweise ohne Erfolg. Austherapiert, wie man so schön oder besser unschön sagt. Sie leben in ihrer eigenen Welt, in der unsere nicht existiert.

Das war auch mein erster Gedanke, sie um Hilfe zu bitten, aber nach dieser Auskunft können wir uns die Fahrt sparen«, erstickte er die Hoffnung im Keim.

»Wir sollten uns dann eher auf den Bereich der Gothic- und Satanisten-Szene konzentrieren. Wenn wir herausbekommen, welches Ritual dabei eine Rolle gespielt hat, könnte das eine Spur zum Täter sein«, erklärte Danilo.

»Hast du Erfahrung in der Szene?«, forderte Bernadett ihn direkt heraus.

»Ich hab mal dazugehört«, wurde er rot.

»Echt? Wie jetzt?«, Bernadett war platt.

»Bin auch nie richtig davon weggekommen«, outete sich Dobrec verlegen.

Bernadett kringelte sich vor Lachen und auch Kilian prustete los. Jäckels brauchte etwas, um den Witz zu verstehen, lachte aber dann um so heftiger.

»Das hat deine Berufswahl wohl sehr beeinflusst«, konnte sich Bernadett nicht verkneifen.

»Dann könnt Ihr euch ja gleich um das Ritual kümmern«, forderte Killian die beiden Geouteten auf, »und Euch in der Szene umschauen«.

»Das Ritual such ich dir gerne, aber in der Szene umschauen? Nur wenn es wirklich notwendig ist. Ich will da nichts mehr mit zu tun haben«, winkte Danilo ab und ein Brummen von Markus bestätigte ihn.

»Okay, aber vielleicht habt ihr ja noch irgendwo alte Kontakte. Wir machen für heute erst mal Feierabend. Denkt über die Berichte nach und morgen werden wir dann sehen, wie es mit dem Durchsuchungsbefehl ist und was wir noch von Frau Brandt erfahren können«, entließ Bautzer seine Mannschaft.

DIE HAUSDURCHSUCHUNG

Früh am Morgen warf ihn das Handyklingeln aus dem Bett. Bautzer fluchte und meldete sich unwirsch. Seine Laune besserte sich schlagartig, als er die Erlaubnis zur Hausdurchsuchung bekam. Ein Team konnte er sich jedoch nicht abrufen, dafür war gerade kein Personal frei. Dann würde er eben selbst mit Danilo zu Elsa Brandt fahren. Wenn die Befragung nichts erbringen sollte, könnte man ja dann gemeinsam mit Bernadett und Victor weitermachen. Gut gelaunt gab er die Erlaubnis an Bernadett Lessing und Victor Hamm weiter, welche dann gegen Mittag bei Elsa Brandt aufschlagen sollten. Er selbst würde Danilo bereits zwei Stunden früher abholen und sich auf den Weg zu dem alten Bunker machen, der im Bericht des zwanzig Jahre alten Falles erwähnt wurde.

Mit ein klein wenig Glück würden dort sogar noch Spuren des alten Falles zu finden sein, die im besten Fall vielleicht Anzeichen eines Kultes erkennen lassen. Sein

Vorsatz war, ein fünftes Opfer unbedingt zu verhindern.

Immer wieder kam ihm das Ritual in den Kopf. Wozu war es gut? Wie lief es genau ab und warum in drei Teufels Namen war offensichtlich jemand bereit, dafür zu morden? Haben wir es hier mit einem gefährlichen Verrückten zu tun? Handelte es sich überhaupt um ein echtes Ritual oder hat vielleicht jemand bewusst ein Gerücht darüber gestreut? So viele lose Enden in einem Gewirr von Anhaltspunkten! War das die richtige Spur oder doch nur eine Sackgasse? Fragen, die er sich, zu diesem Zeitpunkt, nicht beantworten konnte. Bevor er diesen aber weiter nachging, wollte er sich unbedingt den ehemaligen Tatort ansehen. davon versprach er sich viel.

Seit er denken konnte, hatte er noch nie an Übernatürliches geglaubt, aber seit Kilian und Victor von den Satanisten angefangen hatten, blieb das Wort Vampir immer wieder in seinen Gedanken hängen. Auch wenn er an die Opfer dachte, wurde ihm mehr und mehr mulmig zu Mute. Es gab keinerlei Blutspuren, aber auch kein Blut in den toten Körpern... Ihm war bekannt, dass es Menschen gab, die glaubten, ein Vampir oder Werwolf zu sein und auch, dass diese Menschen im Stande waren, zu töten.

Würden die Leichen dann nicht anders aussehen? Dann würde es allerdings auch keinen unblutigen Tatort geben. Da war er sich sicher.

Mit einem Kopfschütteln machte er seine Gedanken frei und fuhr zu Danilo. Dieser hatte bereits die halbe Nacht und die letzten Stunden ausgiebig zum Thema „Rituale der Satanisten" im Internet recherchiert. Gerade war er fast am Verzweifeln.

Seine Suchmaschine verwehrte ihm immer wieder die Antwort auf „reale blutige Rituale". Egal mit welchem Schlagwort er suchte, es kamen nur Ergebnisse mit vagen Andeutungen. Scheinbar gab es Portale, die sich nicht so einfach finden ließen. Im Darknet zu suchen, musste er verschieben, es klingelte an der Tür und sein Chef mahnte zur Eile. Kilian hatte ihm vorab per Telefon kurz angebunden angekündigt, dass er ihn in den nächsten zehn Minuten abholen würde.

»Guten Morgen Chef! Gut geschlafen?«

»Naja«, pustete Kilian »eher nich so. Mir geht dieses Scheiß-Satanistenzeugs nicht mehr aus dem Kopf. Ständig muss ich daran denken. Hab mir schon eingebildet, es gäbe doch Vampire«.

Jäckels sagte nichts dazu, dann hätte er zugeben müssen, dass auch er darüber länger nachgedacht hatte. Schweigend fuhren sie durch Kiel. Der Hochbunker stand in Kiel-Gaarden, mit den Graffitis an den grauen Betonwänden sah er zwar nicht mehr so bedrohlich aus, wie er wohl zu anderen Zeiten wirkte. Jedoch umgab das ungewöhnliche Gebäude noch immer eine sonderbare Ausstrahlung. Gedanken an seine Schutzfunktion im zweiten Weltkrieg und in den folgenden Zeiten des kalten Krieges gehen vielen Menschen durch den Kopf, die an ihm vorbeigehen, war sich Jäckels sicher. Um das Gebäude herum gab es mehrere Eingänge. Gleich die erste Tür gab nach, als Bautzer die Klinke herunterdrückte. Mit einem leicht mulmigen Gefühl betraten sie das Innere der Schutzraumes. Killian lief ein Schauer über den Rücken und auch Danilo wirkte angespannt. Beide holten tief Luft, bevor sie weiter vordrangen. Es roch abgestanden, nach Fäulnis und Männerklo. Je tiefer sie hineingingen, desto intensiver wurde es. Es war kaum auszuhalten.

Obwohl sie lediglich langsam vorankamen, kam es beiden vor, als ob sie einen steilen Berg erklommen. Sie rangen nach Luft. Schweiß rann Danilo über das Gesicht, seine Anspannung steigerte sich, als er einen großen Raum mit hoher Decke betrat. Staub wirbelte mit jedem Schritt auf.

Er hustete stark. Nach einer langen Minute hatte er sich wieder gefangen und winkte seinem Chef zu, der sich in einem Nebenraum umsah und ihm bedeutete, auch

in den großen Raum zu kommen. Unter der Staubschicht am Boden konnte man noch die Kontur eines
Sternes erkennen. Kilian mutmaßte, dass es das besagte
Pentagramm war. Andächtig schritt er darum herum,
als würde er auf der anderen Seite die Antwort finden.
Daumen und Zeigefinger lagen in einem rechten Win-
kel an seinem Kinn. Danilo zückte sein Handy und versuchte mit seinen Fotos alle Details dieses Symbols auf
dem Boden des Raumes zu erfassen.

»Das Pentagramm ist mit Kohle gemalt und hier ist
auch noch Wachs um die Mitte herum zu sehen«, bemerkte er zu Kilian. »Es sieht jedenfalls wie Kohle aus,
und wenn seitdem niemand mehr den Raum betreten
hatte, könnte es auch tatsächlich so lange halten«.

»Hmhm...und hier liegt ein Beutel mit Kräutern oder
sowas...«, deutete Kilian in eine Ecke. Er nahm das Le-
dersäckchen mit spitzen Fingern auf und betrachte ihn
genauer. Fast hätte er ihn wieder weggeschleudert, als

er erkannte, dass es sich bei den vermeintlichen Kräutern in Wirklichkeit um Haare und Zähne handelte.

„Uähhh!", Ekel packte ihn, schnell reichte er den Beutel an Danilo weiter, der ihn ungesehen in einen flink aus der Jackentasche gezogenen Beweismaterialsicherungsbeutel fallen ließ, um ihn umgehend in selbiger wieder verschwinden zu lassen. Die Schälchen, in denen sich das Blut befunden haben soll, waren nirgends zu sehen. Da sich offensichtlich keine weiteren sichtbaren Spuren in diesem Raum befanden, würde es aus Kostengründen sicher schwer werden, noch nach DNA suchen zu lassen.

Kilian hatte darauf gehofft, dass er noch irgendetwas finden würde, welches ihn und seine Kollegen weiterbringen könnte, vielleicht sogar dabei half, noch den alten Fall zu lösen.

Auf dem Rückweg fielen ihnen an den Wänden tiefe und lange Kratzspuren auf.

Vorher waren die Beamten wohl zu sehr darauf konzentriert gewesen, das Pentagramm zu finden, so dass sie die Kratzer übersehen hatten. Sie betrachteten diese nun genauer. Um von einem Menschen stammen zu können, waren sie zu tief oder die Fingernägel hätten eine Länge und Härte von Klauen eines wilden Tieres haben müssen.

Kilian erinnerten sie eher an die eines Bären. Oder stammten sie von einem Werkzeug?

Vermutlich hat sich hier nur jemand mit einer Gartenkralle ausgetobt…Ihm fielen die Fingernägel in dem Beutel wieder ein. Er schüttelte sich und trat dabei näher an die Wand heran. Danilo, der auch hier alles fotografisch festhielt, näherte sich im selben Moment den Wandspuren. Plötzlich standen sich beide so nah gegenüber, dass sich an den Armen berührten. Die Luft flirrte. Beide schauten auf. Es entstand eine merkwürdige Situation. Danilo durchfloss es heiß und er zuckte irgendwie peinlich berührt zurück.

»Ich glaube, wir sind hier fertig!«, resümierte Kilian

grinsend und strebte dem Ausgang zu. Danilo folgte

ihm sprachlos. Mehr würden sie hier nicht finden,

glaubte er. Daher verließen sie den Bunker schnellen

Schrittes wieder. Auch wenn es keiner der beiden zuge-

ben würde, war doch jeder erleichtert, den Bau wieder

zu verlassen. Im Auto sahen sie sich die Bilder auf

Danilos Handy noch einmal und erschraken. Danilo

hatte dokumentarisch eine vermeintlich leere Ecke des

Raumes fotografiert. Nun zeigte sein Bild etwas, was er

vorher nicht wahrgenommen hatte. Es war da eindeutig

ein Schatten zu sehen, der die Umrisse einer Gestalt auf-

wies. Aber es war doch niemand außer ihnen beiden im

Raum? Kilian befand sich zum Zeitpunkt der Auf-

nahme hinter Danilo. War es nur eine Pareidolie, also

ein Phänomen, in Dingen und Mustern vermeintliche

Gesichter, vertraute Wesen oder Gegenstände zu erken-

nen oder war da wirklich etwas? Die Männer sahen sich

wie erstarrt ungläubig an. Ihre Köpfe berührten sich

fast, indem sie sich dieses Phänomen näher betrachteten.

Schon wieder entstand eine Situation zwischen ihnen, die irgendwie prickelte. Das Klingeln von Bautzers Handy riss sie aus ihrer Starre.

So ein verdammter Mist. Wie es scheint, sind diese nervigen kleinen Menschen doch nicht so dumm sind, wie ich dachte. Wie sind sie dem Ort meines früheren Wirkens auf die Schliche gekommen? Es ist zwanzig Jahre her, verdammt noch mal!

Zum Glück haben sie mich nicht bemerkt, wie sie durch die Räume gestreift sind. Okay, meinen alten Lederbeutel hatten sie gefunden aber inzwischen spielen andere Dinge eine Rolle für mich. Aber welcher Spur werden sie nachgehen? Bin ich ertappt? Wie lange habe ich noch? Das darf einfach nicht sein, so kurz vor dem Ziel, es ist zu früh! Irgendetwas muss mir einfallen, um sie aufzuhalten. So schwer kann es bei den Menschen ja nicht sein.

Mal sehen, was sie mir als nächstes bieten, dann werde ich einschreiten und meine Kräfte wieder walten lassen. Warum soll ich sie nicht nutzen, wenn ich schon über sie verfügen kann. Das ist mein gutes Recht! Mein Verwirrspiel im Wald hat sich ja auch als wirksam erwiesen.

WIEDER BEI ELSA BRANDT

Bernadett machte sich wenig Hoffnung auf weitere Informationen zu dem Verschwinden von Stanislav Kovacs. Wenn sie Elsa Brandt auch an diesem Tag wieder betrunken vorfanden, würde sie gar nicht erst anfangen zu fragen, sondern gleich ihren Chef dazu rufen und sich auf die Durchsuchung konzentrieren. Das versprach mehr Erfolg. Viktor war als erster an der wieder nur angelehnten Tür. Als auf seine Rufe keine Antwort kam, traten die Polizisten einfach ein. Mit der Hand an der Waffe verschafften sie sich einen kurzen Überblick. Frau Brandt saß mit starrem Blick auf der Couch im

Wohnzimmer. Sie machte keinen betrunkenen Eindruck, das konnte aber auch täuschen.

In der Villa roch es noch alter Wäsche, Alkohol, Urin und Schimmel. Angewidert sahen die Beamten sich an.

Victor verdrehte die Augen, als wenn er sagen wollte, wieso immer ich.

»Guten Tag Frau Brandt, meine Kollegin und ich hätten da noch ein paar Fragen an sie bezüglich ihres Freundes«, klärte Victor Hamm die Frau auf. Er gab keine Erklärung, warum er einfach so in ihrem Wohnzimmer stand, stellte auch keine Frage, wieso schon wieder die Tür offen war.

»Was soll es denn da noch geben? Ich habe doch bereits gesagt, dass er mir aus dem Weg geht und sich aus dem Haus schleicht!«, kam prompt eine unwirsche Antwort.

»Das haben wir auch zur Kenntnis genommen, aber wir haben eine Vermisstenmeldung erhalten und der müssen wir nachgehen!«, Viktor blieb freundlich, aber bestimmt.

Elsa Brandt lachte laut auf.

»So, so der Stani wird also vermisst! Von wem, von seiner Mami?«, zynisch sieht sie den Polizisten an.

»Frau Brandt, so kommen wir doch nicht von der Stelle! Können wir Ihnen nun unsere Fragen stellen oder sollen wir gleich mit der Hausdurchsuchung beginnen?«, genervt wollte Bernadett den Vorgang vorantreiben. Bei dem Wort Hausdurchsuchung zuckte Elsa Brandt leicht zusammen. Bernadett registrierte das und zog ihre Augenbrauen zusammen.

»Frau Brandt, es könnte gut sein, dass ihr Freund dem Mörder, der hier sein Unwesen treibt, zum Opfer gefallen ist. Wir möchten lediglich wissen, wann sie ihn zum letzten Mal gesehen oder gehört haben?«

»Ich höre ihn täglich, wenn er sich abends rausschleicht und kurz vorher zum Duschen und Umziehen kommt«, gab Frau Brandt zu.

»Das finde ich aber sehr merkwürdig, denn laut seiner Mutter hat er sich schon seit einer Woche nicht mehr bei ihr gemeldet«, warf Victor ein.

»Und was kann ich dafür? Ich bekomme ihn doch auch nicht zu Gesicht! « zischte die Befragte.

»Sie sind sich aber ganz sicher, dass es Stanislav ist, der hier duscht und das Haus wieder verlässt?«, hakte Bernadett nach.

»Wer denn sonst?« fragte sie frech zurück.

Bernadett sah zu Victor rüber. Der schüttelte nur den Kopf und zuckte mit den Schultern. »Da ihre Tür immer offensteht, könnten es auch irgendwelche Obdachlose sein, die sich hier bedienen!«, regte Bernadett an.

Elsa Brandt war nicht alkoholisiert oder betäubt, wie bei der letzten Befragung, aber ganz bei sich schien sie irgendwie auch nicht zu sein. In ihrem Blick lag etwas, das nicht zu deuten war. Die Beamten beobachteten sie eine Weile. Frau Brandt pulte an ihren abgebrochenen, ungepflegten Fingernägeln herum. Es machte ihr nichts aus, dass sie beobachtet wurde. Ein Grinsen huschte über ihr Gesicht, verschwand aber schnell wieder, als sie aufstand und sich streckte. Etwas an der Bewegungsart ließ Victor erschaudern. Er glaubte, kleine Abnormitäten auszumachen, als wenn sie ferngesteuert wäre. Er wandte den Blick ab. Um den paranoiden Gedanken loszuwerden, schüttelte er den Kopf.

Die Geschichte mit den Satanisten schien ihn mehr zu belasten, als ihm in diesem Fall hilfreich war. Auch damit hatte er sich und sein Bauchgefühl ließ ihn gedanklich nur schwer davon loskommen.

Bernadett folgte der Frau in die Küche. Ein Chaos aus Müll und benutztem Geschirr erwartete sie, der Gestank verstärkte sich, das Würgen konnte sie gerade noch so unterdrücken. Frau Brandt ging zielstrebig auf den Kühlschrank zu, griff sich die Flasche Whiskey heraus, füllte das nebenstehende oft benutzte Glas großzügig, nahm genüsslich einen Schluck und setzte ein süffisantes, wissendes Lächeln auf.

»So, nu zu ihren Fragen! Ich bin sicher, dass es Stani ist, denn ich höre den Schlüssel an der Tür klappern.

Ich sitze hier auf der Couch und sein Schatten huscht vorbei, ohne dass er auch nur ein Blick oder ein Wort für mich übrig hat. Das tut weh, wenn man seit einem Jahr mit einem Menschen zusammen ist und große Pläne hatte.«

Eine theatralische Pause folgte, in der sie sich noch einen Schluck Whiskey gönnte. »Warum er sich nicht bei seiner Mutter, meldet weiß ich nicht. Vielleicht hat er einfach die Schnauze voll von ihrem Bemuttern«, schätze sie ein.

Schlendernd ging sie wieder zurück ins Wohnzimmer. Victor hatte inzwischen seine Augen ein wenig durch den Raum wandern lassen, um eventuelle Hinweise zu finden, die sie weiter brachten. In einer Ecke fielen ihm eine Menge leerer Flaschen auf, in der anderen lag schmutzige Wäsche.

»Wachtmeister, wenn sie etwas suchen, tun sie sich keinen Zwang an. Soll ich Ihnen noch meine Unterwäsche zeigen?« bot Elsa Brandt höhnisch an.

Er zuckte zusammen, in der Stimme schwang etwas Bedrohliches mit, wenn er doch bloß drauf kommen würde, warum sein Bauch ihn immer warnte, wenn sie in der Nähe war.

»Ich denke, wir kürzen das jetzt mal ab. Ich werde die Kollegen rufen und dann schauen wir uns hier mal richtig um. Vielleicht können Sie uns wenigstens sagen, warum Ihre Haustür immer offen steht? Das mit dem Schlüsselklappern vorhin kann ja wohl eindeutig nicht stimmen!«, warf Bernadett der immer unruhiger werdenden Frau an den Kopf.

Ihr Handy am Ohr ging sie in den Flur und berichtete Kilian knapp was los war. Da Danilo und er schon ganz in der Nähe der Villa waren, konnte die Durchsuchung schon fünf Minuten später starten. Victor ging nach oben und inspizierte das Bad und das Schlafzimmer. Er war von der Größe und dem Luxus komplett beeindruckt. Wenn man sich im Rotlichtmilieu so viel Geld verdienen kann, dann sollte er vielleicht überlegen, ob er nicht die Seiten wechseln sollte, ging ihm durch den Kopf.

Das Bad war aus Marmor, mit einer riesigen, in den Boden eingelassenen Badewanne, das Doppelwaschbecken war voll mit irgendetwas undefinierbarem, es könnte Erbrochenes sein. Jedenfalls würde das den Gestank erklären.

Schnell zog Victor sich Handschuhe über, er traute sich nicht die Schränke mit bloßen Fingern anzufassen.

In den Schränken fand er eine Menge Pflegeprodukte und Make-up – sonst nichts. Auch in der am Boden liegenden Wäsche fand er keinerlei Hinweise auf Stanislavs Verschwinden oder auf die Morde.

In dem ebenfalls vor Luxus strotzendem Schlafzimmer fand er auch nichts. Der begehbare Kleiderschrank sah durchgewühlt und unaufgeräumt aus, deutet aber auch auf nichts hin. So sah es im ganzen Haus aus.

Danilo ging in die Waschküche und nahm sich den Flur vor. Aus der Küche wäre er am liebsten gleich wieder geflohen Der Geruch von verfaultem Essen kam ihm entgegen, er schluckte schwer. Auch er ließ seine Hände in Handschuhen verschwinden. Sein geschulter Blick streifte über das Chaos aus Geschirr, Essensresten und Müll in der Spüle sowie die Arbeitsplatte.

Die meisten Schränke standen offen, da musste er nicht mal etwas anfassen. Als er zum Kühlschrank kam, wappnete er sich innerlich. Seine Befürchtung, dort verdorbene Lebensmittel zu finden, bestätigte sich allerdings nicht. Stattdessen fand er nur eine große Anzahl diverser Alkoholika. Erleichtert schloss er die Kühlschranktür wieder. Mit zwei Schritten stand Danilo im Flur und untersuchte die Garderobe. In den diversen, teuer aussehenden, Jacken und Mänteln fand er nur ein paar Münzen. So langsam stieg Frust in ihm auf. Wenigstens einen kleinen Hinweis wollte er finden. Auch in den Schuhschränken stand nichts, was dort nicht hineingehörte. Enttäuscht zuckte er mit den Schultern.

Killian und Bernadett schauten im Wohnzimmer genauer nach. Schnell öffneten sie alle Schränke und waren erstaunt, dass über die Hälfte leer war. Auch sie blieben ohne Erfolg. Nach einer guten halben Stunde hörten sie Danilo rufen. Er hatte eine Tür gefunden, die in eine weitere kleine Kammer führte.

»Hey Leute, ich glaube, ich habe hier was!« Sofort eilte Kilian zu ihm – gefolgt von Bernadett.

»Schaut mal, hier in der Waschmaschine«, er deute darauf, »Wer bitte, wäscht seine komplette Tageswäsche inklusive der Schuhe?

Und auch noch, ohne auf die Farben zu achten?«

»Nimm die komplette Ladung mit, soll die KTU untersuchen!«, ordnete Kilian an.

»Die ist aber schon länger da drin, würde ich sagen«, stöhnte Danilo beim Öffnen der Waschmaschine und rümpfte die Nase.

Unruhig lief Frau Brandt hinter den Beamten her, ihre Nervosität versuchte sie mit einem Whiskey nach dem andern runterzuspülen.

»Frau Brandt, was sagen Sie denn zu dem Inhalt der Waschmaschine?«, fragte Kilian sie scharf.

»Waschen Sie Ihre Wäsche etwa nicht?«, patzte die Angeklagte nur zurück.

Eine weitere Frage verkniff Kilian sich. Die Anspannung in der Villa war deutlich zu spüren, für Victor wurde es fast unerträglich, seine Arbeit hier fortzusetzen. Das Bauchgefühl, welches ihn in Elsa Brandts Gegenwart immer begleitete, steigerte sich in

Unbehaglichkeit und grenzte bereits an Angst. Er begann zu schwitzen.

Etwas war hier im Haus nicht richtig, wenn er doch bloß darauf kommen würde, was es ist. Aus seinem Gesicht war die komplette Farbe gewichen. Danilo sah ihn an und erfasste seine Situation.

»Bringst du den Sack Wäsche schon mal zum Auto, Victor?«

»Klar, mach ich!«, antwortete dieser und warf Danilo einen dankbaren Blick zu.

An der frischen Luft beruhigte der Beamte sich wieder. Einen Moment später kam sein Kollege zu ihm raus.

»Mensch, Victor, was war denn los?«, fragte Danilo besorgt.

»Kein Plan, immer wenn ich in die Nähe dieser Frau komme, hab ich ein ganz eigenartiges Gefühl im Bauch. Heute wurde mir bei der Durchsuchung richtig schlecht vor Unbehagen, das war schon fast Panik...« schüttelte Victor den Kopf.

»Sie hat schon etwas Komisches an sich, aber ich glaube das liegt an dem Alkohol, den sie wegsäuft. Und in dem Haus empfindet wohl jeder Unbehagen, so wie es da riecht! « war die Antwort.

»Ich weiß nicht recht. Vielleicht spielt sie auch nur betrunken? Oder meine Antennen sind krumm. Es ist nicht nur der Geruch und das Chaos...da ist noch was, ich kann es einfach nicht erklären«, verlegen blickte er zu Boden.

»Das wird schon wieder, Kumpel!«, heiterte Danilo ihn auf und klopfte ihm kameradschaftlich auf die Schulter.

Im Haus ging die Razzia weiter. Kilian wollte mit Bernadett in den Keller hinunter, da schien bei Elsa Brandt der Alkohol durchzuschlagen. Wie auf Kommando fiel sie in Ohnmacht und lag mitten vor der Kellertür. Genervt fluchte Kilian. Bernadett beugte sich zu der Ohnmächtigen herunter und fühlte ihren Puls.

»Das war wohl zu viel Alkohol. Soll ich einen Krankenwagen rufen?«, fragte sie ihren Chef.

»Nein, dann kommen wir gar nicht mehr weiter, muss
ja keiner wissen, dass wir mal eine Pflicht vergessen.
Wir legen sie einfach auf die Couch, dann kommt keiner darauf, dass wir fahrlässig waren«, flüsterte Kilian
ihr ins Ohr.

Mit einem schlechten Gewissen gehorchte die junge Polizistin. Nachdem sie die Betrunkene auf die Couch gebracht hatten, betraten sie den Keller. Hier unten war es
dunkel und auch die kleine Glühbirne, welche von der
Decke hing, konnte da nicht viel dagegen ausrichten.
Ein tiefes vibrierendes Dröhnen erklang, in den Ohren
der Polizisten verursachte es ein Taubheitsgefühl. Sie
hielten sich die Ohren zu und gingen weiter in den Keller hinein. Die Dunkelheit verschlang das Licht immer
mehr und schon bald schienen sie wieder in völliger
Finsternis zu stehen. Mit zitternder Hand tastete

Bernadett nach Killian, erwischte ihn am Arm und hielt sich fest.

»Warum hab ich bloß keine Taschenlampe mitgenommen?«, fluchte er.

Bernadett schrie kurz auf. Etwas streifte an ihrem Bein entlang.

»Hier gibt es Ratten!«, jammerte sie.

Ihr Chef sagte nichts, blieb aber stehen. Er versuchte über das Dröhnen in der Luft hinweg zu lauschen. Da war ein Geräusch – ganz sicher! Vor ihnen musste eine Nische sein, dort schien es heller zu werden. Kilian steuerte darauf zu. Bernadett zog er hinter sich her. Jäh blieb er wie angewurzelt stehen. In der Nische tat sich etwas. Die Luft flirrte und flimmerte dort und es wurde immer heller.

Kein richtiges Licht, aber so eine Art Strahlen, jedenfalls heller als im Rest des Kellers. Ängstlich klammerte die Polizistin sich fester an seinen Arm. Auch sie sah dort vor sich etwas. Eine Gestalt löste sich aus dem

Flimmern. Das Dröhnen verschwand, an seine Stelle trat ein hohes Lachen. Die Gestalt schwebte auf die beiden Polizisten zu, lachend, bedrohlich. Auf gleicher Höhe mit den beiden verschwand die Erscheinung einfach wieder.

Mit angehaltenem Atem sahen die Beamten auf die Stelle, wo sich gerade noch etwas bewegt hatte. Das Licht drang wieder zu ihnen durch. Ihre Blicke trafen sich.

»Ähm… hast Du das eben auch gesehen?«, vergewisserte Kilian sich.

»Ja, ich … ich glaube schon …«, stotterte Bernadett.

Er nickte, atmete tief durch und setzte vorsichtig einen Fuß vor den andern. Es gab keine Wahl, sie mussten ja noch weiter suchen. Sie hatten aber nur die Heizungsanlage und eine abgeschlossene Tür vorgefunden, zu der sie keinen Schlüssel ausmachen konnten.

Schnell stiegen sie die Stufen in den Flur wieder rauf, peinlich berührt machte sich Bernadett vom Arm ihres Chef los und errötete leicht.

»Alles gut!«, versicherte Kilian ihr.

»Ist dir aufgefallen, wie nervös die Brandt wurde, als wir in den Keller wollten?«, fragte Bernadett beim Verlassen der Villa.

»Hmhm…für mich auch kein Zufall, dass sie genau vor die Kellertür gefallen war. Und dieser Geruch im Haus, irgendwie war da noch was …kann es nur nicht einordnen. Urin, Alkohol, Schimmel und noch etwas undefinierbar Penetrantes.

Wenn ich bloß draufkommen würde, an was mich das erinnert«, in Kilians Stimme schwang Enttäuschung mit, als er antwortete: »Das, was da im Keller passiert ist, behalten wir erstmal für uns!«

Bernadett nickte zustimmend. Sie konnte es sich echt ersparen, sich anhören zu müssen, dass sie paranoid wurde. Allerdings kam der Chef ihr komisch vor, als wenn es noch etwas gab, was er verheimlichte.

»Wenigstens haben wir auffällige Wäsche gefunden«, munterte er sie schief lächelnd auf, um vom Thema abzulenken.

Am Wagen angekommen standen Danilo und Victor in eine Diskussion vertieft davor.

»Na, meine Herren? Lasst Ihr uns an dem Thema teilhaben?«

»Wir versuchen gerade zu ergründen, ob man einen feinen Sinn für merkwürdige Vorkommnisse haben kann und ob das sich dadurch einstellende Bauchgefühl wirklich eine Warnung darstellt«, bekamen die Polizisten von ihrem Teampartner Victor erklärt.

Der Kripobeamte wurde blass. Gab es etwa noch mehr Unerklärliches? Wenn ja, wollte er das gerade nicht wissen. In seinem Kopf schwebte die Gestalt wieder auf ihn zu.

»Okay, und wie lautet die Erkenntnis?«, wischte er das Bild aus seinen Gedanken.

»Es gibt noch keine. Das werden wir wohl erst herausfinden, wenn wir diesen Fall gelöst haben«, mutmaßte Danilo. Victor drehte sich schnell von den anderen weg, damit sie nicht sahen, wie rot er gerade wurde. Er hoffte, dass sein Kollege dicht halten würde und nichts von seiner Angst erzählte. Er konnte ja nicht ahnen, was gerade im Keller vor sich gegangen war.

So ein verdammter Mist aber auch. Wie konnte mir nur so ein blöder Fehler passieren? Was mach ich denn jetzt? Sind sie mir auf die Schliche gekommen? Wenn sie schon im Haus suchen, dann ahnen sie sicher etwas. Wieviel Zeit habe ich noch, um mein Werk zu beenden? Ich habe doch alle Spuren verwischt, die hätten im Wald sein können. Diesmal werde ich nicht scheitern, wie vor zwanzig Jahren, diesmal nicht.

Er hat mich zu sehr verletzt und er wird büßen. Er wird mein Diener bis in die Ewigkeit sein, er wird lernen, dass auch

Kreaturen wie ich Gefühle haben. Niemand geht so mit mir um, dafür bin ich der Hölle nicht entkommen. Wenn es sein muss, werde ich ihn sogar dorthin mitnehmen. Dann wird er wissen, wie es sich anfühlt, verschmäht zu werden und die Macht auszuschlagen, die ihm angeboten wurde. Ich bin wild und gefährlich, wenn ich muss, aber ich bin auch die größte Machtquelle, sofern man mich nur lässt.

Ich brauche nur noch zwei Nächte, um an mein Ziel zu kommen und dann werden er und die Welt wissen, dass sie vorsichtig sein sollten, mit wem sie sich einlassen. Nehmt euch in acht der Racheengel ist da!

DAS FÜNFTE OPFER

Nach zehn Tagen fand Kilian Bautzer, dass es an der Zeit war, den Täter ein wenig in Sicherheit zu wiegen.

Langsam zog sich die Schlinge zusammen, es fehlte nicht mehr viel, um ihren Fall „Vampir" zu lösen. Er war sich nicht sicher, ob er einen fünften Mord verhindern konnte, ob er schnell genug war, aber er konnte sagen, dass er auf der richtigen Fährte war. Seine Kollegen wussten noch nichts davon und sollten noch ein wenig ihre Köpfe arbeiten lassen, nur so würden auch sie ihre Karriere voranbringen. Auch er hatte so lernen müssen. Sollten sie ihn doch als Arschloch bezeichnen, wenn sie dahinter kommen, dass er allein die Lorbeeren einheimsen wollte. Nur so konnten sie begreifen, was diesen Beruf wirklich ausmacht.

Durch alle einschlägigen Medien ging folgende Meldung:

> **Die Bevölkerung wird um Mithilfe gebeten:**
> **Der zurzeit als vermisst gemeldete STANISLAV KOVACS steht unter dringendem Tatverdacht, vier Menschen getötet zu haben. Er ist groß und schlank, hat schwarze kurze Haare und trägt hochwertige Kleidung. Verständigen Sie bei Sichtung umgehend die Polizei. Sprechen Sie ihn auf keinen Fall an! Äußerste Vorsicht ist geboten, da der Vermisste möglicherweise eine Schusswaffe bei sich führt.**

Komplettiert wurde die Meldung durch ein Porträtfoto von Kovacs. Zufrieden mit der Meldung ließ Killian sie offiziell an die Medien schicken und ging frühstücken.

Bewusst wählte er in ein belebtes Café, um die Reaktionen der Menschen zu sehen.

Im Laufe seiner Dienstzeit hatte er eines gelernt: beobachten und zuhören. Und auch Kommissar Zufall spielte hin und wieder seine berühmte Rolle! So simpel es vielleicht klang, aber die Bevölkerung konnte einem unbewusst viel verraten. So hatte er zum Beispiel einen Fall gelöst, in dem es um Entführung ging. Er ging einfach in ein Restaurant zum Essen und spitzte die Ohren. Ein Pärchen hatte sich darüber unterhalten, dass in einer Gartenlaube plötzlich jemand viel ein- und ausging. Das Entführungsopfer war dort tatsächlich gefangen gehalten worden.

Kilian mutmaßte, dass Stanislav Kovacs nicht der Täter war, aber er vermutete, dass er ein Opfer werden könnte und so war er vielleicht zu retten. Er setzte sich natürlich in ein Café nahe des Rotlichtbezirkes.

So konnte er beobachten, ob etwas Interessantes geschah und hören, ob es Neuigkeiten gab. Am frühen

Abend klingelte sein Handy aufdringlich und eine Vorahnung überkam ihn. Unverrichteter Dinge verließ er
das Café.

Björn Kaiser, Devin Acar und Laura Pornel hatten sich
zu einer Joggingrunde verabredet. Die drei Jugendlichen hatten ein gemeinsames Ziel und trainierten uner-
bittlich dafür. Ein Marathon sollte es werden.

Ihr Trainingsgebiet führte sie durch den Kitzeberger
Wald, dort waren kaum Menschen, somit störten sie
auch keine Spaziergänger mit ihren Sprints oder Zeitzu-
rufen. Konzentriert auf ihre Übungen fiel ihnen nicht
auf, dass sie beobachtet wurden. Gut versteckt in einer
Bodensenke wartete jemand darauf, dass einer von
ihnen den Blick hob und sah, was dort über ihren Köp-
fen baumelte. Die Kids waren aber so vertieft in ihr
Training, dass niemand Notiz davon nahm. Erst, als sie
Pause machten, ging der Blick des Mädchens in die
Baumkronen. Sie schrie, ließ ihre Trinkflasche fallen
und zerrte panisch am Ärmel eines der Jungen, der mit

ihr hier war. Sprechen konnte sie nicht, deutete nur nach oben. Der Schock war ihr ins Gesicht geschrieben.

Er sah auf und stupste auch den anderen an. Dessen Blick folgte ebenfalls dem Finger des Mädchens. Die Hand vor den Mund geschlagen, holte er erschrocken Luft. Über ihnen an einem Ast hing ein Mann mit einer Schlinge um den Hals.

Vom Wind leicht hin und her drehend, konnten sie bald sein blasses Gesicht sehen, aus dem sie leere Augen anstarrten. Einer der Jungs musste sich übergeben. Zufrieden mit dem, was zu sehen war, machte sich die Person aus der Senke auf, den Tatort zu verlassen, jedoch war sie zu laut und der Junge, der sich gerade übergeben hatte, sah sie an. Kurz trafen sich ihre Blicke, dann lief die Frau mit einem unnatürlichen Tempo davon in Richtung Strand. Überfordert von der Situation dachte sich der Junge nichts dabei. Obwohl es schon sehr auffällig war, wie sie sich dabei bewegte. Ihre Bewegungen wirkten, als wären sie in einem Video zusammengeschnitten, mit roboterhaften, unkoordinierten Übergängen. Wäre die Sekunde des Anstarrens nicht gewesen, hätte der Junge sie eventuell gar nicht erst wahrgenommen. Das Mädchen weinte vor Schock und Entsetzen. Sie zitterte am ganzen Leib, konnte sich nicht beruhigen. Die Jungs standen wie versteinert einfach da.

Die Situation war zu bizarr, um ihre Tragweite angemessen zu erfassen. Keiner kam auf die Idee, die Polizei zu alarmieren. Es dauerte eine Weile, bis einer wieder etwas klarer im Kopf war. In der Sportkleidung war kein Platz für ein Handy, also spurtete Devin los, um Hilfe zu holen. Ohne den anderen Bescheid zu geben, rannte er einfach los und ließ sie im Wald zurück. Am Waldrand lief er Victor und Danilo in die Arme. Die beiden Polizisten mussten bald zu ihrem Berufstauglichkeitstest, der einmal im Jahr stattfand und wollten ebenfalls ein wenig für ihre Kondition tun.

Ihre Zeit ließ ein vernünftiges Training im Moment nicht zu, so nutzen sie die wenigen Stunden, die sie zur Verfügung hatten und der Chef nicht gleich wieder anrief und sie abkommandierte. Zufälligerweise nutzte Danilo den Kitzeberger Wald ebenso gerne wie die Jugendlichen, er wohnte auch fast um die Ecke. An diesem Tag wollte er Victor „seinen Laufwald" zu zeigen.

»Hey Junge, was ist denn mit dir los? Jagt dich der Teufel? « stoppte Victor den Jugendlichen, der ihnen abgehetzt entgegen kam.

»Alter, hast du ein Handy dabei? Dahinten hängt einer im Baum! « schnaufte er aufgeregt, ohne sich näher zu erklären.

Hätte er die Polizisten in Uniform vor sich und hätte er nicht gerade eine Leiche gesehen, wäre seine Wortwahl sicher nicht so forsch gewesen.

»Ich bin nicht Alter, sondern die Polizei und wo hängt jemand im Baum?«, forschte der Polizist streng.

»Da hinten im Wald. Kommt mit, ich bringe Euch hin!«, deutete der Junge hinter sich.

Das Wort Polizei war nicht bis zu seinem Kopf vorgedrungen.

»Dann los!«

Danilo und Victor warfen sich noch einen kurzen, ahnenden Blick zu und liefen dem Jungen hinterher. Schnaufend, wegen dem hohen Tempo, kamen sie bei der Leiche an. Gelegenheit sich aufzuwärmen, hatten sie ja nicht.

»Da habt ihr aber einen Fang gemacht!«, versuchte Danilo die Lage zu entschärfen.

Ohne Erfolg. Das Mädchen reagierte über:

Arschloch, das waren wir doch nicht! Der hing hier schon, als wir Pause gemacht haben!«

»Ähm…, ich habe ja Verständnis dafür, dass du völlig durch den Wind bist deswegen, aber das heißt nicht, dass ich mich als Arschloch betiteln lasse. Übrigens, wir sind von der Polizei!«, stellte Danilo mit hochgezogenen Augenbrauen klar.

Die Jugendlichen bekamen große Augen. Betreten blickte das Mädchen zu Boden, als sie den Dienstausweis sah. Jetzt fiel auch der Groschen bei dem Jungen, dem sie gefolgt waren und er wurde rot.

»Schon gut, könnt Ihr sagen, wie Ihr das da«, Danilo deutete nach oben, »gefunden habt?«

»Wir wollten eine Pause machen, wir trainieren hier für einen Marathon. Laura hat an meinem Ärmel gezupft und auf den Typ da gezeigt«, verdeutlichte Björn, der bei dem Mädchen geblieben war, die Sachlage.

»Okay, wenn ich Euch so anschaue, gehe ich nicht davon aus, dass Ihr etwas damit zu tun habt. Ist Euch sonst etwas aufgefallen?«, bohrte Victor, ganz Polizist.

Alle drei schüttelten den Kopf. Danilo sah sich um, konnte jedoch keine Spuren finden.

»Nichts, aber auch gar nichts ist da zu finden an Anhaltspunkten«, fluchte er, als er wieder zurück bei den anderen war.

»Denen ist auch nichts aufgefallen. Verständigst du Markus? Dann nehme ich hier schon mal die Daten auf«, koordinierte Victor.

»Ja, bin gleich zurück. Hab`s Handy im Auto vergessen«, macht Danilo sich auf den Weg.

»Ich habe meins immer dabei zum Glück!«, grinste Victor breit und griff sich in die Hose.

»Widerlich!«, vernahm er das Mädchen leise. Nur mit Mühe konnte er sich ein Grinsen verkneifen.

»Habt ihr Eure Ausweise dabei?«, überging er die Bemerkung einfach.

»Ja, Ausweise passen ja gut in die kleinen Fächer an der Laufhose«, schmunzelte einer der Jungs mit einem Seitenblick auf das Mädchen.

Mit einem Zwinkern nahm Victor die Ausweise der Jugendlichen entgegen und hielt jeden mit einem Foto fest.

»Seid ihr Euch sicher, dass Ihr nicht mehr gesehen habt als den da oben?«, fragte er erneut nach. Björn Kaiser und Laura Pornel schüttelten die Köpfe. Die Blicke zum Fußboden gesenkt.

»Ich …ich glaube…ich habe etwas gesehen«, druckste Devin Acar herum.

»Na dann, schieß mal los!«, forderte der Polizist ihn auf zu sprechen.

»Da in der Senke war eine Person, ich glaube eine Frau. Sah aus, als wenn sie uns beobachtete. Jedenfalls hat sie ganz ertappt geschaut, als ich sie entdeckte.

Dann ist sie einfach weggelaufen«, schnaufte der Junge.

»Das ist sehr interessant! Könntest du mit uns auf die Wache fahren und das nochmal zu Protokoll bringen und vielleicht die Frau näher beschreiben?«, freute sich Victor, endlich eine Spur zu haben.

»Generell schon... aber wie komme ich wieder zurück nach Hause?«, Devin war verunsichert.

»Ich lasse dich fahren. Du bist erst siebzehn, da muss ich sowieso erst deine Eltern um Erlaubnis fragen. Das machen wir von der Wache aus«, informierte der Beamte erfreut. Devin verzog das Gesicht, wollte aber dem Polizisten auch keine Widerworte geben. Er hasste es, wenn seine Eltern um Erlaubnis gefragt werden sollten, schließlich war er kein kleines Kind mehr.

»Markus ist gleich hier und der Leichenwagen kommt auch. Wie sieht es hier aus, alles klar?«, keuchte Danilo, der gerade wieder zu der Gruppe gestoßen war.

»Wir könnten hier eine echte Spur haben«, erklärte Victor ihm aufgeregt, »...und dieser junge Mann hier, Devin Acar, begleitet uns zur Wache.«

Danilo zog eine Augenbraue hoch und musterte den Jungen.

»Als Zeuge, denke ich mal!?«, bemerkte er dann argwöhnisch.

»Als was sonst!«, blaffte Devin ihn an.

Abwehrend hob der Angeblaffte die Hände und entschuldigte sich für die missverständliche Ausdrucksweise.

Danilo war nun mal nicht der Polizist, den man sich vorstellte, wenn man mit einer Amtsperson sprach. Die Haare trug er lang und sein Mundwerk war das eines vorlauten Jugendlichen. In Zivil trug er auch gern zerrissene Jeans und Fliegerjacken. Wenn es aber um Jugendliche ging, hatte ihm das schon oft Vorteile verschafft. Er wurde dann eher angenommen als seine Kollegen. Besonders bei den weiblichen Straftätern kam er gut an.

»Ihr beiden dürft gehen!«, entspannte Victor die Lage, entließ Björn und Laura »oder können wir Euch irgendwo absetzen?«.

»Wir werden aber auch Euren Eltern noch kurz mitteilen, was vorgefallen ist. Wundert Euch also nicht, wenn die Polizei am Telefon ist«, zwinkerte Danilo ihnen zu.

Schnellen Schrittes entfernten die beiden sich, Devin scharrte mit den Füßen auf dem Waldboden. Auch er wollte nur noch von hier weg. Ihm war unbehaglich zumute. Was wäre, wenn die Mörderin ihn suchen würde und auch tötete? Angst überkam ihn. Die Frau war vielleicht gefährlich, wenn sie wirklich die Täterin war. Wäre er dann nicht auch in Gefahr? Eine Stimme riss ihn aus seinen unheilvollen Gedanken.

»Ihr könnt dann losfahren, ich habe hier auch nicht viel zu tun, wie es aussieht. Auf den ersten Blick passt alles zu den anderen Fällen. Die Feuerwehr kommt gleich und schneidet ihn da runter, dann kann ich genau schauen«, Markus Dobrec war eingetroffen.

»Kommst du dann später auch in die Wache?« fragte Victor, noch bevor er sich zum Gehen umdrehte.

Markus nickte nur und blickte wieder zur Leiche. In der Zeit, wo er noch auf die Feuerwehr und den Leichenwagen warten musste, sah er sich am Tatort um. In direkter Nähe fand er nichts, aber in der Senke lag ein Handy. Die Täterin musste es verloren haben, schätzte er. Mit spitzen Fingern, um mögliche Fingerabdrücke nicht zu verwischen oder seine zu hinterlassen, schob er es in seine Tasche. Fußabdrücke hatte der trockene Waldboden nicht zugelassen. Auch am Baum war nichts zu sehen.

»War der Täter geflogen?«, grübelte der Leichenbeschauer.

Die Feuerwehr traf ein und schnitt den Mann vom Baum. Kurz besah sich Markus ihn. Als er die Male am Hals sah, fühlte er sich bestätigt und ließ ihn in die Gerichtsmedizin bringen. Diese Leiche auch noch zu sezieren, war in seinen Augen eigentlich unnötig. Er vermutete, dass er zu den Strangulations-Malen nichts weiter finden würde, wie bei den anderen vier Opfern vorher, aber das Gesetz schrieb es nun mal vor. Hier konnte er im Schnelldurchlauf arbeiten.

Auch hatte er keinerlei Papiere bei dem Mann gefunden, es war also Sache der Polizei, die Identität des Opfers festzustellen. Um das zu unterstützen, würde er zunächst einen Gebiss-Abgleich vornehmen.

Wichtig war, dass er das Handy so schnell wie möglich in die KTU brachte. Sein erster Weg führte demnach nicht zur Pathologie sondern in die Falckwache.

So ein verdammter Scheiß! Was hat mich denn da geritten?
Ich bin aber auch zu blöde! Vermassle mir mein Finale selbst.
Das darf nicht passieren! Ich muss alles in dieser Nacht erledigen, hoffentlich reicht die Zeit. Der Junge hat bestimmt ausgepackt und nun ahnen die Polypen auch, wer der Mörder sein könnte. Aber ich lasse mich um keinen Preis der Welt aufhalten! Niemand wird mich in meinem Versteck finden! Selbst, wenn man zweimal am gleichen Ort suchen würde ...

Es sind nur noch wenige Stunden Zeit und ich muss noch ei-
niges vorbereiten. Andererseits hat er mich wirklich erkennen
können?

Es waren doch nur Sekunden und mit meinem übermenschli-
chen Tempo könnte es auch genauso gut sein, dass sein klei-
nes Gehirn es nicht registrieren konnte, was seine Augen sa-
hen. Trotzdem, kein Risiko mehr! Erstmal einen Schluck
Blut zur Beruhigung, ich brauche heute Nacht einen klaren
Kopf!

Auf der Falckwache wurde Devin Acar gerade von Bernadett vernommen, als Markus dort eintraf. Er konnte
nicht glauben, was er da hörte. Eine Beschreibung des
Mörders. Euphorisch stürmte er in das Büro der Soko
„Vampir".

»Hey Leute, ich habe hier was gefunden, mit der Täter-
beschreibung da draußen könnte der Fall gelöst sein!«

»Was hast du denn Schönes für uns?«, grinste Kilian ihm entgegen.

»Ein Handy! Hab ich heute am Tatort gefunden, wo die fünfte Leiche entdeckt wurde. Na, ist das was?«, triumphierte Markus.

»Boah, wie cool! Gleich in die KTU damit!« freute sich der Kommissar.

»Schon erledigt! Stimmt es, dass eine Frau die Morde begangen haben soll?«, neugierig wollte Markus sich Informationen holen.

»Laut der Aussage des Jungen, ja. Kann das sein? Du kannst doch bestimmt was dazu sagen?«, wollte Kilian nun seinerseits wissen.

»Naja, ich möchte es jedenfalls nicht ausschließen«, gab der Pathologe zu.

»Okay, warten wir noch mal die Handyuntersuchung ab …«, entgegnete Bautzer,

»… dann müssen nur herausfinden, was für ein Ritual dahinterstecken könnte.«

»Das hört sich ja ganz so an, als wenn du schon einen Verdacht hast?«, staunte Dobrec.

Kilian schüttelte kaum merklich seinen Kopf. Er wollte einfach noch nichts preisgeben. Da Markus eine weibliche Täterin nicht ausschließen konnte, fühlte er sich in seinem Verdacht bestärkt.

»Okay, ich melde mich dann später wegen der Obduktion«, verkündete Markus beim Rausgehen.

Nicht weniger aufgeregt als Markus stürmte Danilo durch die Tür und wäre fast mit dem Pathologen zusammengestoßen. Mit einer Geste der Entschuldigung ließ er ihn erst durch die Tür gehen und trat im Anschluss in die entgegengesetzte Richtung hindurch.

»Chef, Chef, ich habe was über das Ritual herausgefunden! Manchmal sind alte Kontakte doch zu etwas gut«, begrüßte Danilo den Chef überschwänglich.

»Das verrät deine gute Laune. War sie denn noch hübsch?«, griente Kilian. Danilo sah ihn irritiert an.

»Häh? Was? Nein, Quatsch! War doch `n Kerl!«, versuchte er umgehend klarzustellen.

Kilian hatte Kopfkino. Schnell sprach er weiter, um sich zu fangen.

»Und was ist das für ein Ritual?«

»Also, das Ritual heißt „Sucus ex loco superiore" und man braucht dafür fünf Blutopfer.«

»Unsere fünf Leichen…«, fiel der Chef ihm ins Wort.

»Genau, das Ritual verspricht ewiges Leben«, sprach Danilo weiter.

»Frauen greifen ja gerne nach der Macht«, Kilian konnte sich die Bemerkung einfach nicht verkneifen.

»Dabei soll auch das Pentagramm eine Rolle spielen«, dachte Danilo laut.

»In einschlägiger Literatur liest man, dass Dämonen oft so ein Ritual benutzen, um ihre Macht aufzufrischen, manchmal auch, um Menschen zum Erfolg zu verhelfen. Dann sind die Dämonen in menschlicher Gestalt schon länger mit dem Menschen in Kontakt als Pärchen oder Geschäftspartner zum Beispiel… «, endete Danilo.

»Ob ich nun an Dämonen glauben soll, weiß ich nicht. Aber, ich könnte mir vorstellen, dass unter Satanisten solch ein Ritual vorkommt.

Da sind einige bestimmt so abgedreht, um zu morden, sich in ihrem Wahn einzubilden, es gäbe tatsächlich Dämonen oder sie selbst wären einer. Warum taucht der Name Stanislav jetzt in meinem Kopf auf?«, merkte Bautzer an.

»Chef, deine Meinung in allen Ehren, aber Satanisten sind keinesfalls Verrückte, einige werden sogar Polizisten, sie glauben nur an etwas anderes«, verteidigte Jäckels die Szene und sich selbst irgendwie.

Die Bemerkung mit Stanislav überging er gekonnt. Für ihn war der Fall noch lange nicht klar und er brachte

das auch keineswegs mit irgendwem in Zusammenhang.

»Sorry«, sagte Kilian, »ich hatte gehofft, wir hätten das
fünfte Opfer verhindern können, aber die KTU ist zu
langsam, obwohl wir mächtig Druck gemacht haben!
Dabei fehlt da nicht mehr viel! Das Handy könnte das
letzte fehlende Teil in unserem Puzzle sein«, schnaufte
Kilian resigniert.

»Du hast einen Verdacht!«, folgerte Danilo. Das Nicken
seines Chefs gab ihm recht.

»Jepp! Hab ich! Ich brauche nur noch die Ergebnisse der
KTU«, stöhnte er.

»Es gibt da noch etwas, was du wissen solltest! Bei dem
Ritual könnte es noch zu einem sechsten Opfer kommen. Das ist dann die höchste Steigerung und soll es
verdammt mächtig machen.

Wenn der Dämon, so heißt es, von „seinem" Menschen
nicht das bekommt, was er will, so könnte er mit dessen
Tod alle Macht des Universums bündeln und den

Menschen damit grausam zu Tode quälen. Er könnte ihn sogar zu einem willenlosen Objekt machen, der jeden seiner Befehle willenlos ausführen muss«, erklärte Danilo noch schnell.

»Das sind doch Ammenmärchen, oder glaubst du da wirklich dran?!«, fuhr Kilian ihn entrüstete an.

»Wollte es nur erwähnt haben. Nicht, dass es einen sechsten Mord gibt und du dann sagst, ich hätte dich nicht in Kenntnis gesetzt!«, rechtfertigte der Polizist sich. Die beiden sahen sich kurz grimmig an. Keiner wusste, was er gerade sagen sollte. Diese ganzen Morde zerrten an den Nerven der Beamten.

Hinzu kam das bedrückende Gefühl der Hilflosigkeit, das Wissen, nur eine vage Spur zu haben, nur einen Verdacht. Ein Verdacht, der genauso gut falsch sein könnte.

»Kommst du mit rüber in die KTU? Mal ein bisschen Druck machen?«, lenkte Bautzer versöhnlich ein und wandte sich zum Gehen. Danilo nickte nur und folgte ihm. Etwas unsicher, wie er sich richtig verhalten sollte, beobachtete er seinen Chef. Der war anders als die anderen Tage, er wirkte noch dominanter und irgendwie eingebildet. Danilo wurde das Gefühl nicht los, das Kilian dem Team etwas verheimlichte. Er überlegte, ob er sich doch in Kilian getäuscht haben könnte. Das sonderbar veränderte Verhalten seines Vorgesetzten verletzte ihn irgendwie …

Bernadett Lessing nutzte ihre Mittagspause, um mit ihrem Hund einen kleinen Spaziergang zu machen. Gedankenverloren lief sie am Wasser entlang. In Kiel-Schilksee konnte man prima über die Promenade schlendern und die Segelboote dabei beobachten, wie sie in den Seglerhafen ein- und ausfuhren.

Etwas regte sich in ihr, als sie zwischen den ganzen weißen Booten auf einmal ein dunkles entdeckte. War da nicht was gewesen? Bernadett blieb vor dem Boot stehen und dachte scharf nach. Aber klar! Bei der dritten

Leiche! Da hatte dieser Angler doch davon gesprochen, ein dunkles Schiff ohne Kennung gesehen zu haben.

Sie machte ihren Hund an einer Laterne fest und traute sich näher an das Boot heran. Die unheimliche Wirkung des Gefährts ließ sie nicht kalt. Mit vor der Brust verschlungen Armen trat sie näher heran. Auf den ersten Blick war nur die Farbe auffällig, sonst sah es aus, wie auch die anderen Segelboote. Ihr Hund bellte plötzlich. Jemand näherte sich dem Schiff. Erschrocken fuhr die Polizistin in Zivil herum. Ein Mann kam geradewegs, mit forschen Schritten auf sie zu. Sie hielt die Luft an.

»Ist das Ihr Boot?« blaffte er sie an. Bernadett verneinte. Der Mann war ihr unsympathisch, so dass sie instinktiv eine Abwehrhaltung einnahm.

»Heiliger BimBam, wann werde ich den Besitzer denn endlich mal antreffen?«, stöhnte er mehr zu sich selbst als zu Bernadett.

»Sind Sie hier zuständig?«, fragte sie daraufhin nach.

»Ja, und dieses Boot ist ein Rätsel, die Liegepacht ging ein aber ohne Namen oder Kennung. Mal ist es hier, mal nicht. Sie sind die Erste, die ich hier überhaupt am Boot sehe. So langsam glaube ich, es ist verhext oder ich werde verrückt ... «, wurde der Kerl auf einmal redselig. Der Blick der beiden ging zum Boot herüber. Nur die kleinen, gegen den Rumpf schlagenden Wellen, waren zu hören.

»Die Pacht wurde also bezahlt. Hm, ich habe so ein Boot auch noch nie gesehen. Was meinen Sie, wo kommt es wohl her?«, setzte Bernadett nach. Sie versuchte, sich dabei nicht anmerken zu lassen, dass sie Polizistin war.

»Woher soll ich das wissen? Sehen sie irgendwo eine Flagge oder eine Kennnummer? Ich habe nur das Geld im Briefkasten der Hafenverwaltung gefunden, in einem Umschlag mit der Aufschrift „Für das schwarze Boot" - mehr nicht«, zuckte der Mann die Schultern.

»Schon komisch, aber was meinen Sie mit: mal ist es da, mal nicht?«, stutzte sie.

»Keiner hat es je Ablegen sehen, aber an manchen Tagen ist es einfach weg. Ich sag ja, das Boot ist verhext.
Einen schönen Tag wünsche ich noch«, verabschiedete
er sich abrupt von Bernadett.

Rückwärts, ohne das Boot aus den Augen zu lassen,
ging sie zu ihrem Hund. Er freute sich, dass er losge-
macht wurde und begann, an der Leine zu zerren. Egal,
was die junge Frau machte, ihr Hund wollte nicht an
dem Boot vorbei. Genervt drehte sie um und nahm den
längeren Weg zurück. Ihre Pause war vorbei. Sie beschleunigte ihre Schritte. Nicht nur, um schnell wieder
auf der Dienststelle zu sein, sondern, weil es ihr unter
den Nägeln brannte, Kilian von ihrer Zufallsbegegnung
zu erzählen.

Das Wort „verhext" hallte in ihren Ohren nach. Ihre
Haut prickelte, als sie auf halbem Weg zurück noch einen Blick auf das Boot warf. Ihr war, als würde sie jemand von dem eingeglasten Steuerstand aus beobachten. Der Hund zog noch heftiger an der Leine.

Mein Entschluss steht fest, ich werde ihn von hier wegbringen. Nachdem ich vermutlich gesehen worden bin, kann ich nicht sicher sein, hier ungestört zu bleiben. Zum Glück habe ich vorgesorgt. Wie kriege ich ihn aber dahin? Es ist schon ein ganzes Stück bis zum Hafen. Ein Taxi kann ich nicht rufen, der Fahrer würde sofort denken, dass da was nicht stimmt, wenn ich mit einem halbverhungerten und stinkenden Kerl einsteige. Ein Auto stehlen, um sie noch weiter auf meine Fährte zu bringen, kommt auch nicht in Frage. Warum bin ich aber auch so blöde gewesen? Ich war so sicher, habe auf alles geachtet, mich immer gut versteckt und bei den letzten beiden Opfern musste ich unvorsichtig werden! Wie gut, dass auch bei mir der Arsch hinten ist, sonst würde ich mir reinbeißen und mich selbst geißeln. Ob ich wohl sein Auto fahren kann? Halt!

War da nicht noch so ein riesiger Koffer im Schlafzimmer? Genau das mach ich! Er ist sowieso fast tot und einem

Taxifahrer fällt er dann auch nicht auf. Alte Koffer stinken ja
auch manchmal.

Stanislav hörte es über sich Schleifen, als wenn jemand etwas Schweres über den Boden zöge. Schwerfällig öffnete er seine Augen, noch immer umgab ihn die Dunkelheit. Sein Körper war so entkräftet, dass er es nur noch schaffte, sich kriechend fortzubewegen. Wie lange er schon in diesem Raum war, konnte er nicht sagen. Jegliches Zeitgefühl hatte ihn verlassen, aber in der ganzen Zeit ist nicht einmal jemand zu ihm gekommen. Er blieb ohne Essen und Trinken, einfach vergessen und dem Tode überlassen. Ein Geräusch im Türschloss ließ ihn hoffen. Das einfallende Licht, welches zur nun offenen Tür hereinfiel, blendete ihn, mit großer Mühe bedeckte er seine Augen mit dem Arm.

»Du elender Wurm von einem Menschen, wenn ich dich so sehe, könnte man meinen, du hättest schon genug gelitten. Aber dann würde ich mir ja den ganzen Spaß verderben!«, lachte jemand.

Stanislav erkannte diese eiskalte Stimme sofort, auch wenn er nichts sehen konnte.

»Du? Was willst du von mir? Ich hätte dich zurück in die Hölle schicken sollen, du Monster!«, spie er die Worte unter großer Anstrengung aus.

Ein eisiges Lachen erklang, welches ihm durch Mark und Bein ging.

»Ja, ich! Glaubst du, ich lasse mich von einem, wie dir so verarschen? Du weißt nicht, mit wem du es zu tun hast! Erst war ich verletzt, aber jetzt … Du wirst schon sehen!«, drohte sie ihm.

»Lass mich in Ruhe, du hässliche Schlampe! Ich hätte mich nie mit dir einlassen sollen!«, keucht der Gefangene atemlos.

»Stimmt, aber du hast es getan und mich enttäuscht! Deine Beleidigungen schütten noch Benzin ins Feuer!

Mach ruhig weiter, dann verlängere ich dein Leiden noch etwas mehr!«, der letzte Ruf ließ ihn erschauern. Die vormals hohe weibliche Stimme modulierte mit jedem Wort mehr bis hinunter zu dem tiefsten Basstönen! Nun stand da keine Frau mehr vor ihm, sondern eine Karikatur des Teufels! Er konnte nichts mehr sagen, verlor das Bewusstsein.

Sie schleifte ihn die Stufen hoch. Es war ihr egal, ob er Schmerzen hatte oder nicht. Sie war nicht mehr menschlich, wollte es nicht mehr sein. Gefühle waren ihr fremd, da wo sie herkam, gab es so etwas nicht. Jeder war sich selbst am nächsten, nur so konnte man in der Welt der Dämonen bestehen!

Der Koffer war so groß, dass Stanislav gut hineinpasste. Sie musste ihn aber in die Embryonalhaltung bringen, so konnte sie ihn gut zum Boot schaffen.

Wieder in Menschengestalt rief sie ein Taxi, wartete mit dem Koffer vor der Tür. Der Taxifahrer würde ihr schon helfen. Nur noch wenige Stunden, bis das Ritual beginnen sollte. Nur noch wenige Stunden, in denen sie in ihrer verhassten Menschenform ausharren musste!

Sie ärgerte sich, den Schutz des Kellers verlassen zu müssen, weil sie unvorsichtig war und auch noch alle ihre Utensilien mitschleppen musste. Das Boot war auffällig, sie würde noch bedachter vorgehen müssen. Hoffentlich hielt das Schloss am Koffer.

Es dauerte nicht lange, bis das Taxi um die Ecke bog. Etwas verwundert betrachtete der Fahrer den riesigen Koffer, hievte ihn jedoch wortlos mit einiger Kraftanstrengung in den Kofferraum. In seiner Zeit als Taxifahrer hatte er gelernt, nicht nachzufragen. Sie hatte Glück, die Fahrt verlief schweigend.

Argwöhnisch schaute sie immer mal wieder zu ihrem Chauffeur. Nicht, dass er doch noch nachfragt, was sie mit einem so großem Koffer am Segelhafen wollte. Obwohl, so ungewöhnlich war es vielleicht auch gar nicht, wie viele segelten weiter weg oder sogar um die Welt. Da kam so ein riesiger Seemannskoffer doch genau richtig. Sie beruhigte sich ein wenig und ließ sich einigermaßen entspannt tiefer in den Sitz sinken. In ihrem Kopf ging sie immer wieder das Ritual durch. Der Plan war, auch ihn eine Verwandlung durchleben zu lassen. Er würde Schmerzen haben, aber das war ja genau das, was sie wollte. Er sollte leiden, leiden, leiden! Viel mehr als nur der quälende Durst! Ganz am Ende würde er sterben, damit er in seinem neuen Dasein ihr die Macht verleihen konnte, sie zum höchsten, gefährlichsten Geschöpf, was lebte, zu machen!

Nochmal ging sie durch, ob sie auch wirklich an alles gedacht hatte.

Fünf Gefäße mit Blut von unterschiedlichen Menschenopfern und einen goldenen Dolch, welcher sich schon seit etlichen Jahren in ihrem Besitz befand.

Das Pentagramm hatte sie schon vor längerer Zeit in den Boden des Bootes geritzt, seitdem führte sie dort verschiedene Rituale durch. Ach ja, das Mojo-Säckchen mit der Mischung aus Kräutern, Wurzeln und Harzen durfte sie auch nicht vergessen! Diesmal verzichtete sie auf Haare und Zähne, die Kraft der Pflanzen würde reichen.

Hinter jedem Punkt auf ihrer gedanklichen Liste konnte sie ein Häkchen setzen. Wie ein Geistesblitz fiel ihr wieder ein, was vor zwanzig Jahren im Bunker geschah. Es sollte das gleiche Ritual werden, statt Kräuter hatte sie die Haare und Zähne ihrer Opfer zermalmt und wollte sie zur Verstärkung der Macht verbrennen. Leider hatte sie zu viel Aufsehen erregt, das ständige Rein und Raus aus dem Bunker, um immer etwas hinzubringen, sich dort zu verstecken. Es war aufgefallen, dass dort drinnen was vor sich ging. Wie dann der Rauch aus den kleinen Luftluken quoll, alarmierte jemand die Polizei, die genau in dem Moment eintraf, als sie ihre ursprüngliche Gestalt annehmen und gerade zum Höhepunkt des Rituals übergehen wollte. Wie gut, dass die damaligen Polizisten ihren Verstand verloren hatten, wozu die Himmelstrompeten Ihren wirksamen Beitrag geleistet haben!

Wut durchströmte sie und ein leises Knurren entfuhr ihr, ein erschrockener Blick des Fahrers verriet, dass es nicht leise genug war. Sie lächelte ihn einfach an, um abzulenken. Es klappte.

Das Ziel der Fahrt war bereits zu sehen, erleichtert atmete sie durch, kramte das Geld aus der Handtasche und bezahlte schon mal großzügig. Mit dem Finger deutete sie auf das schwarze Boot. Der Fahrer hielt genau davor. Schnell stieg sie aus, nicht dass er doch noch Verdacht schöpfte. Unter gespielter Anstrengung schleifte sie den Koffer auf das Boot, ließ ihn einfach die Treppe, welche unter Deck führte, runterfallen und sprang mit einem Satz hinterher. Ihre wahre Gestallt wollte raus, sie kribbelte unter der Hülle. Mit viel Sorgfalt verteilte sie die Schälchen mit dem Blut auf die Zackenspitzen des Drudenfußes.

Stanislav platzierte sie genau in der Mitte, die Kräutermischung verteilte sie im Kreis um das Pentagramm herum. Der goldene Dolch lag neben ihr. Sie beobachtete den flach atmenden Mann in der Mitte.

Er war so ausgemergelt, dass er wohl nicht mehr erwachen würde, bis die Schmerzen ihn durchfuhren und selbst wenn, ihm fehlte die Kraft zum Weglaufen. Zufrieden ging sie an Deck, startete den Motor und lenkte ihr Boot leise aus dem Hafen in die Bucht. Sie wollte keine Zeit mehr verlieren.

DIE LETZTE BESPRECHUNG AM GLEICHEN ABEND

Danilo Jäckels, Bernadett Lessing, Victor Hamm, Markus Dobrec und Kilian Bautzer saßen in ihrem eigens für die SOKO-Vampir eingerichteten Büro auf der Falckwache. Danilo hatte nochmal für alle das Ritual beschrieben, von dem er vermutete, dass es vollzogen werden sollte. Markus berichtete, dass die fünfte Leiche ebenfalls die Male aufwies und blutleer war, im Unterschied dazu jedoch männlich. Noch immer hatte er den

Virus nicht identifizieren können und hatte die Hoffnung, es noch zu tun, fast aufgegeben. Er schloss seine Rede mit einem leisen Schnaufen. Die ganze Zeit über hatte Kilian gespannt zugehört, noch immer wollte er seinen Verdacht nicht preisgeben. Bernadett rutschte wie immer, wenn sie angespannt war, auf ihrem Stuhl herum.

»Bernadett, hast du noch etwas auf dem Herzen? Ich bin mir sicher, den Fall gelöst zu haben, darum kann ich mir nicht vorstellen, dass es noch etwas Wichtiges gibt«, sagte Kilian etwas überheblicher, als er wollte. Sofort saß sie still und sah ihn mit offenem Mund an. Ihre beiden Kollegen sahen ebenfalls zu Kilian auf. Da war auch wieder sein arroganter Gesichtsausdruck.

»Genau, ich denke, ich habe den Fall gelöst und an seinem Ende werden wir auch die Vermisstenanzeige von Stanislav Kovacs zu den Akten legen können!«

»Aber…aber…Chef…ich glaube es ist noch wichtig, was ich heute gesehen habe«, beteuerte Bernadett.

»Dann machen wir einen Deal, sollte ich mich irren, dann kannst du deine Entdeckung mit uns teilen«, verbot Kilian ihr weiter den Mund.

Missmutig und auch ein wenig beleidigt nahm die Polizistin das hin und schwieg trotzig.

»Ähm… wer ist denn dein Verdächtiger?«, wollte Victor wissen.

»Elsa Brandt! Und Stanislav hat sie im Keller eingeschlossen!«, behauptete der Chef fest.

Eine Pause entstand, jeder hing seinen Gedanken nach und versuchte auf die gleiche Idee, wie er zu kommen.

»Wie kommst du darauf?« bohrte nun Bernadett nach. Ihren Erinnerungen zufolge war der Keller leer.

»Am besten machen wir uns einfach auf den Weg. Dann werde ich euch zeigen, wodurch ich auf sie gekommen bin«, empfahl Kilian.

»Für mich ist der Fall nicht gelöst! Ich glaube nicht, dass es die Brandt war! Die Beschreibung des Jungen passt einfach nicht!«, widersprach Danilo von sich überzeugt.

»Da hatte sie natürlich eine Perücke auf!«, konterte Bautzer.

»Das wäre eine mögliche Erklärung, aber ich glaube es trotzdem nicht. Für mich wirkte sie viel zu labil!«, stichelte Jäckels weiter.

»Es gibt noch mehr Anhaltspunkte… aber das erkläre ich euch vor Ort!«, war das Gespräch für Kilian an dieser Stelle beendet. Die verschlossenen Gesichter seiner Kollegen sagten ihm, dass sie mit seinem Vorgehen nicht zufrieden waren.

Victor stupste Danilo am Arm an und deutete mit dem Kopf nach draußen. Er wollte ihm etwas mitteilen. Bernadett saß auf ihrem Stuhl und schmollte vor sich hin, am liebsten wäre sie nach Hause gegangen. Die Festnahme war ihr völlig egal, genauso der Verdacht ihres

Chefs. Dennoch wollte sie als einzige Frau im Team keine Schwäche zeigen und ihrem Chef imponieren.

»Wir treffen uns in einer halben Stunde bei Elsa Brandt vor der Haustür!«, sagte Kilian kurz angebunden und verließ das Büro.

Danilo und Victor folgten ihm kurz darauf.

»Du Danilo, mein Bauchgefühl… war falsch. Ich habe schon lange den Eindruck, dass mit Elsa Brandt etwas nicht stimmt. Mir wurde jedesmal so komisch von ihrem merkwürdigen Geruch … Ich konnte sie einfach nicht riechen, wenn du so willst ... die Alkoholfahne … Aber dennoch … da war was bei ihr im Haus, da bin ich ganz sicher!«, nahm Victor Danilo beiseite.

Danilo musterte ihn scharf. Vor Unbehagen verlagerte Victor sein Gewicht immer von einem Fuß auf den anderen, bis Danilo ihn bei den Schultern packte.

»Ich muss dir etwas zeigen!«, wisperte er verschwörerisch. Victor folgte seinem Kollegen weg von den Büroräumen.

»Also…was der Chef da eben abgezogen hat, war ja wohl unter aller Kanone!« bemerkte Danilo mit gedämpfter Stimme. Ihm kamen Szenen in den Sinn, bei denen Kilian viel offener war und er sich ihm näher fühlte…

Als Danilo sein Handy zückte, machte sich plötzlich ein Übelkeitsgefühl in Victors Bauch breit. Der Gesichtsausdruck seines Partners verhieß nichts Gutes. Ohne auch nur ein Wort zu verlieren, hielt Danilo ihm sein Handy unter die Nase. Victor sah ein dunkles Bild, auf dem auf den ersten Blick nicht viel zu erkennen war.

»Hm…was meinst du, ich sehe nichts außer einen dunklen Raum und ein paar Linien auf dem Boden…«, fragte Victor irritiert.

»Schau genau hin… da hinten, links in der Ecke! Ich glaube, dein Bauchgefühl war gar nicht so falsch!«, raunte Danilo ihm verschwörerisch zu.

»Oh …mein…Gott! Das … ist…ist…ist…«, Victor konnte nicht in Worte fassen, was er auf dem Bild nun entdeckt hatte.

In der rechten Ecke des Bildes war eine Klaue zu sehen, ähnlich der eines Reptils. Nur viel länger und größer, die Farbe war nicht zu erkennen, wohl aber schuppige Haut. Victor schluckte laut.

»Mit was haben wir es hier bloß zu tun?«

»Glaubst Du an Übernatürliches? Kilian hat es abgetan und gemeint, das könne nicht sein, da war wohl etwas auf der Linse. Ich denke, wir sollten uns wappnen und damit rechnen, dass der Fall nicht wie gewöhnliche Fälle enden wird.«

Die Kollegen sahen sich verschwörerisch an. Ohne etwas zu sagen, verständigten sie sich mit Blicken und Gesten darauf, von dem Foto und Danilos Verdacht erstmal nichts verlauten zu lassen.

Beide machten sich auf den Weg zu ihren Autos, entschlossen sich aber dann doch, mit nur einem zu fahren.

Ihre Kollegin ließ noch auf sich warten. Endlich stieg Bernadett dazu. Sie war dankbar, nicht mit Kilian fahren zu müssen. Sie fuhren in Richtung Düsternbrook ab.

»Wollt wenigstens Ihr hören, was ich heute gesehen habe?«, fragte die Polizistin verunsichert.

»Klar! Schieß los! Ich war vorhin schon neugierig!«, bekräftigte Danilo sie.

»In meiner Mittagspause war ich mit meinem Hund an der Promenade in Schilksee spazieren, da wo auch der Seglerhafen ist! Und was sehe ich da zwischen den ganzen weißen Booten? Das Schwarze, von dem uns der Hambauer erzählte hat, nach dem dritten Mord!«, überschlug sich Bernadett fast beim Erzählen.

»Nicht dein Ernst? Das ist doch total wichtig!«, regte Danilo sich auf.

»Wir hätten doch erst das Boot unter die Lupe nehmen müssen! Was ist, wenn sich dort noch Spuren befinden?!«, pflichtete Victor ihm bei.

»Bautzer nimmt es – glaube ich – nicht so wirklich ernst, sich an die Regeln zu halten. Wie wir bei der Hausdurchsuchung in den Keller wollten, ist die Brandt genau vor der Tür zusammengebrochen. Ich wollte einen Rettungswagen rufen, aber er meinte nur, wir legen sie auf die Couch, das käme vom Alkohol ...«, zuckte die Frau mit den Schultern.

Ihre Gefühle fuhren Achterbahn.

Victor und Danilo tauschten einen Blick.

»Bitte was? Das kann ich nicht glauben, der tut wohl nur so nett, oder was?!«, regte Victor sich laut auf.

»Der will den Fall allein lösen und die Lorbeeren für sich einheimsen! Das isses!«, mischte sich Bernadett mit ein. Enttäuscht fuhr sie fort: »Dabei hat er doch immer so nett getan! Zum Beispiel, als wir an den Bahngleisen waren, da hat er mich gelobt für meine Arbeit!«

»Dann müssen wir vorsichtig sein, mit dem was wir tun! Nicht, dass er *uns* das als Fehler auslegt, wenn *er* sich geirrt haben sollte!«, schlug Victor vor. Die anderen beiden stimmten ihm zu.

Die Villa von Stanislav Kovacs lag still da in der Dämmerung. Kein Licht brannte, die Haustür war mal wieder nur angelehnt. Kilian, der bereits vor seinen Kollegen eingetroffen war und die Lage sondiert hatte, bedeutete seinen Kollegen leise zu sein. Nacheinander traten sie ein und sicherten sich gegenseitig, in dem sie sich Handzeichen gaben, wenn nichts Verdächtiges zu sehen war. So arbeiteten sie sich im ganzen Haus vor. Die Villa schien verlassen zu sein. Im Obergeschoss sah es aus, als hätte jemand fluchtartig das Haus verlassen. Kleidungsstücke lagen überall verstreut, die Schränke waren leer, die Schranktüren offen. Gegen das Chaos, welches hier jetzt herrschte, wirkte es bei der ersten Durchsuchung aufgeräumt.

»Sie ist uns zuvorgekommen!« ärgerte Kilian sich.

Auf dieselbe Art, wie sie nach oben gekommen waren, tasteten sie sich nun in den Keller herunter. Die bei der Durchsuchung verschlossene Tür stand nun offen.

»Ich wusste es, hier hat sie Stanislav Kovacs gefangen gehalten! Irgendwie muss sie rausbekommen haben, dass wir ihr auf den Fersen sind. So ein verdammter Scheiß!«, fluchte der Chef.

»Woher willst du wissen, dass sie Stanislav hier gefangen gehalten hat? Vielleicht war in dem Raum auch etwas anderes versteckt oder die Tür klemmte einfach nur?!«, merkte Bernadett an.

»Guck doch hin! Da liegt eine Matratze, sonst ist hier nichts! Der ideale Ort, um jemanden zu verstecken!«, ging er sie unwirsch an. Die dicke Ader auf seiner linken Stirnseite pulsierte sichtbar.

»Und was nun, Chef?«, wollte Victor wissen.

Er war darauf bedacht, nicht zu erwähnen, was ihm Danilo auf dem Handybild gezeigt hatte und was ihre Befürchtungen waren. Diesmal meldete sich auch sein

Bauchgefühl nicht. Für Victor war klar, dass die Gefahr nicht mehr hier im Haus war. Wie verabredet, machte er den Chef nicht darauf aufmerksam, dass dieser noch immer im Trüben fischte.

»Wir suchen noch einmal die Villa von unten bis oben ab, vielleicht finden wir Hinweise darauf, wo sie mit ihm hin sein könnte«, befahl Kilian.

Danilo konnte sich nur mit Mühe ein Grinsen verkneifen. Wie angeordnet, schwärmten sie durch das Haus. Es gab nicht den geringsten Hinweis. Kilian war außer sich vor Wut, unruhig lief er von einem Raum in den anderen, flüsterte vor sich hin, ging die Hinweise noch einmal durch. Nachdem er sich eingestehen musste, dass er allein nicht weiter kam, rief er seine Leute zusammen.

»Hier werden wir nichts finden! Ich fasse jetzt nochmal zusammen, was alles auf Elsa Brandt hinweist, dabei verrate ich euch auch gleich noch etwas, was ihr noch nicht wisst. Also gut! Elsa Brandt war mit Stanislav

Kovacs zusammen. Genau zu der Zeit, als die Morde begannen, verschwand der Mann. Ihr Zusammenbruch und die Nervosität bei unserer Durchsuchung hier deuten auf sie hin, wie auch die verschlossene Kellertür und das Handy, welches am letzten Tatort gefunden wurde, dass sie ihn hier versteckt haben musste«, listete er auf.

Bewusst hatte er seinen Kollegen das entscheidende Detail verschwiegen, dass bei der letzten Leiche nicht nur das Handy des Toten gefunden wurde, sondern auch ein weiteres. Er wollte den Ermittlungserfolg für sich allein verbuchen.

»Was ist denn mit den Nummern geworden? Die KTU hat doch sicher herausbekommen wer da angerufen hat. Und konnten sie Fingerabdrücke nehmen?« Danilos Stimme klang scharf. Für ihn erhärtete sich damit der Verdacht, dass Kilian nicht mit offenen Karten spielte.

»Dazu komme ich jetzt! Die letzte Telefonnummer, die auf den Handys aller Toten gefunden wurde, stammt von Elsa Brandts Handy! Beim Auslesen der Daten des zweiten Handys am letzten Tatort fand man die Rufnummern aller Opfer. Damit war klar, dass es sich nur um das Handy des Täters handeln konnte! Die darauf gesicherten Fingerabdrücke brachten es ans Licht: Es handelte sich ausschließlich um Abdrücke von Elsa Brandt. Das Merkwürdige an der Rufnummer jedoch war, dass sie nicht zurückgerufen werden konnte!«, rückte Bautzer mit den letzten Resultaten heraus. Seine leichten Zweifel an der Vermutung, dass Elsa Brandt etwas mit den Morden zu hatte, überspielte er gekonnt.

Es war förmlich greifbar, wie sauer seine Kollegen waren. Kilian straffte seine Schultern und wappnete sich für das, was nun kommen würde. Wenn es nötig war, würde er sich geschlagen geben und seinem Team eine Chance einräumen.

»Auch wenn ich es Dir eigentlich nicht sagen wollte, aber ich glaube zu wissen, wo sich Elsa Brandt, beziehungsweise die Täterin, aufhält!«, prahlte Bernadett in saurem Tonfall.

Wie zur Salzsäule erstarrt, schaute Kilian sie an. Bernadett zuckte mit den Schultern und wollte gerade noch etwas sagen, als Victor ihr zuvor kam.

»Was sagst du denn zu der Personenbeschreibung des Jungen aus dem Wald? Für mich hört sich das absolut nicht nach der Brandt an!«, stichelte er.

Seine Hände hatte er in die Hüften gestemmt. Er achtete auch nicht auf das ärgerliche Grummeln, welches Bernadett von sich gab.

»Wie schon gesagt, sie hat sicherlich eine Perücke getragen und was die Größe und Statur angeht, da vertut man sich schnell mal, wenn man unter Schock steht!«, redete Kilian sich unsicher geworden raus.

»Ich glaube eher, weil auch die Tür hier immer angelehnt war, dass sich jemand den desolaten Zustand von

Elsa Brandt zu Nutze gemacht hat und ein wenig Marionettentheater gespielt hat!«, teilte Victor seine Vermutung mit.

Er trat einen Schritt zurückund gab damit Bernadett den direkten Blick auf Kilian frei, er deutete mit einer Kopfbewegung an, dass sie ihn nun endlich einweihen sollte. Wie ein trotziges Kind schob sie ihr Kinn vor. Da sie aber vor Stolz fasst platzte und endlich loswerden wollte, was sie in Erfahrung gebracht hatte, verdrängte sie, dass ihr Kollege ihr über den Mund gefahren war.

»Ich habe am Seglerhafen in Schilksee das schwarze Boot entdeckt! Wenn wir Glück haben, finden wir zwei Personen dort!«, trumpfte sie auf.

»Und warum stehen wir dann noch hier rum?«, fragte Kilian überrascht.

»Weil wir unser Vorgehen jetzt erst genau planen, bevor wir wieder ins Leere laufen!«, mimte Danilo den Chef des Teams. Kilian konnte nur überrascht gucken.

»Und du, Chef, hörst uns mal zu! Nix Alleingang hier!«
gab Victor seinen Senf dazu und winkte mit seinem Zeigefinger hin und her.

»Dachtest du, du könntest uns ausbooten?«, machte es
bei Bernadett Klick. Entrüstet holte sie tief Luft.

Kilian stand der Mund offen. Das hatte er nicht erwartet. Ertappt senkte er den Blick. Er hätte vorhin besser
zulassen sollen, als Bernadett etwas berichten wollte.
Dann wäre er jetzt nicht der Dumme! Als Vorbild und
Teamleiter hatte er in diesem Fall komplett versagt!

Eigentlich sollte er doch seine Leute eher anfeuern, dass
sie sich anstrengen und mit klarem Kopf den Verdächtigen ermitteln, einen sauberen Abschluss zu ihren Fällen
finden. Das Gegenteil war passiert, er hatte sich lächerlich gemacht und musste sich nun von seinen Kollegen
aus der Patsche helfen lassen!

Er hatte sich als Chef unsäglich blamiert. Peinlich berührt sah er jeden einzelnen an, holte tief Luft. Sie waren ja ein Team und noch waren die anderen bereit, wieder mit ihm zusammenzuarbeiten.

»Entschuldigung! Ich weiß nicht, welcher Teufel mich da geritten hat! Ich hatte schon so lange kein Erfolgserlebnis mehr, dass ich diesen Ermittlungserfolg unbedingt für mich verbuchen wollte. Könnt ihr mir verzeihen?«

»Aber nur, wenn wir jetzt einen Plan ausarbeiten und du nach der Aufklärung eine Pizza springen lässt!«, witzelte Victor frech.

Danilo klopfte ihm aufmunternd auf die Schulter und Bernadett warf ihm einen bedeutungsvollen Blick zu, den Kilian jedoch nicht erwiderte. Er hatte in diesem Moment nur Augen für Danilo.

»Okay, okay überredet!«, lachte dieser.

Sie verließen gemeinsam die Villa. Ruhe bewahren und die Situation überdenken, das war nun wichtig. In der Nähe gab es ein nettes, kleines Restaurant, in dem die vier Kollegen die Wirtin um einen abgelegenen Tisch baten. Auch wenn ihnen die Zeit davonlief, brachte es nichts, wieder überstürzt zu handeln. Das würde nur zu weiteren Fehlern führen. Um nicht aufzufallen, bestellten alle eine Cola und fingen an, leise über das weitere Vorgehen zu diskutieren. Für alle war klar, dass sie vordringlich das Boot finden mussten, um den Überraschungseffekt auszunutzen. Keiner wusste, ob es nun wirklich Elsa Brandt war oder es noch weitere Personen gab. Je schneller sie einen Plan hatten, desto besser war es.

»Gibt es für dieses Ritual, wenn es denn durchgeführt werden soll, eine bestimmte Zeit oder Mondstellung oder was auch immer?«, erhoffte sich Victor einen Zeitrahmen abzustecken, nachdem sich alle darüber einig waren, dass es sich tatsächlich um das Ritual handeln musste.

»Wie man es halt so kennt. Am besten um Mitternacht und bei Vollmond!«, gab Danilo schulterzuckend zu.

Wohl war ihm bei der ganzen Geschichte nicht. Das Bild von der Klaue war ihm nur zu bewusst in Erinnerung geblieben.

»Demnach hätten wir noch Pi mal Daumen sechs Stunden, dann ist Mitternacht!«, stöhnte Kilian und ging sich mit der Hand durch die Haare.

»…und Vollmond haben wir heute auch!«, ergänzte Bernadett nickend.

»Und was ist, wenn die Täterin durch uns aufgeschreckt wurde und nun schon früher mit dem Ritual beginnen will? Würde das für sie Sinn machen?«, hakte Victor weiter nach.

»Leider weiß ich das nicht, so tief war ich nicht in der Szene drin«, verneinte Danilo erschöpft.

»Dann müssen wir in Betracht ziehen, dass wir keine sechs Stunden mehr haben!«, resümierte Bernadett die Theorie.

»Zuallererst müssen wir die Wasserschutzpolizei vor Ort in Schilksee haben, sonst kommen wir eventuell nicht auf das Boot! Könnte ja sein, dass sie bereits ausgelaufen ist. Ich gehe mal davon aus, dass sie weiß, dass wir hinter ihr her sind!«, legte Victor fest.

Die anderen drei stimmten zu. Victor zückte also sein Handy und ließ über die Zentrale die WaPo alarmieren. Ein diensthabender Beamter sollte sich so schnell, wie nur irgendwie möglich, bei ihm melden, um weitere Instruktionen zu erhalten. Eine grüblerische Pause entstand am Tisch. Jeder der vier dachte auf dem Fall herum.

»Wichtig ist, dass an Bord des Bootes keiner etwas mitbekommt! Wir brauchen den Überraschungsmoment auf unsere Seite!«, brach Bernadett nervös die Stille.

»Und die Schusswaffen müssen für alle Fälle bereit sein! Wir wissen nicht was uns erwartet!«, gab Danilo zu bedenken. Wieder schoss ihm das Bild vor Augen, das Prickeln auf seiner Haut ignorierte er.

»Aber bitte, die Dinger nicht hier kontrollieren, das machen wir im Auto!«, warf Kilian schnell ein, worauf Viktor schnell die Hand von seiner Waffe nahm und sich möglichst unbeteiligt gab.

»Dann würden die hier wahrscheinlich die Polizei rufen!«, lachte Bernadett kurz auf.

Woher sollten die Passanten auch wissen, dass sie Polizisten waren, da sie nur keine Uniform trugen.

Ein Kollege von der Wasserschutzpolizei meldete sich auf Victors Handy. Kurz und knapp schilderte Victor ihm den Fall und verlangte zwei Schiffe. Eines, welches im Seglerhafen auf die vier Beamten warten sollte. Falls das schwarze Boot nicht mehr im Hafen lag, sollte ein zweites Schiff bereits nach dem auffälligem Boot suchen. Das aber mit gebührendem Abstand, um den Überraschungseffekt nicht zu gefährden.

»Es dauert etwa zwanzig Minuten, bis die Schiffe bereit sind. Wir sollten dann auch langsam aufbrechen!«, teilte Viktor seinem Team mit.

»Mein Plan sieht jetzt so aus: Wenn das Boot noch im Hafen liegt, schleichen wir uns leise und nacheinander an Bord, machen uns ein Bild der Lage und handeln dann dementsprechend. Sollten wir Pech haben und das Boot ist bereits weg, dann fahren wir mit dem Schiff der „Wasserkollegen" raus und hoffen darauf, nicht lange suchen zu müssen beziehungsweise darauf, dass das zweite Schiff unser Boot bereits gefunden hat!«, voller Tatendrang suchte er Bestätigung bei seinen Kollegen.

»Hört sich gut an! Nur wenn wir auf dem Wasser an Bord gehen müssen, sollten wir uns beeilen! Zu bedenken ist auch der Wellengang, die Enge an Deck und dass wir nicht wissen, wie und wo sich die Täterin an Bord aufhält«, erinnerte Danilo mit wachsendem Unbehagen.

»Recht hast du!«, unterstützte ihn Bernadett. Sie gab ihm damit Zeit, die Furcht zu überspielen. Er zückte sein Handy und recherchierte im Internet noch etwas über das Ritual und den Dämon, den er erwartete. Vielleicht gab es eine Möglichkeit, die sie bei einem möglichen Kampf nutzen konnten. Im Stillen hoffte er jedoch darauf, dass es sich nur um einen total durchgedrehten Menschen handelte, der dem Satanismus zu sehr verfallen war.

Durch Klopfen auf den Tisch stimmten alle der Vorgehensweise zu. Eilig zahlten sie ihre Getränke, machten sich auf zu ihren Autos und teilten sich in zwei Gruppen auf.

AN DECK DES SCHWARZEN SEGELBOOTES

An Bord befanden sich drei Personen.

Ein Geschöpf der Nacht hatte nicht nur ein anderes Aussehen und war um einiges stärker als ein Mensch, sondern besaß auch noch mentale Kräfte, die es abrufen konnte und einzusetzen wusste. So hatte sie die Frau ganz einfach ihres eigenen Verstandes beraubt und ihr suggeriert, was sie zu tun und zu lassen hatte.

Wie lange das so ging, konnte sie ganz allein bestimmen. Es machte ihr großen Spaß, Menschen zu manipulieren, nach ihrer Pfeife tanzen zu lassen. Daher war es auch völlig egal, ob es nur Tage oder Jahre waren, bis sie ihre Opfer – wenn überhaupt – wieder freigab.

Als sie langsam in die Förde schipperte, hatte sie ihre menschliche Gestalt noch nicht abgelegt. Das gleichmäßige Tuckern des Motors hatte auf sie eine beruhigende Wirkung, ein Teil der Anspannung fiel von ihr ab, aber sie blieb wachsam. Mit scharfen Augen suchte sie die Küstenlinie nach einem abgelegenen Platz zum Ankern ab. Auf See wollte sie das Ritual nicht unbedingt durchführen, zum einen aus Angst vor aufkommendem Wellengang, der die Schälchen mit dem Blut verrutschen lassen oder sogar umstoßen könnte, zum anderen war sie sich nicht sicher, ob sie nicht doch verfolgt wurde. Von unten hörte sie ein Wimmern. Der Mensch litt, dass gefiel ihr. Sie zog ihre Kraft aus der Angst und Verzweiflung ihrer Opfer. Mit gedrosseltem Motor dümpelte das Boot nun fast lautlos über die Kieler Förde. Das altmodische Steuerrad hatte sie festgestellt, bevor sie unter Deck ging. So blieb der Kurs unverändert. Ihre Augen blitzten gelblich auf, als sie ihre beiden Gefangenen sah. Freude überkam sie. Der eine lag bewusstlos auf dem Boden, die andere saß, kraftlos gegen die Wand gelehnt auf der anderen Seite der Kajüte.

Der Dämon in ihr weidete sich förmlich an diesem Anblick. Ein eiskaltes Lachen, welches einem das Blut in den Adern gefrieren ließ, war aus ihrem Mund zu hören, als sich die weibliche Gefangene versuchte aufzurappeln, aber immer wieder zu Boden glitt. Diese Qual missachtend schritt die Täterin an ihr vorbei auf den anderen Leidenden zu. Verachtend drehte sie ihn mit dem

Fuß auf den Rücken, um sein Gesicht zu sehen. Das Gesicht war komplett geschwollen, die Augen kaum noch zu erkennen.

Sie beugte sich zu ihm herunter und streichelte fast liebevoll seine Wangen. Nach seinem Puls suchend, tastete sie sich weiter zu seinem Hals. Zufrieden lächelte sie, ganz langsam ließ sie ihren Mund auf seinem Hals nieder, ihre Hand ruhte in Kontakt zur Halsschlagader.

Entsetzt riss die andere Gequälte die Augen auf. Selbst in ihrem benommenen Zustand war ihr klar, dass das, was sie da sah und hörte, nicht normal sein konnte. Sie vernahm ein saugendes und schmatzendes Geräusch. Ihr Entsetzen brach sich in einem Wimmern bahn. Verärgert sah die Blutsaugerin auf und stürzte auf die Frau zu. Diese versuchte auf allen Vieren zu entkommen, schaffte es aber nicht. Irgendwas Spitzes spürte sie in ihr Bein eindringen. Panisch schrie sie auf, bevor sie auch die letzte Kraft verließ und sie Bewusstlosigkeit umfing. Sie merkte nicht mehr, wie das Blut an ihrem

Bein herunter lief und sich langsam eine Lache bildete. Die Täterin lachte erneut ihr grausames Lachen und ließ die Blutende achtlos liegen.

Wieder an Deck ärgerte sie sich, dass noch immer kein ungestörter Platz in Sicht war. Innerlich bereitete sie sich darauf vor, das Ritual doch auf See durchführen zu müssen. Sie sah hinter sich. War das Schiff dahinten vorhin auch schon da gewesen? Angestrengt versuchte sie etwas zu erkennen, leider schwanden ihre übersinnlichen Kräfte zunehmend. Die Zeit in menschlicher Gestalt dauerte einfach schon zu lange, es musste endlich zu Ende gehen. Genau konnte sie nicht sagen, ob sie das Schiff schon einmal gesehen hatte, andererseits waren so viele Schiffe unterwegs, dass es gut möglich war. Verärgert überlegte sie, ob sie das Ritual nicht sofort durchführen sollte. Der Dämon wollte raus aus der menschlichen Hülle, die Kraft schwand Minute um Minute. Sollte etwas schiefgehen, würde der Dämon einfach vergehen und seine böse Macht in der Atmosphäre ungenutzt versickern. Noch einmal durfte das Ritual, aus dem sie auch neue Energie schöpfen würde, also nicht scheitern!

Stanislav sollte die Qualen erleiden, die er verdient hatte. Dann würde sie alle Macht der Welt kanalisieren. Somit müsste der Dämon in ihr nie wieder Angst haben, einfach zu vergehen und dürfte das ewige Leben in vollen Zügen genießen. Die Dienerin, welche ihr immer gute Dienste geleistet hatte, würde auserwählte Zeugin sein, zusehen dürfen und dann ihre Ruhe in einem nassen Grab finden.

Erneut überkam sie ein ungutes Gefühl. Am Steuer des Bootes stehend erhöhte sie erneut die Geschwindigkeit. Vor ihrem inneren Auge sah sie, wie der Dämon in ihr ausbrach, alle das wahre Gesicht hinter der menschlichen Fassade sehen würden. Wie die Menschen vor ihm fliehen würden, sein Anblick Ekel in ihnen auslösen würde. Wie sein Geruch nach Schwefel, Erbrochenem und Urin alle zum Flüchten bringen würde, seine

grenzenlose Macht den Wahnsinn in die Menschen treiben würde. Sie würden anfangen, sich selbst auszurot-
ten und schon bald würde die Erde in Schutt und Asche
liegen, überall Feuer und der Geruch nach Verbranntem
sein. Wie schön würde es doch sein, dann hier zu leben.

Das innere Auge zeigte ihr aber auch, was passieren
würde, wenn alles schief ginge, wenn das Ritual und
damit das Erlangen von neuer Macht nicht stattfand o-
der unterbrochen wurde. Der Dämon stand da in seiner
wahren Daseinsform, ganz langsam fielen ihm die spitzen Zähne aus, seine Haut schmolz wie Kerzenwachs
dahin.

Die Augen baumelten aus ihren Höhlen, seine Tötungs-
vorrichtung richtete sich gegen ihn selbst, bis einfach
nichts mehr von ihm da war, nicht der kleinste Fetzen
würde von ihm mehr zu finden sein. Seine grausige
Seele würde in der Hölle leiden und nie wieder jemandem etwas antun können. Ewige Seelenschmerzen wären das. Die menschliche Hülle schüttelte sich, um den

Gedanken daran loszuwerden. Das durfte einfach nicht passieren, das würde der Dämon in ihr nicht zulassen.

Niemand wusste, wo sie war, oder doch? Wieder sah sie sich um. Da war immer noch dieses Schiff. Ihr Boot wurde also doch verfolgt! Die Vorahnung hatte sie also nicht getrogen! Fluchend stürmte sie unter Deck, bereitete alles für das Ritual der ewigen Macht vor.

Sie schubste Kovacs mit übermenschlicher Kraft - man konnte Knochen brechen hören - in den nächsten Raum weiter. Es schepperte regelrecht, wie er gegen die Wand prallte. Genussvoll leckte sich das Monstrum in Gestalt einer Frau die Lippen, solche Geräusche waren Balsam für seine unheimliche Seele.

»Aahhhrrggg… «, dröhnte es über das Boot. In der Hektik hatte sie übersehen, dass Stanislav bereits in dem Drudenfuß lag. Sie versetzte ihm einen erneuten Tritt, aber weniger kraftvoll, so dass er wieder in etwa der Mitte des Sterns lag.

Nun schleifte sie die Frau hinter sich her und platzierte sie ihrem Plan entsprechend so, dass sie im Aufwachen genau auf den am Boden liegendem Mann blicken musste.

Ihr Dämonenherz klopfte heftig in seiner Hülle. Zu schnell für den menschlichen Körper. Dieser riss in der Mitte der Brust auf, eine zähe bläulich schimmernde Flüssigkeit quoll heraus und schwefliger Geruch stieg auf. Grobe Schuppen kamen zum Vorschein, ähnlich wie die eines Gürteltieres. Unbeholfen zog sie eine Jacke über das Missgeschick. Es war noch nicht so weit, ihr grauenvolles Inneres musste noch warten. Nur mit Mühe konnte der Dämon im Versteck gehalten werden, immer stärker drängte er an die Oberfläche. Der blaue Schleim, welcher den versteckten Körper umgab und die Jacke durchtränkte, tropfte herunter und verteilte sich über den Fußboden. Darauf konnte sie aber keine Rücksicht nehmen. Einen rasselnden Atemzug später zündete sie die Kräutermischung an, ein süßlichwürziger Geruch waberte durch den Bootsrumpf. Wenn jemand auf das Boot stürmen sollte, so war sie wenigstens bereit, um das Ritual sofort beginnen zu können.

Zum Glück waren alle Luken geschlossen, sonst würde der Rauch auf sie aufmerksam machen. Nur durch die Tür zum Deck entwich etwas davon, aber in einer Menge, die eher an einen Kochversuch denken ließ, als an Feuer, hoffte sie. Erneut überprüfte sie den Puls von Stanislav. Wehmütig dachte sie noch einmal daran zurück, wie er in ihr war. Schnell verwischte sie das Bild. Der menschliche Sex war für sie ein Hochgenuss, als Dämon aber brauchte sie das nicht, da waren es Schmerzen, die zur körperlichen Befriedigung führten. Bedächtig kontrollierte sie die Blutschälchen, sie mussten exakt an ihrem Platz stehen. Die kleinste Abweichung könnte das Ritual ins Gegenteil umkehren!

Sie hielt inne. War da nicht ein Geräusch auf Deck? Sie horchte angespannt. Alles ruhig. Wieder widmete sie sich ihrer Aufgabe, rückte den Mann in der Mitte noch einmal zurecht, kontrollierte, ob auch wirklich alle

Linien des Pentagramms vollständig waren und es keine Unterbrechung gab. Zufrieden sah sie auf die Uhr, es war fast eine Stunde vor Mitternacht. Bis dahin wollte sie nicht mehr warten, sie musste drauf verzichten, das Ritual zu diesem Idealzeitpunkt zu vollziehen. Sie hatte keine Wahl. Dafür mussten alle anderen Bedingungen bis ins kleinste Detail stimmen. Sie konnte es sich einfach nicht mehr leisten, durfte nicht den kleinsten Fehler mehr begehen! Der Vollmond stand hoch am Himmel. Sie wollte nicht mehr warten, der Dämon in ihr drängte sie zu beginnen.

Wieder vernahm sie etwas, sie horchte auf. Vorsichtig schlich sie zur Treppe, die nach oben führte, lauschte hinaus, vernahm aber keinen Laut. Sie widmete sich erneut dem Ritual. Sie begann zu zelebrieren:

»Exaudi me in virtute! Et dabo te in sanguinem! Obsecro te, immortalem me! Fac me in tenebris! Et erit vester servus! Tolle animam!«*

(* Die Macht höre mich! Ich gebe dir Blut! Ich flehe dich

an, mach mich unsterblich! Führe mich in die Dunkel-

heit! Ich werde dein Sklave sein! Nimm das Leben!)

Der Rauch der Kräuter wirbelte wild herum …

AUF DEN BOOTEN DER WASSERSCHUTZPOLIZEI

Genau zwanzig Minuten nach dem Anruf auf Jäckels

Handy waren die Boote der Wasserschutzpolizei WPS

151 und WPS 197 einsatzbereit. Das eine stand wie ge-

wünscht am Seglerhafen, das andere hatte bereits die

Verfolgung aufgenommen. In einiger Entfernung hatte

die Crew das schwarze Boot gesichtet, es konnte also

noch nicht so lange unterwegs sein. Mit einem großen

Abstand und gerade so, dass sie das Boot nicht aus den

Augen verloren, folgte WPS 197 dem schwarzen Boot.

Wie es seine Fahrt verlangsamte, musste auch das Poli-

zeiboot die Geschwindigkeit drosseln, um nicht zu

dicht heranzukommen.

Von der Brücke aus beobachtete die Crew genau, was sich an Bord das Bootes tat und funkte alles zu dem anderen Schiff. Auch die Position wurde alle zehn Minuten durchgegeben.

Die Kollegen der WaPo auf der WPS 151, welches Kilian und sein Team an Bord nehmen sollte, wussten also permanent, wann jemand an Deck war und was er dort machte.

Kurz nachdem die WPS 151 an der Dampferbrücke in Schilksee festgemacht hatte, trafen auch die vier Polizeibeamten ein. Auf dem Weg von den Autos zum Polizeiboot gingen sie nochmal ihren Plan durch.

Unmittelbar nachdem sie an Bord kamen, hörten sie schon die Information, dass das schwarze Boot gesichtet und verfolgt wurde. Somit gab es eine kleine Planänderung, niemand blieb an Land zurück, sie würden alle mit dem Schiff fahren.

Danilo wurde es etwas mulmig in der Magengegend, er hatte sich freiwillig dazu gemeldet, zurückzubleiben, denn er war nicht wirklich seefest. Anmerken ließ er sich das jedoch nicht. Er war Polizist und musste sich für diesen Fall halt zusammenreißen. Killian beorderte Danilo und Bernadett unter Deck. Sie sollten die Nachhut bilden, wenn es nötig sein sollte, er selbst ging mit Victor auf die Brücke, um das Geschehen im Auge zu behalten. Ein Boot der Wasserpolizei hatte einen guten Vorsprung, es dauerte eine Weile, bis das weitere aufschloss. Je weiter sie rausfuhren, desto hibbeliger wurde Danilo. Das Wasser war nicht wirklich ruhig und die Schaukelei machte seinem Magen Probleme ...

»Was ist denn los mit dir?«, versuchte Bernadett genervt den Grund für sein Verhalten herauszufinden.

»Nichts, alles gut!«, schnappte der Polizist kurzatmig.

»Ich hab ja nur gefragt!«, entgegnete sie ihm beleidigt.

»Mann, mir ist übel, ich bin nicht seetauglich ...«, antwortete er dann aber doch kleinlaut.

»Danilo, das musst du Kilian sagen! Du gefährdest dich ja sonst selbst und uns gleich mit!«, reagierte die Polizistin aufgeregt.

»Ach was!«, Danilo machte eine wegwerfende Handbewegung, «Wenn es ernst wird, dann wird das schon vergehen.«

»Dein Wort in Gottes Ohr!«, stöhnte sie.

»Ich glaube, ich lass mir mal schnell was durch den Kopf gehen!«, flüsterte er. Mit der Hand vor dem Mund sprintete er in Richtung Toiletten weg. Bernadett konnte nur den Kopf schütteln, ging aber nicht zu ihrem Chef, um Danilo zu melden, das wäre nicht fair gewesen. Schließlich hängte er sich in den Fall richtig rein. Und nicht nur das, er hatte sich auch für sie eingesetzt, als Kilian ihr nicht zuhören wollte. Wenn er sagt, dass es im Einsatz schon wieder gut wird, dann wird das wohl auch so stimmen. Bernadett beschloss, ihrem Kollegen zu vertrauen.

Auf der Brücke des Schiffs herrschte Totenstille, niemand wollte einen Funkspruch verpassen. Selbst die Crew spürte die Anspannung. Victor wechselte seinen

Standort zwischendurch an den Bug, so konnte er besser verbergen, wie sehr er aufgeregt war. Für Kilian war das vielleicht ein alltäglicher Fall, für ihn aber der erste dieser Art. Ihm schossen alle möglichen Fragen durch den Kopf. Würden sie rechtzeitig kommen? Was war auf dem Boot los? Konnten sie einen eventuellen sechsten Mord verhindern? Könnte jemand von ihnen umkommen? Alle vielleicht sogar? Die drohende Gefahr machte ihn so unruhig, dass er am Bug des Schiffes hin- und her tigerte. Killian beobachtete von der Brücke, was Victor da machte und runzelte die Stirn. Fieberhaft überlegte er, wie er seinen Kollegen noch Mut zusprechen konnte, bevor es ernst wurde. Dabei kreisten seine Gedanken selbst immer um das, was Danilo ihnen über das Ritual erzählt hatte. Seine eigene Ruhe war nur vorgetäuscht. Als leitender Ermittler war das gar nicht gut. Wenn alle den Kopf verlieren würden, musste er klar sein. Mit tiefen Atemzügen versuchte er sich wieder zu beruhigen.

Unter Deck versuchte auch Danilo tief durchzuatmen.

Sein Magen gab zwar Ruhe, aber dafür hatte er das Gefühl, er würde in einem Karussell sitzen.

Kreidebleich im Gesicht versuchte er ein Lächeln, welches eigentlich ermunternd wirken sollte. Dem mitleidigen Blick von Bernadett nach zu urteilen, kam es aber nicht so rüber.

»Vielleicht solltest du doch lieber zumindest an Bord bleiben, wenn wir auf das Boot steigen«, regte sie ihren Kollegen zum Umdenken an. Danilo schluckte seine Antwort runter, just in dem Moment, als Bernadett das sagte, kam Kilian zu ihnen unter Deck.

»Warum sollte Danilo sich lieber überlegen hierzubleiben?«, fragte er prompt.

»Oh … ähm … Kilian …«, druckste Danilo herum, »ich ähm … bin nicht seefest.«

Kilian riss die Augen auf.

»Kannst du das bitte nochmal sagen?!«

»Tut mir leid!«, entschuldigte Danilo sich mit gesenktem Blick.

»Du bleibst hier, bis wir die Brandt…oder wen auch immer verhaftet haben! Wir können keinen auf dem Boot gebrauchen, der über der Reling hängt, statt Rückendeckung zu geben«, konstatierte der Chef sauer. Seine Unruhe hatte er augenblicklich vergessen. Niedergeschlagen knubbelte Danilo Jäckels an seinen Fingern herum, den Blick noch immer gesenkt.

»Bernadett, kommst du gleich nach oben? Wir haben Sichtkontakt zu dem anderen Schiff! Direktkontakt so ungefähr in zehn Minuten!«, richtete Kilian sich im Gehen fordernd an die junge Frau.

»Sorry, ich hätte den Mund halten sollen!« flüsterte sie Danilo schuldbewusst zu.

»Konntest ja nicht wissen, dass er genau in diesem Moment hier reinkommt…«, wiegelte er ab, allerdings war die Enttäuschung in seiner Stimme nicht zu überhören. Schweigend warteten sie die zehn Minuten ab, dann machte sich die Kollegin auf den Weg nach oben zum

Ausstieg.

Wolken waren aufgekommen und eine frische Brise schlug ihr entgegen. Das Wasser wirkte unheilverheißend dunkel.

»Wie passend…«, murmelte sie leise zu sich selbst.

Kilian und Victor standen bereits an der Reling und warteten.

»Wir werden gleich kurz mit dem Kapitän des anderen Schiffes sprechen und dann langsam an das schwarze Boot heranschippern!«

Die beiden Wasserpolizeiboote waren auf gleicher Höhe, der Kapitän des ersten Schiffes kam an dessen Reling. Er sollte weiterhin die Augen offen halten und von Backbord an das Boot schippern, damit es keine Chance mehr hatte abzudrehen. Mit Tauen wurde das Boot zwischen den großen Schiffen festgemacht. Wenn jetzt etwas schief ging, würden sie alle sterben, dass spürte Victor genau. Die Wasserpolizisten sollten

jedoch nur im Notfall eingreifen, für sie hatte die Siche-
rung von außen Priorität. Mit einem Seemannsgruß
drehte der Kapitän sich wieder um und ging zur Brücke
zurück. Wie in Zeitlupe manövrierten die beiden
Schiffe, bis sie das Segelboot zwischen sich hatten.

Es gab einen kleinen Ruck, als das Schiff, mit den vier
Kollegen an Bord an die Wand des Bootes stieß, damit
sie umsteigen konnten. Kilian gab das Signal und Victor
kletterte wendig über die Reling. Das Segelboot war
niedriger als die Polizeischiffe. Er hatte ein wenig
Schwierigkeiten, sich da runterzulassen, ohne Lärm zu
machen. Lautlos hielt er sich mit den Händen an der
oberen Reling fest, während seine Füße die Reling des
Segelbootes ertasteten. Er ging langsam in die Hocke,
löste seine Hände oben und griff hastig nach unten, um
wieder vernünftigen Halt zu bekommen. Er glitt langsam auf das andere Deck.

Bernadett war die nächste, dann Kilian. Beide ahmten
so gut es ging, Victors Vorgehen nach. Nicht ganz ohne

Geräusche kamen sie auf dem Deck auf, sie konnten sich eilig verstecken, als sie auf einmal im Inneren des Bootes Schritte vernahmen.

Showdown in der Kieler Förde

Wehmütig beobachtete Danilo seine Kollegen, die auf das Boot gewechselt hatten. Er wäre so gern dabei gewesen. Gerade sah er, wie Victor geduckt auf der anderen Seite des Bootes verschwand. Mit in die Hände gestütztem Kinn sah er weiter dem Geschehen zu. Gedankenverloren spielte er mit dem kleinen Fläschchen in seiner Jackentasche. Dann fiel es ihm wie Schuppen von den Augen.

Wenn er recht hatte und es hier wirklich um einen Dämon ging, dann würden seine Kollegen die Flüssigkeit im Fläschchen brauchen, um zu überleben. Ansonsten waren sie verloren. Hastig stürmte er an Deck, kam aber zu spät, um das Fläschchen den Dreien noch mitzugeben.

Bernadett postierte sich an der Tür, die unter Deck führte. Kilian blieb neben ihr. Sie warteten, bis Victor seinen Rundgang um das Deck beendet hatte. Geschmeidig wie eine Raubkatze schlich er einmal um das Boot herum. Mit einem Daumen nach oben gab er das Zeichen, das die Luft rein war. Vorsichtig stieß Bernadett die Tür mit dem Fuß an, sie war zum Glück nicht abgeschlossen und glitt langsam auf. Bissiger Rauch quoll heraus trat ihnen in die Augen. Schnell traten sie zur Seite, um die Rauchwolke nicht voll einzuatmen und sich nicht durch Husten zu verraten.

Sie warteten kurz bis der Rauch etwas lichter wurde. Mit gezückter Waffe tastete Kilian sich an Bernadett vorbei, ging die kleinen Stufen zu dem Raum unter ihm herunter und sicherte dort. Victor folgte ihm, als er ihm das Zeichen gab und schlich zur Tür gegenüber. Absichernd sah er durch das kleine Fenster in der Tür. Was er dort sah, ließ ihn heftig schlucken. Er brauchte einen Moment, um den Anblick zu verarbeiten, dann gab er den anderen ein Zeichen, das sie selbst hindurchsehen sollten. Ein Mann lag in der Mitte eines auf den Boden gemalten Pentagramms, auf der anderen Seite lag eine Frau in einer Blutlache, die um ihre Beine herum zu sehen war. Eine weitere Person stand mit dem Rücken zu ihnen, mit erhobenen Armen und dem Gesicht der Schiffsdecke zugewandt vor dem Pentagramm. Alle drei Polizisten duckten sie sich unter das Fenster und flüsterten miteinander.

»Stanislav Kovacs, vermute ich, und zwei Frauen!«, kam von Bernadett.

»Ein goldener Dolch liegt neben Kovacs…«, das war Victor.

»Ich hoffe, sie leben beide noch! Wer ist die Frau, die da steht? Und was macht die da? Die Bewusstlose ist Elsa Brandt«, nuschelte Kilian.

Besonnen schob er sich wieder zum Fenster hoch. Die Frau hatte sich nun über den Mann gebeugt. Sie griff nach dem Dolch und schnitt ihm ein Ohr ab. Ein Würgen entfuhr Kilian.

Er schluckte und schaffte es, sich zu beherrschen und unterdrückte den Drang, sich zu übergeben. Sein geschocktes Gesicht reichte, um seinen Kollegen zu signalisieren, dass da drin etwas Entsetzliches vor sich gehen musste.

»Sie hat ihm ein Ohr abgeschnitten! Wir müssen da rein! Sofort!«, keuchte er um Fassung ringend.

Ohne auf eine Reaktion zu warten, stand er vor der Tür und schlug sie kräftig auf.

»Alles fallen lassen! Polizei!« schrie der Beamte und richtetet seine Waffe auf die im ersten Moment überrumpelte Frau.

Als sie sich bedächtig umdrehte, hatte sie ein abgründiges Grinsen im Gesicht.

»Willkommen Kilian! Na, fällt der Groschen bei dir?« fragte sie höhnisch.

Und wie er sie erkannt hatte … Im Büro hatte er schon überlegt, aber erst hier konnte er sie zuordnen. Sie hatte ihre Ausbildung bei ihm begonnen, als er noch nicht beim Sondereinsatzkommando war. Fassungslos stierte er sie an.

»Julia? Du?«, brachte er heraus. Sie lachte schrill auf.

»Überrascht? Und du dachtest die ganze Zeit, sie wäre

es gewesen!« gab sie dann von sich, deute dabei auf

Elsa Brandt, dabei hab ich sie nur als Spielball benutzt,

wenn

du so willst!«

Schritt für Schritt kam sie auf Kilian zu, der vor Schock

unfähig war zu reagieren.

»Die ganze Zeit wollte ich mit Stanislav etwas Großes

Aufbauen, ihm Macht verleihen und mit ihm zusam-

men die Welt beherrschen. Aber der kleine Idiot musste

mich ja verstoßen. Da hab ich dann die da gesehen und

sie gefügig gemacht. Sie hat sich mit Stanislav getroffen

und er dachte wirklich, sie wäre ihm zugetan. Armer,

dummer Kerl!«

Victor war aufmerksam, hatte den Dolch hinter ihrem

Rücken wahrgenommen. Bernadett versuchte abzulen-

ken.

»Julia… Julia…Lever? Du hast doch die Aussage vom ersten Mord aufgenommen, oder? « erinnerte sich Lessing.

»Na, ich musste doch meine Tarnung aufrechthalten. Und so konnte ich erfahren, ob irgendwer Verdacht schöpfte. Jeden eurer Schritte habe ich verfolgt, euer Chef hier war voll auf meine falsch gelegte Fährte reingefallen!

Selbst dann noch, als ich erkannt wurde da im Wald! Es hat mir so viel Spaß gemacht, mit dem Suchtrupp zu spielen! Oder deine Angst da im Keller zu sehen! Ha!« sie lachte höhnisch.

»Aber warum sind keine Fingerabdrücke von dir gefunden worden, sondern nur von Elsa Brandt? Das Handy hast doch du verloren?«, bohrte die Polizistin weiter.

»Ich habe keine Fingerabdrücke, du dummes Ding!« höhnte die Befragte.

»Auf den Handys der Opfer war deine Nummer, aber man konnte sie nicht zurückrufen!«, hielt sie das

Gespräch am Laufen.

»Weil man in der Hölle nicht anrufen kann!«, wisperte Julia belehrend.

Victor hatte sich während des Gespräches besonnen hinter Julia begeben. Als sie sich ruckartig umdrehte und ihn höhnisch angrinste, stolperte er nach hinten und fiel über seine eigenen Füße. Damit hatte er nicht gerechnet.

Unsanft landete er auf seinem Hintern. Wäre das Geschehen nicht so brisant gewesen, hätten sie sicher alle darüber gelacht. So aber zog er sich schnell wieder nach oben, bevor der glänzende Dolch in der Hand von Julia sich in seinen Körper bohren konnte.

»Warum das alles?« fragte Kilian, der seine Überraschung überwunden hatte.

»Weil ich es wollte! Stanislav wird lernen, dass man mich nicht vögelt und wenn meine Maske fällt, dann vor mir flieht!«, kam die Antwort.

»Welche Maske? Wieso er dich verlassen?« fragte er

weiter. In seinen hintersten Gehirnzellen hallten ihre Worte wider. Er konnte sie nicht einsortieren, bis plötzlich ein Geistesblitz ihn durchzuckte. Danilo hatte recht behalten, es gab das Übersinnliche, Gefährliche. Julia Lever war kein Mensch. Sie war das fleischgewordene Böse, ein Dämon!

»Er wollte mich nicht mehr, nachdem ich ihm gezeigt hatte, wer ich wirklich bin!« sie rang um Fassung.

Was würde passieren, wenn sie die verlor? Kilian durfte sich nicht durchschauen lassen. Nicht jetzt, er brauchte erst eine Eingebung, wie er mit der Situation umgehen sollte.

»Du kamst mir schon immer komisch vor, ich dachte deine Art würde dich weit bringen…«, sinnierte Kilian.

»Du… kamst mir nicht so dumm vor. Übrigens, man legt eine zusammengebrochene Person nicht einfach auf die Couch, sondern ruft einen Krankenwagen. Hast du das denn vergessen?«, hohnlachte Julia.

»Darum war die Tür immer angelehnt in der Villa! Klar, du bist da ein- und ausgegangen und hast Elsa Brandt betrunken gemacht, damit sie denkt, dass ihr Stanislav das ist!«, folgerte nun Bernadett.

An ihren Augen konnte ihr Chef sehen, dass auch sie verstanden hatte. Doch wie konnten sie sich miteinander austauschen, ohne dass Julia etwas mitbekam? Julia sah sich zu ihr um, die Augen zu Schlitzen verengt, als würde es ihr weh tun, die Polizistin anzusehen.

»So konnte sie zumindest in einem lichten Moment nicht ausplappern, was vor sich ging. Auch ich konnte meine Macht nicht immer auf sie einwirken lassen«, erklärte die Kriminelle gleichgültig.

Victor machte mit seinem Finger an seinem Kopf eine drehende Bewegung, streckte dabei die Zunge seitlich raus. Er wollte andeuten, dass er die Frau für verrückt hielt. Ohne die drei Polizisten weiter zu beachten, begann Julia erneut, die Formel zu sprechen. Es hörte sich an, als wenn die Worte nicht von dieser Welt kommen würden. Dann erkannte Victor, dass es Latein war und versuchte es zu verstehen. Mit eher mäßigem Erfolg!

Der Rauch der Kräuter stieg gerade in die Höhe, das Blut in den Schälchen fing an zu brodeln. Argwöhnisch sahen die Beamten zu, fieberhaft gedanklich nach einer Möglichkeit suchend, den Dämon zu überwältigen. Kilian fiel Danilo wieder ein und damit auch das Ritual, von dem er gesprochen hatte. Ein Schaudern überfiel ihn. Das Gefühl, es hier mit etwas anderem zu tun zu haben als nur mit einem gefährlichen Menschen, verstärkte sich. Es gab keine Möglichkeit mit seinen Begleitern zu reden. Ob auch Victor verstanden hatte, was hier wirklich vor sich ging, konnte er nicht sagen. Er stand mit dem Rücken zu ihm.

Stanislav Kovacs rührte sich stöhnend vor Schmerzen, mit einer Hand fasste er an die blutende Stelle, an der sein Ohr sein sollte. Als dort nichts war, schrie er aus Leibeskräften. Er fing er an, sich wie unter schrecklichen Krämpfen zu winden. Reflexartig schlug sich Bernadett die Hände auf ihre Ohren. Julia schnippte das Ohr, was sie die ganze Zeit in der Hand gehalten hatte, vor sein Gesicht. Wimmernd versuchte der Gepeinigte sich aufzurichten. Der ausgemergelte Körper ließ es jedoch nicht zu. Hilflos sank er wieder zu Boden. Stanislav Kovacs war dem Geschehen komplett ausgeliefert. Aus der Kehle der ehemaligen Polizistin kam ein unmenschliches Knurren.

Victor, Kilian und Bernadett standen erstarrt da und sahen dem Treiben wie betäubt zu. Das leise, grollende Lachen nahmen sie nicht wahr. Keiner der drei hatte jemals zuvor so eine Grausamkeit gesehen. Bernadett traten Tränen in die Augen.

Sie empfand Ekel, Entsetzen und Mitleid mit dem gebrochenen Mann vor ihr. Mit fahlem Gesicht sah Victor zu seinem Vorgesetzten, er formte mit den Lippen lautlos die Worte „Was nun?". Kilian sah ihn erst nur verständnislos an, kapierte aber dann, was er meinte. Wie sollte Kilian ihm nun klarmachen, dass er an das Ritual dachte?

Es erübrigte sich, denn genau in dem Moment, in dem Kilian sich zu Victor `rüber stehlen wollte, um ihm etwas zuzuflüstern, drehte sich Julia um. Irgendwie war ihr Gesicht grauenhaft entstellt. Ihre Mundwinkel hingen nach unten, als wäre die Haut um ihren Mund erschlafft, die Nase war schief und die Augen hatten eher etwas Katzenartiges. So glich sie keinem Menschen mehr! Das böse Lachen, welches ihr entfuhr, wurde von einem dicken Schwall grünen Schleims begleitet, welcher aus dem Riss über ihrer Brust quoll. Um das zu verbergen, warf sie schnell die beiden Jackenteile wieder übereinander. Ganz langsam hob sie den Blick von ihrer Brust wieder hinauf zu den Polizisten, dabei zeigte sie ein spöttisches Grinsen.

»Ach, was soll`s! Sollt ihr armen, verlorenen Menschen doch sehen, wer ich wirklich bin!«

Schritt für Schritt ging sie bedächtig auf ihre drei Widersacher zu, mit jedem Schritt veränderte sich etwas an ihrem Körper. Schritt … die Pupillen wurden länglich in den gelblichen Augen … ein weiterer Schritt … alle Haare fielen ihr aus, dafür tauchten reptilienartige Schuppen auf, die mit grünem Schleim bedeckt waren,

... wieder ein Schritt ... die Nase fiel platschend zu Boden.

Anstelle der Nase war dort nur noch ein Loch zu sehen, über das zäher grüner Schleim lief. Noch ein Schritt ... in ihrem Mund erschienen unvermittelt viele kleine, spitze Zähne, die Lippen wurden schwarz und schmal. Nach dem nächsten Schritt blieb das Monster stehen. Die Hülle des menschlichen Kopfes hing ihm wie eine Kapuze im Nacken. Arme und Beine platzten auf und es kamen ebenfalls schleimige Schuppen zum Vorschein. Der Rumpf wurde in die Länge gezogen, das Wesen überragte die Menschen nun um gut zwei Köpfe. Es war riesig geworden.

Die Verwandlung war abgeschlossen. Der blaue Dämon stand mit weit aufgerissenem Maul, damit auch alle die bedrohlich, spitzen Zähne sehen konnten, vor den drei Polizisten. Sein stinkender Atem kam schnell und rasselnd. Bei jedem Atemzug hoben sich die Schuppen auf der Brust an. Das schwarze Loch dahinter schien das eigentliche Atmungsorgan zu sein. Der Schleim war auf den Schuppen fest geworden und bildete einen zusätzlichen dünnen, aber festen Panzer. Überrumpelt konnten die beiden Männer nur entsetzt zu dem Monstrum aufschauen. Das Unheimliche hatte von ihnen Besitz ergriffen.

Bernadett entfuhr ein langgezogener Schrei, der weit in die Nacht hinausging ...

Danilo, der die ganze Zeit über unruhig auf dem Deck des Polizeischiffes umhergelaufen war, vernahm den Schrei und zögerte nicht. Seine Seekrankheit vergessend sprang er, ohne lange zu überlegen, auf das Deck des schwarzen Bootes und stürmte in die Kabine unter Deck. Er bemühte sich nicht einmal leise zu sein.

Sein Auftreten sorgte für Verwirrung bei allen Beteiligten und diese Verwirrung nutze er aus. Zum Glück hatte er seine Waffe schon im Anschlag und konnte sofort einen Schuss auf das Monster abgeben. Dieses brach zusammen und lag wie tot auf dem Boden. Der Knall hatte ihre Starre irgendwie aufgehoben.

Sofort machte sich Victor daran, Kovacs aus der Mitte des Pentagramms zu holen. Kilian eilte zu der verletzten Frau am Boden. Bernadett versagten jetzt die Beine. Sie griff nach der Stuhllehne hinter sich und schaffte es, sich auf den Sitz sinken zu lassen.

»Mensch, Danilo, was machst du hier?« war Bernadett entsetzt.

»Ich habe deinen Schrei gehört, da konnte ich mich nicht mehr zurückhalten! « gab er außer Puste zur Antwort.

Victor richtete Stanislav Kovacs gerade auf und lehnte ihn gegen die Wand, Kilian setzte Elsa Brandt daneben und holte für beide etwas Wasser. Gierig trank Stanislav, um kurz darauf wieder stöhnend das Bewusstsein zu verlieren.

»Die brauchen dringend ärztliche Versorgung. Ich werde dem Schiff draußen Bescheid geben, dass sie

Rettungskräfte anfordern!«, stelle Kilian klar und war bereits auf dem Weg zur Tür.

In der Zwischenzeit hatten sich Danilo und Victor zu dem Monster heruntergebeugt und drehten es auf den Rücken. Angewidert holte Danilo tief Luft, seine Augen weiteten sich.

»Das ist „Malummorpha"!«, das Grauen hatte einen Namen!

Urplötzlich und für alle völlig unerwartet schoss das tot geglaubte Monstrum mit Gebrüll von seinem Platz am Boden auf die Tür zu, die Kilian gerade öffnen wollte. Victor und Danilo schleuderten durch nach hinten. Mit voller Wucht wurde Kilian zurückgezogen, schlug sich hart den Kopf an, so dass eine Platzwunde entstand und er benommen liegenblieb.

»Niemand geht hier! Ich werde Euch dafür töten, dass Ihr mich gestört habt! Bei lebendigem Leib werde ich euch fressen!«, geiferte das Monster.

Mit nur einem Satz war es bei Kilian, hob ihn auf und warf ihn auf den Tisch. An den Fingern des Ungetüms schienen rote Dornen heraus zu wachsen. Pfeilschnell stachen die Dornen in Kilians Hals, er schrie und schlug um sich, um dem grauenhaften Phänomen zu entkommen. Wieder knallte ein Schuss, diesmal war es Bernadett. Malummorpha ließ von Kilian ab, sank in die Knie, um unmittelbar danach auf Bernadett loszustürmen. Die Kugel hatte ihm nichts anhaben können, sie durchschlug den Panzer aus Schuppen und Schleim nicht.

Auch der erste Schuss hatte nichts bewirkt, das Ungeheuer hatte nur so getan, als wäre es getroffen worden, um wieder die Oberhand zu gewinnen.

Entschlossen stellte Bernadett sich breitbeinig auf, hielt die Waffe mit beiden Händen wieder vor sich und zielte. Mit angehaltenem Atem beobachtete sie, wie die Kugel in die Richtung des Loches in der Brust des Monster flog.

Im letzten Augenblick warf es sich zur Seite und die Kugel flog weiter. Vier Augenpaare verfolgten ihren Weg, ihr Einschlag machte alle betroffen. Elsa Brandt hatte sich gerade aufgerichtet. Keiner wusste, was sie wollte, aber es war jedem bewusst, dass sie es niemals erfahren werden. Ohne auch nur einen Ton von sich zu geben, sackte die Frau in sich zusammen und war auf der Stelle tot. Die Kugel hatte sie mitten ins Herz getroffen. Die Welt schien für einen kurzen Moment still zu stehen.

Bernadett heulte los, konnte es nicht fassen, dass durch ihre Hand ein Mensch gestorben war. Die Männer im Raum wussten nicht, was sie sagen sollten, kamen aber auch nicht weiter zum Nachdenken, denn das tiefe dröhnende Lachen des Dämons machte die Gefahr wieder bewusst. Malummorpha schien unverwundbar!

Außer Danilo suchten alle nach einer effektiven Waffe, die sie dem Dämon in den Körper rammen konnten. Danilo hingegen schnappte sich das Buch auf dem Tisch, in dem die Rituale und Formeln standen.

Wieder erfolgte ein Angriff des Bösen, diesmal auf Victor. So waren es schon drei Polizisten, die in irgendeiner

Form geschwächt waren. Victor wollte ausweichen, doch das Untier war um einiges schneller und schnappte nach seiner Hand. Das Leise Plopp, welches dann erklang, war kaum wahrnehmbar in dem Tumult, Victors Schrei umso mehr.

»Mein Finger...mein Finger...«, jaulte er. Mit der über den Kopf gehobenen, verletzten, blutenden Hand versuchte er aus der Reichweite des Dämons zu kommen. Er spürte, wie das Leben ihn verließ. Er driftete der alles auslöschenden Dunkelheit entgegen.

Kilian sah Victors blutüberströmte Hand und zählte nur noch vier Finger. Ihm wurde ein Finger abgerissen! Der Magen drehte sich ihm um. Bernadett stand unter Schock und agierte nur noch wie betäubt. Er selbst hatte eine Platzwunde am Kopf.

Ihm wurden die Dornen in die Ader gestochen, er konnte förmlich spüren, wie ihm das Blut ausgesaugt wurde. Er hatte für Markus Dobrec, den Pathologen, herausgefunden, was die Löcher in den Hälsen der

Opfer zu bedeuten hatten. Es ging schnell und sauber, rasend schnell!

Kilian blutete zwar noch immer am Kopf und fühlte sich benommen, zwang sich aber, die Augen offen zu halten und dem Biest keine Chance zu geben, noch weiter zu töten. Mit einem Blick auf Victors Gesicht sammelte er innerlich all seine Kraft – dann trat er zu! Mit einem gekonnten Karatetritt mitten in das Gesicht des Dämons rettete Kilian seinem Kollegen das Leben.

Ehe er sich versah stand Malummorpha wieder provokativ mitten im Raum und schmatzte genüsslich, als es Victors Finger fraß. Die mit Blut gefüllten Schälchen auf dem Pentagramm brodelten noch immer und auch die Kräuter rauchten noch leicht vor sich hin.

Danilo, der sich mal zu den Satanisten zählte, blätterte wie wild in dem dicken Buch mit den ledernen Seiten. Er fand viel grausame Rituale, aber das, was er suchte, war noch nicht dabei gewesen. Das Ritual der Macht war noch in vollem Gange und es brauchte nicht mehr viel, um es zu vollenden! Scheinbar war das auch dem Gegner bewusst, denn der wirkte eher belustig über die Versuche ihn aufzuhalten. Aus den Augenwinkeln sah Danilo, wie seine sichtbar geschwächten Kollegen versuchten, auf die Beine zu kommen, um Bernadett vor dem Monster zu schützen.

Zum Glück stand es mit dem Rücken zu ihm, so dass er Bernadett zeigen konnte, dass sie den Billardqueue hinter sich von der Wand nehmen sollte, um damit zu versuchen, das Ungetüm zu verletzen. Zittrig tat sie, wie er ihr deutete. So hart sie konnte, schlug sie die Spitze des den Queue in den Bauch zwischen die Schuppen des Dämons. Ein knurrendes Jaulen entfuhr der Kehle des Angreifers und für einen kurzen Augenblick sah es so aus, als wenn er zusammenbrechen würde. Aber die Kraft von Bernadett hatte nicht gereicht, um den Körper des Monsters komplett zu durchstoßen.

Es zog sich den Stab wieder heraus, schleuderte ihn in die Ecke, griff die Beamtin blitzschnell am Arm und dreht ihn dabei, so dass sie seitlich stürzte. Dann schleifte es die Beamtin hinter sich her in die Mitte des Pentagramms. Unfähig, etwas dagegen auszurichten, konnten Kilian und Victor nur zuschauen, wie die Kollegin im Pentagramm mit dem goldenem Dolch in den Hals geschnitten wurde. Sie wollten sich nicht geschlagen geben, konnten sich aber kaum noch auf den Beinen halten.

Bernadett sollte dem Monster nun als Ersatz für Stanislav dienen. Das frische Blut der Frau verteilte das Monster um den Drudenfuß herum. Das Ritual würde nun schnell vonstatten gehen, es war ja noch nicht wirklich unterbrochen wurden. Die Blutschälchen brodelten noch. Dennoch spürte der Dämon seine Macht schwinden und seinen Körper langsam schrumpfen, was das erste Anzeichen für sein Dahinscheiden war.

»Exaudi me in virtute! Et dabo te in sanguinem! Obsecro te, immortalem me! Fac me in tenebris! Et erit vester servus! Tolle animam!«, der schaurige Singsang aus dem Maul von Malummorpha war wieder zu vernehmen.

Danilo hatte endlich die Gegenformel gefunden und begann diese mit fester Stimme zeitgleich aufzusagen, er wurde immer lauter dabei, zuletzt schrie er mit all seiner Kraft. Wenn er auch nur für einen winzigen Augenblick zulassen würde, dass die Angst seine Stimme zum Zittern brachte, dann wäre alles verloren und sie würden hier zusammen sterben. Durch die Anspannung zitterte sein Körper heftig. Es fiel Danilo schwer, die lateinischen Worte zu entziffern, so sehr bebte die Hand, die das Buch hielt.

Für eine Sekunde schien alles stillzustehen.

Danach stampfte Malummorpha auf ihn zu, alles was ihm Weg stand wurde einfach zur Seite geschleudert. Mühelos hob es das Sofa an, nun wich auch die letzte Farbe aus Danilos Gesicht. Das Sofa flog genau auf ihn zu. Ohne nachzudenken, warf er das Buch zur Seite. In letzter Sekunde sprang er zur anderen Seite und wurde nur knapp verfehlt. Kalter Schweiß brach ihm aus. Er hatte nur kurz Zeit, um sich wieder auf das zu besinnen, was er zu tun hatte. Das Monster gönnte ihm keine Atempause und griff erneut an.

Der Plan war, den brüllenden Dämon in die Mitte des Pentagramm zu locken. Es war nicht ganz einfach, aber Danilo hatte keine andere Wahl, als es zu versuchen. Den Dämon immer im Blick behaltend, bewegte er sich auf das Pentagramm zu. Es ging nun nur noch darum, ob er oder der Dämon verlieren würde. Erleichtert sah er, dass das Ungetüm ihm folgte. Er hatte es geschafft: Der Dämon stand neben Bernadett im Drudenfuß. Vorsichtig, mit bedachten Schritten trat Danilo wieder aus dem Stern heraus. Er nutzte den Moment, in dem das Monster sich Bernadett noch einmal besah.

Als nächstes musste er an die brodelnden Schälchen heran und das Blut über den Körper des Dämons kippen. Beim ersten war das einfach, da war der Dämon noch abgelenkt, aber schon beim zweiten musste Danilo in Deckung gehen, um nicht von den Dornen getroffen zu werden.

Er schleuderte das Schälchen dem Monster mitten ins Gesicht. Das Ungetüm brüllte vor Zorn und Schmerz. Das ursprünglich geplante Ritual konnte nun nicht mehr durchgeführt werden, aber Malummorpha wollte nicht kampflos aufgeben. Es griff nach Bernadett.

Danilo war am dritten Schälchen und nahm es hoch. Ein Tritt traf ihn. Er verschüttete die Hälfte des Blutes und fluchte. Nur wenn alle fünf Schälchen auf dem Monster ausgekippt werden, wird es für immer getötet.

Zornig schnappte Malummorpha nach dem Gefäß in Danilos Hand, dabei kippte er sich das Blut selbst über die Klauen. Bernadett wurde über den Boden geschleudert. Dabei verwischten einige Linien des Drudenfußes. Das Geräusch, welches ihr Körper machte, als er dumpf an die Wand prallte, ließ Danilo erschaudern.

Wieder ein lautes tiefes Brüllen. Die Schuppen, die den Körper des Monsters umgaben, fingen plötzlich an, zu

Boden zu fallen, die Haut darunter schlug Blasen. Mit einem lauten Knall platzten die Blasen, denen unaufhörlich neue folgten. Die dabei entweichende Flüssigkeit verbreitete einen ätzenden Geruch im Raum.

Danilo wich zurück. Auf keinen Fall wollte er davon etwas nichts abbekommen. Während Malummorpha sich entsetzt seine Blasen besah, griff Danilo bereits nach dem vierten Schälchen. Ohne Mühe konnte er es über den Rücken des Monsters schütten.

Obwohl das Untier bereits sichtbar angeschlagen war, wirbelte es pfeilschnell herum und stach dabei seine Dornen in Danilos Schulter.

Anstatt zu saugen, stachen sie immer wieder zu. Sie waren mörderisch spitz, jeder Stich brannte wie Feuer. Die gelben Reptilien-Augen ruhten triumphierend auf ihm. Danilo versuchte sich zurückzuziehen, schaffte es aber nicht. Da kam ihm der Verfall zu Hilfe. Der Arm des Dämons wurde kürzer und somit musste er erst einen Schritt auf den Mann zumachen, wenn er wieder zustechen wollte. Mit drei Schritten war Danilo am fünften Schälchen angekommen, nahm es auf und schüttete es über den ausgestreckten Arm des Monsters.

Das darauf folgende Brüllen war so laut, dass die See anfing wilde Wellen zu schlagen.

Danilo suchte Halt, um nicht hinzufallen. Er bekam den Türknauf zu fassen. Durch den stärkeren Seegang meldete sich sein Magen wieder heftig, wacker kämpfte er die Übelkeit zurück. Seine Kollegen, die keine Kraft mehr hatten, um ihr eigenes Körpergewicht halten zu können, wurden durch die Kabine geschleudert und zogen sich weitere Verletzungen zu. Mit letzter Kraft arbeitete er sich noch einmal auf den Dämon zu. Das Fläschchen aus seiner Innentasche hatte er bereits in der Hand. Als würde er sie schon ewig kennen, stieß er noch einmal die Formel hervor. Mit dem Daumennagel friemelte er den Korken aus der Flasche. Das Boot schwankte wieder auf die andere Seite. Den Schwung nutzte Danilo, um den Inhalt des Fläschchens dem Dämon in den weitaufgerissenen Rachen zu gießen.

Es zischte beklemmend.

Der Dämon heulte unheimlich. Ein bestialischer Gestank erfüllte die Luft, dabei schrumpfte Malummorpha in Sekundenschnelle bis auf die Größe eines Kleinkindes. Die ihn umgebende Pfütze aus grünem Schleim wuchs in gleichem Maß, wie der Dämon an Größe verlor. Alle angestaute Wut, Angst und Zorn wollten aus Danilo heraus. Er verschaffte sich einen einigermaßen festen Stand und trat mit aller Wucht Malummorpha gegen die Wand. Dort, wo er aufkam, blieb nur ein grüner Schleimfleck zurück.

Das Monster war endgültig vernichtet.

Danilo sah nach seinen Kollegen. Alle hatten das Bewusstsein verloren. Mit letzter Kraft schleppte er Kilian die Treppe hinauf an Deck des Bootes. Der Crews des Polizeibootes rief er mit gebrochener Stimme zu, Rettungskräfte zu alarmieren. Sie nahmen das Schwarze

Boot in Schlepptau, damit sie schnellstmöglich den Hafen anlaufen konnten, um die Verletzten zu versorgen.

Danilo brach entkräftet zusammen.

Erst beim Anlegen am Pier kam er wieder zu sich. Er sah, dass inzwischen auch Victor an Deck geholt worden war. Sie wiesen die Rettungskräfte an, sich zuerst um die schwer verletzten Kollegen unter zu kümmern. Gestützt von den Beamten des Polizeischiffes verließen sie das Schiff. Jeder versuchte für sich, eine Erklärung für das eben Geschehene zu finden.

Obwohl Danilo die Vermutung hatte, dass es nicht mit rechten Dingen zuging bei dem Fall, war er geschockt, dass es doch solche Wesen wie Malummorpha gab. Seine Sicht auf die Satanisten hatte sich schlagartig verändert. Noch nie war er so froh, diesen Abschnitt seines Lebens hinter sich gelassen zu haben.

Aus der Bewusstlosigkeit erwacht kam Bernadett sich vor, wie in einem Traum und wollte eigentlich nicht glauben, dass das gerade wirklich passiert war. Aber auch sie musste sich eingestehen, dass es auf der Welt wohl mehr gab als das, was sie bereits kannte. Sie hoffte, dass die Zeit kommen würde, in der sie das alles vergessen konnte, wusste aber gleichzeitig, dass das wohl niemals der Fall sein würde. Alle zusammen sollten für mindestens eine Nacht ins Krankenhaus. Widerwillig, aber ohne irgendwelche Gegenwehr, ließen sie sich dort hinbringen.

Danilo stieg gerade in den Krankenwagen, als das schwarze Boot mit einer ohrenbetäubenden Explosion in Flammen aufging. Somit war jeder Beweis für die Existenz von Malummorpha vernichtet. Umgeben vom flackernden Licht der lodernden Flammen erschien das brennende schwarze Boot darin wie ein tiefdunkler Schatten. Dieser Anblick brannte sich in sein Gedächtnis.

Der Abend Danach

Kilian, Victor, Bernadett und Danilo trafen sich in der Cafeteria des Universitätsklinikums zu Kiel. Zum Glück waren ihre Verletzungen nicht so schlimm, wie es zuerst den Anschein hatte. Markus Dobrec stieß in der Cafeteria zu Ihnen und berichtete, dass die Leichen aus dem Fall plötzlich in Brand geraten waren, sowie auch jegliches Gewebematerial, welches er ihnen entnommen hatte. Auch nach seiner umgehenden Löschaktion blieb nichts außer wenigen schwarzen Rußpartikeln zurück.

Der klägliche Rest einer unheimlichen Geschichte.

Nachdem, was die vier Kollegen am Abend zuvor erlebt hatten, war das für sie nichts Weltbewegendes mehr. Auf Danilos Gesicht breitete sich ein wissendes Grinsen aus. Sie hatten es mit Übersinnlichem zu tun gehabt, aber das konnte der Pathologe noch nicht wissen. Nach und nach schilderten sie Markus, wie es nach der letzten Besprechung weitergegangen war. Interessiert hörte Markus zu.

Ungläubig schüttelte er zwischendurch den Kopf, es hörte sich eher wie aus einem Horrorfilm an als der Bericht von einem Polizeieinsatz. Das Gespräch befasste sich nun mit dem Thema des Übersinnlichen. Alle brannten nur darauf, zu erfahren, woher Danilo wusste, was das für ein Dämon war und wieso er so sicher war, dass er Weihwasser gemischt mit modrigem Sumpfwasser brauchte, um das Monster zu besiegen. Mit auf seine Kaffeetasse gerichtetem Blick fing er an herumzudrucksen.

»Also … ja … ähm … ich habe ja schon mal erwähnt, dass ich mal bei den Satanisten war … und naja … «, brach er ab, »ich habe … so einem Ritual schon mal beigewohnt … «, beschämt rutschte er auf seinem Stuhl herum.

Vier Augenpaare waren auf ihn gerichtet. Er errötete. Gespannt warteten die andern, dass er weiter sprach.

»Also, nicht mit Menschenopfern, sondern mit Tierblut. Und ein Buch darüber hat jeder höhere Satanist bei sich zu Hause im Bücherregal. Es ist wie eine Anleitung zu verstehen und zeigt den Anfang und das Ende der Hölle. Auch ich hatte die Gelegenheit, bei einem Bekannten einen Blick hineinzuwerfen.

Als ich den Dämon sah, hatte ich die Bilder von den Zeichnungen und Texten in meinem Kopf, die mich darauf schließen ließen, dass es sich um so etwas wie Malummorpha handeln musste. In dem Buch, welches ich auf dem Boot gefunden hatte, habe ich dann die entscheidende Formel gefunden, wie man den Dämon vernichten kann. Es gab nur diesen einen Weg. Zu meiner eigenen Verblüffung hatte ich die Formel nach dem ersten Mal aufsagen in meinem Kopf und konnte sie genau im richtigen Moment ein zweites Mal abrufen! Naja, und Weihwasser kann in so einem Fall ja nie schaden...«

»Aber wie konnte die Bestie Elsa Brandt in seine Gewalt bringen? Und was mich noch viel mehr interessiert, wie konnte sie so lange als Polizistin unter uns leben?« fragte Victor wie ein kleiner wissbegieriger Junge.

»Wahrscheinlich schon seit Jahren, sie suchte sich in der Nähe seiner Auserkorenen einen Ort und eine Figur, die sie am besten verkörpern kann, um sich dem Opfer zu nähern. Als Julia Lever hatte sie wahrscheinlich eine Beziehung mit Stanislav Kovacs, der sie dann aus irgendeinem Grund verschmäht hat.

Ihr müsst wissen, dass Dämonen immer nach Macht streben, also hatte Kovacs etwas an sich, was dem Dämon zu Macht verhelfen konnte. Was es war, werden wir wohl nie mehr erfahren ...« erklärte der Gefragte ruhig weiter.

»Er hat also die Dummheit der Menschen ausgenutzt. Meine Dummheit, um sein Werk hier bei uns vorzubereiten«, fasste Kilian zusammen.

»Genau so!«, nickte Danilo.

Eine Pause entstand.

Kilians Handy klingelte in die Stille am Tisch hinein, sein Chef wollte wissen, wie der Fall sich nun aufgelöst hatte. Kurz und knapp antwortete Kilian, dass er zurückrufen würde, denn er müsste vorher noch etwas erledigen. Ohne einen Abschiedsgruß legte er auf. Erneut klingelte sein Handy. Diesmal war es die Klinik, die ihm mitteilte, dass Stanislav Kovacs es leider nicht geschafft hatte. Sein Körper war durch die Gefangenschaft einfach zu geschwächt. Betroffen legte er das Handy aus der Hand auf den Tisch und teilte die Nachricht seinen Kollegen mit. Nun gab es also keinen Zeugen mehr außer ihnen, die man nach den Vorgängen befragen würde.

Die Beamten würden noch lange brauchen, um mit dem Geschehen abzuschließen. Aber solange sie sich untereinander austauschten und sich Halt gaben, würden sie es gemeinsam schaffen. So fassten sie auch gemeinsam den Entschluss, über dieses grauenvolle Erlebnis für immer zu schweigen. Es würde die vier Kollegen von nun an wie ein unsichtbares Band zusammenhalten.

In diesem Bewusstsein umarmten sich Kilian und Danilo spontan und lange. Schlagartig wurde Bernadett klar, dass da irgendwie mehr zwischen den beiden sein könnte als nur Freundschaft. Nachdem sie Victor umarmt hatte und das Gleiche nun auch mit Kilian tun wollte, ließ sie ihre erhobenen Hände sinken und stand mit hängenden Armen verloren da.

Als letzte Amtshandlung in diesem Fall rief Kilian seinen Chef zurück.

»Chef, es tut mir leid, aber wir müssen diesen Fall als ungeklärt zu den Akten legen. Alle Beweise sind mit dem

Boot und dem Brand in der Pathologie in Rauch aufgegangen.«

Danksagung

Ich bedanke mich ganz besonders bei meiner Familie, die oft auf taube Ohren bei mir stieß während ich an diesem Buch geschrieben habe.

Desweitern möchte ein herzliches Danke an meine Freundinnen Christina und Maria sagen. Die beiden haben mich immer wieder aufgebaut wenn ich alles hinschmeißen wollte. Egal ob ich an einer Stelle stockte oder eine Idee sich nicht in den Text einfügen wollte, sie hatten immer ein offenes Ohr. Ganz nebenbei haben sie auch die Lektorarbeiten übernommen. Ich drücke euch beide.

Und dann möchte ich natürlich auch meinen Testlesern Danke sagen, ohne euch wäre dieses Buch nie in den Druck gegangen. Eure Anregungen und lieben Worten waren ein super Antrieb.